英美作家作品風格生成論

意義與形式

易曉明◎著

臺灣商務印書館發行

目　錄

意義與形式

導論

風格生成：意義與形式的契合

中國大陸的文學研究半個世紀以來，一直帶有濃厚的意識形態色彩，而歐美文學研究則尤其為意識形態所嚴密轄制。「文革」時期，它首當其衝地成為「重災區」，很多研究領域與研究對象都被劃為了禁區。

新時期伊始，中國歐美文學界恢復了對被劃定為資産階級人道主義作家如狄更斯、雨果等的研究，當時，歐美文學的教授們（現在都已退休）的興奮與喜悅之情，已被定格，塑造成了一個舊時期的結束與一個新時期的開始的標誌，像《雨果論文集》成了當時突破性的著作。八〇年代開始的歐美文學研究熱潮主要是致力於減輕其意識形態色彩，表現為恢復對一些被禁的古典作家的研究，當然也有個別借助八〇年代的新方法熱，將一些新方法運用於作家作品研究的情況。

但整體上説，當時思想解放的程度，基本上可以做到對古典作家作品暢所欲言，而對二十世紀的現代派文學主流則介入很少。那時對於現代派文學，還有些諱莫如深，剛剛開始的評介，只能採用批判的立場。

儘管從新時期開始，意識形態功能在減弱，但是，歐美文學研究，由於直接以西方資産階級文學為對象，它的鬆綁過程相對顯得遲緩而艱難，意識形態層面的重荷，使歐美文學研究，一直是最受外部環境左右的一個學科。

值得注意的是，歐美文學研究近年又受到一股新的時潮的干

擾，這便是批評理論的異常興盛，形成一股強大漩流，構成對歐美文學學科的遮蔽。

其一表現為，曾讓一代又一代青年人著迷，並養育他們成長的歐美作家作品，在當今的文學及其他人文學科的中青年研究者中，基本失去了市場。他們的興趣是讀純理論，福科（M. Foucault）、德里達（J. Derrida）、哈伯馬斯（J. Habermas）等被他們視為理論大師與心中偶像，令他們陶醉，嘴上能說這些人的名字，似乎成了一種水平的標誌與身份的象徵。

其二表現為，作家作品在不斷更迭的理論強勢介入下，被任其斷章取義，淪為形形色色的理論注腳。歐美文學學科實際上在遭到批評理論的空前瓦解。批評理論的居高臨下，可以從理論研究者對作家作品研究者的輕慢態度體現出來：「同一個文本，比比我們誰解讀得好。」似乎從不涉獵任何文學史的研究，理論研究者就能自然高於終身作文學史研究的人。這樣就造成一個嚴重的後果：深感處於「小妾」地位的歐美文學教研隊伍，開始流失，而且普遍流向熱門的批評理論學科。原來從事歐美文學教研的很多中青年在讀博士時，都選擇了文藝學。

另一種殊途同歸的分流是，歐美文學過去歸屬世界文學這一獨立學科，而如今，世界文學被併到比較文學，全稱為「比較文學與世界文學」學科，比較文學的固定範式也使作家或文本比較的路難以走下去，因而在這一學科之內，實際上雲集了相當一部分人，他們以從事文論比較的身份雄居於內，其實還是文藝理論。由此可見，歐美文學研究的隊伍實際是大大地被減弱了。

歐美文學研究自身，面對外來價值、話語，也就是說或社會學批評或「文化研究」的強勢入侵，從來沒有抵制，更多的是接納，甚至擁抱。原因是文學確實具有社會性的一面，作家作品研究也需要借助一些價值標準與批評術語來闡釋文本，有時候歐美文學研究是身不由己地處於這種外部結構中，無力擺脫出來，特

別在意識形態濃烈的時期；但有時也可能是歐美文學研究的自身選擇，因為這是一種最省力的借助外部成果的途徑。這使得長期以來，歐美文學的研究思路潛在地需求著、依賴著外部研究，表現為歐美文學研究長期以「外部」研究為主打，側重研究的是作家作品的社會批判意義。

在歐美文學史上，有不少重要作家作品曾得到過馬克思、恩格斯的評價，這些評價大多落在其社會意義上，中國現有的研究體系基本是圍繞馬克思主義的文藝思想建構的，這便形成了以馬克思、恩格斯的批評視角來框定歐美文學研究思路的局面，有的研究甚至到了簡單、機械地套用的地步，造成庸俗社會學與機械決定論泛濫。

豪澤爾（Arnold Hauser）認為藝術社會學是有「範圍與限度」的，他指出「所有的藝術都是受社會制約的，但並不是藝術中的一切問題都可以根據社會學的術語加以界定的。」① 社會學批評基本採用哲學的「二分法」立場，分割地或研究作品的思想內容，或研究作品的藝術技巧，它對作品的思想內容的探索，也就是對作品「意義」的追尋，往往演化成了作家作品所產生的時代背景的概括，似乎這才是一種「客觀」的意義。其實這種「客觀」帶有很大的虛幻性。由於同一歷史時期的主流社會形態只有一種，便容易造成所有同一時期的作家作品，因所據同一背景而被貼上相同的標籤，這是強調了社會文化的共同性而忽略了作家作品之間的個體性與差異性的結果。

這樣一種僵化的研究思路，惟一的一套批評術語與批評標準，使中國歐美文學研究，八〇年代中期，改革開放後開始面對西方現代派文學對傳統文學的顛覆性變革時，無言以對，完全處於「失語」窘境，反過來「失語症」又成為歐美文學研究無法突

---

① 　豪澤爾《藝術社會學》，台灣雅典出版社，第 11 頁。

破、提升的瓶頸。面對轉向內心與轉向抽象的現代派文學，外在性的社會歷史批評必然失去其有效的可行性，而歐美文學研究又沒有新的思路與新的批評方式來回應它。研究話語體系的空白狀態迫使研究者們直接從新理論中借鑒與移植各類新的研究方法，其實，仍然也一直是在追隨理論的變遷，來應對文學的變化。

◆

然而，細究起來，中國的批評理論界本身也存在著嚴重的缺失，整個的理論框架、理論模式與概念，基本都是接受西方的販賣，經常來不及消化，談不上吸收，更談不上推進。

二十世紀初，西方的文學理論開始了其語言學的轉向，隨後半個世紀文學研究的重心從「外部研究」轉向「內部研究」，也就是以文學語言本身為對象進行文學的文學性研究。俄國的形式主義，英美的新批評，法國的結構主義等流派相繼登場，它們將文學視作一個封閉的系統，強調文學的獨立性、自主性，以改變以往的社會歷史批評的「外部」視角，使文學研究回到文學自身上來。這一轉向確實使文學形式問題得到了相應的重視與研究。然而，完全捨棄文學的社會維度、歷史維度，也無法全面概括文學。尤其在傳媒快速發展，消費文化異軍突起的時代，文學研究的純粹性與封閉性更是成為不可能。於是，二十世紀中後期，隨著英國的「伯明罕學派」，美國的「新歷史主義」等流派的出現，新一輪的文學研究「向外轉」，即回歸歷史主義、社會學、作家傳記等「外部研究」，在二十世紀八〇年代開始又成為主潮，這一主潮被命名為「文化研究」。

八〇年代中國理論批評界的「新方法熱」，出現了將形式主義、新批評、結構主義、符號學、敘事學等半個多世紀的各種「內部研究」理論迅速地介紹進來的火爆場面，甚至自然科學的控制論、系統論、混沌理論、模糊數學等也試圖被引入到文學研

究中來。那種沸沸揚揚、火爆熱鬧的場面令今日愈來愈失去轟動效應的文壇更顯得失去了往日的輝煌（因為隨著意識形態功能的淡化，文學的地位勢必要旁落，從中心落入邊緣）。接著，文論界又在九〇年代馬不停蹄地跟上西方文學研究新一輪的「文化轉向」的步伐，大肆介紹起「新歷史主義」、「後殖民理論」、「女權主義」等文化理論來。到眼下，西方後現代理論在中國幾乎達到了同步的程度，時間上已重疊起來。

應該看到，中國的理論界疲於追隨西方理論的過程中，有一個值得注意的問題，即西方的理論研究的運行軌跡，符合歷史發展規律的螺旋式上升，它的物極必反，構成了充分的挖掘。「內部研究」與「外部研究」全方位發展，最後達到文學研究的全面提升，從中還產生了試圖打破「外部研究」與「內部研究」界限的豪澤爾「二元論」與雙重決定論、戈德曼（L. Goldmann）的一元的「同構論」，甚至弗萊（N. Frye）的「神話原型批評」等將心理學、社會學與文體學綜合的體系。

而通過中國理論界對國外研究批評的接受可以看出，中國的理論界是在趨潮，它是跳躍式的，不是螺旋式的發展。它並未像西方作幾十年「內部研究」的扎實工作，實際上只是從社會歷史批評的視野，又迅速跳入「文化研究」的視野，從「外部研究」到「外部研究」，缺乏文學內部結構探討這一重要的環節。之所以這一環節在中國文論界不能真正實現向中國的轉換，或者說真正為中國學術界所完全接受過來，再深入下去，表面看來，似乎是又有新的理論潮頭掩蓋了這一環節，實際上，卻是這一環節的艱難性令人望而卻步。

首先，西方的文學語言論轉向，開創了以語言為基礎的對文學的文學性的研究階段。漢語與西方語言之間異質的語言結構，使這套理論在中國的效仿，不具有可操作性，因而所謂「新方法浪潮」，必定是淺嘗輒止、一哄而散的，它們不可能真正在中國

的土地上發展起來。其次，也與學界急於求轟動的浮躁情緒有關，人們似乎都在追逐熱門話題，企望借助新的、大家關注的焦點以使自己「浮出水面」。還有容易為人忽略的因素是，與中國文化土壤的接受條件也有關係。

應該注意到，中國不僅接受了社會歷史批評，還發展了社會歷史批評，儘管是走向庸俗化；中國接受了「文化研究」，而且迅速地將「後殖民理論」運用到文學作品、電影、舞蹈、音樂等各個領域，一時後殖民理論迅速在中國的研究界結出成果。這種對「外部研究」的熱衷與傾心，與中國人的思維定勢有關。西方人在「內部研究」的幾十年，是將文學研究視為技術層面的操作，中國人一直將文學研究看作是與社會道理聯繫起來的學問。從孔夫子的「詩三百，一言以蔽之，思無邪」，到「文以載道」，都強調的是文藝的社會功能與社會作用，中國文人骨子裏這種以文介入社會、介入現實的心理積澱，使他們接受「外部研究」要比接受「內部研究」順暢得多，人們似乎更願意接受宏觀的、辯證的、放之四海而皆準的宏大理論。

這注定使中國研究界容易形成「外部研究」繁盛而「內部研究」萎縮的不對稱局面。「全球化」、「後現代」、「後殖民」、「新歷史主義」、少數族裔、身份問題都迅速升溫，在中國變得炙手可熱，甚至比在國外還熱，而真正探索文學的內部因素與內部構成的研究，則可以說鳳毛麟角。理論界的「外部研究」導向，直接影響到歐美作家作品的研究。與之相應，歐美文學研究，也從運用「社會歷史批評」評價作家作品跳向了運用「文化理論」研究作家作品。少數族裔的文學研究近幾年在歐美文學研究界迅速成為熱點，女權主義視角分析作品的文章比比皆是，而性別意識、身份問題也被應用到《奧賽羅》等作品的研究中。新的視角與批評標準，無疑推動了歐美文學的研究，但我們必須清醒地認識到，另一方面，「外部研究」對歐美作家作品研

究帶來不可低估的負面影響。對於歐美文學研究來說，再不停地追隨與套用理論無疑就是承認歐美文學的附庸地位，否定歐美文學的學科獨立性。

◆

　　一般而言，社會學批評、文化研究、結構主義文論抑或神話原型批評等等，都不是從文學内部產生的，它們是從哲學、社會學、語言學、人類學等領域產生的。尤其當前的一些新理論擁有巨大挑戰性，對文學構成強勢入侵，因為無論其立足點或出發點都不是文學，作家作品只是它們偶一光顧的原料基地，在某種程度上變成了理論界搭建理論的積木，被各種理論為己所需地詮釋與肢解。理論所使用的一些術語與概念之於文學的意蘊，顯得僵硬，如社會學方法對於藝術本質的隔膜，體現為「資産階級」、「資本主義」、「無産階級」這類術語的粗糙，它們沒有從社會學概念轉化為文藝學概念。這說明理論的整個思路都是非文學的，特別從語言上體現出來。

　　理論的語言是正常的理性語言，追求明確的指向性。文學的語言是修辭性的，以隱喻、換喻的方式表達，喻指的功能是從「在場」的語言背後生出「不在場」的意義。文學的價值指向是暗含的，因而需要批評，用理性的語言，直接將它轉述出來。正如弗萊所説，文學是沈默的，需要批評家將之轉化為與民眾的對話。

　　但這種轉換，常常只涉及批評語言可轉換的部分，即價值指向部分。文學中價值指向本身不是修辭性的，而是判斷性的，因而理論出自自身語言清晰性的需要，對文學的「文學性」不敢問津，甚至對人物的心靈感覺也無能為力，因為有的感覺是無可名狀的，即理性語言無可表達，而始終熱衷於（社會）價值批判，這是理論語言與文學語言的異質性造成的，文學大於理論，任何

理論都不可能充分表達一部作品。

可見，歐美文學研究應該立足於文學自身的獨立性。德里達的解構理論深刻地指出了文學的獨立地位。他認為文學的本質是沒有本質，文學追求的最終目標是它自身特質，即文學性的充分實現。而文學性顯然是不同於真理、邏輯一類的超驗所指。不僅如此，德里達甚至更進一步確立了文學在人文學科中高於歷史、高於哲學的本體地位。因為他認為文字具有無窮「播撒」的「異延」性質，而這一特質最典型地體現在以修辭性與虛構性為其本質的文學中，因而文學成為了一種原型，而同樣作為文字的哲學與其他一切話語尾隨其後。他曾借用瓦萊里（P. Valery）的一段話表達了這一思想：「如果我們擺脫習慣的思想方法，而就知識領域的現狀來看，便可很容易地發現，由它的產品即文字所界定的哲學，客觀上是文學的一個特別的例子……我們必須在離詩不遠的地方給它找定一個位置。」[2]

再說，從起源上，文學作品畢竟首先是它自己，因為並不是先有文學理論，才有文學作品，而是先有文學作品，才有總結創作的文學理論，作家作品是先天地具有獨立性的。而且，外部理論運用於文本研究，多少具有一定的異質性，在某種意義上割裂與破壞了文學史系統的整體性，破壞了作品本身的完整性，我們有必要回到文學史自身系統上來，回到作家作品的特殊性與完整性上來。當今的理論亦在逐漸甩開文學作品，進行純理論的對話，文學史研究也應適度擺脫理論的控制，回到文學史過程系統上來。

應該注意，即使是依據創作思潮總結出來的理論，同樣也有著其缺陷，因為，各種理論往往都是建立在文學史的階段性資源上，而不是建立在整個文學史的全過程的資源上的。

---

[2]　德里達《哲學的邊緣》，芝加哥，1982 年，第 294 頁。

歐美文學史是整個西方社會歷史大系統中的一個子系統，它與政治、經濟、哲學、歷史，宗教等相伴而行。同屬於意識形態的政治系統與宗教、哲學等系統都曾對歐美文學史的發展產生過影響。雖然「反映論」的命題總讓人有些拒斥，但人們同時又發現，要避開文學的歷史維度、社會維度是不可能的。

研究者們為避免機械性而提出了一些新的概念，如「關聯」、「同構」、「集體無意識」、「群體主體」等，這無疑是文學的外部關係與宏觀研究的向前推進。不過即使這樣，社會歷史批評也難以涵括整個文學史與整個文學現象，重批判現實主義文學而輕浪漫主義文學，實際上正是這一批評標準的局限。它面對二十世紀的現代派文學，特別是西方當今的後現代思潮，尤其顯得缺乏針對性。與它相比，當前的一些理論的資源面則更為狹窄，從而流行色彩更濃，生命力更短暫。一些理論各領風騷三五天，因為它只是針對階段性資源說話或立論，無力統轄與囊括文學史的全過程。

因此，一方面，我們非常有必要借鑒理論來評價階段性文學對象，另一方面，也需要擺脫理論，以文學為本，進行文學史系統及其構件的研究。弗萊在這方面做出了自己的貢獻，他將所有的文學作品看成是模仿真實命題的語辭套式，這是對文學史內部聯繫的一種探索。

歐洲文學史通常被理解為古希臘羅馬文學與中世紀文學、文藝復興、古典主義、啓蒙主義、浪漫主義、批判現實主義以及現代主義文學等等之和，依據不同的理論對之進行分割解讀。然而文學史是系統，是一個典型的過程系統，作為過程的文學，作為最活躍的變革力量的文學，建構與解構也是文學史內部的一條重要連結。歐美文學史不等於編年史框架中的各階段的簡單相加，文學史整體的涵蓋量，必然要超出各個階段的相加值，其過程是大於階段之和的。這是文學史過程系統具有的非線性的、開放性

的與非加和性的特徵所決定的。

　　文學史或歷史是一種有記憶功能的系統，它能存儲、提取、利用資訊，因而其過去必將影響其現在與未來，現在的內容也涵括有過去的因子，克里斯蒂娃（J. Kristeva）的「互文性」理論正是注意到了這一特徵。文學史過程系統的特點使文學經典對過去、現在與未來的人們一樣具有吸引力，因為該系統的歷時性差異，以共時性的「生態分佈」表現於每一個時刻。而這種歷時性分佈差異，以共時性「生態分佈」表現於每一個時刻的獨特功能，也正是文學之樹長青的根本所在。

　　豪澤爾說：「歷史中唯一可見的代理人是個體，……藝術品也是如此。唯一可見的藝術現實是單個的作品。」③章勒克（R. Wellek）在《文學的原理》的引言中說：「文學研究合情合理的出發點，是解釋和分析作品本身。無論怎麼說，畢竟只有作品能夠判斷我們對作家的生平、社會環境及其文學創作全過程產生的興趣是否正確。」必須承認，文學的基本構件是文學史，而文學史的基本構件又是相對獨立的作家作品。如果說文學史能構成一個社會系統中的獨立的子系統的話，那麼每一位作家及其作品則又能構成自身完整的小系統，因為，作家與作品風格的內在統一性構成了一個整體。

　　只要承認作家作品的整體性，就必然要拒絕研究方法上的「二分法」，拒絕「意義」與「技巧」的割裂研究，拒絕外部視角的強行介入，回到文學作品的審美研究上來。以往從時代背景與作家生平追溯思想意義的做法已經受到挑戰，新的「意義」觀層出不窮，海德格（M. Heidegger）、伽達默爾（H. G. Gadamer）都認為作品的意義並不是先於讀者的理解而本有的東西，也就是不承認作品中有一個客觀存在的意義。以伊瑟爾（W.

③　A. Hauser: *The Philosophy of Art History*, Routledge and Kegan Paul Ltd., England, p.197.

Iser）為代表的接受美學，更是將讀者捧到了至高無上的地位，認為在讀者的理解之前作品的意義處於未定狀態，向多種可能性開放，這便產生了一個永遠開放的世界——意義。當然，接受理論作為一種理論流派產生了很大影響，但它畢竟更多地屬於一種純理論，沒有多少可操作性，對具體的作家作品研究影響不大。

但隨著這一理論的膨脹，讀者的地位超越於作者，最後發展出大量對「誤讀」唱讚歌的聲音。如果真的由讀者說了算，那麼，互相矛盾、千差萬別的讀者所「誤讀」出來的「意義」，就喪失了客觀評斷的標準。

英伽登（R. Ingarden）說：「一個藝術作品『可能的』具體化有效的出現，還取決於各種歷史條件。因此，任何藝術作品貫穿各個輝煌的時代，在這些時代，作品引起了頻繁的、正確的審美的具體化，而其他時代，如果它『對於它的公眾』不再是『易讀的』，它的吸引力就減弱，或者甚至消失了。或者，它還可能遇到那些有完全不同的感情反應方式的觀賞者，那些對作品的某些價值已變得感覺遲鈍，或真誠地抱有敵意的觀賞者，那些因此而不適宜產生這種具體化的觀賞者，即使這些價值曾在這種具體化中閃閃發光並作用於觀賞者。」④ 這表示，對於不同的個體來說，他們對文本的每一次的具體化，即他們每一次閱讀所構設的意義，並不能與真正的意義劃等號。

有學者提出了「回應性閱讀」的主張，認為有意義的閱讀應該與原作者或原作的企圖有一定的回應性，而不是讀者漫無邊際的自我中心。惟如此才能更有效地找到作品的「意義」，並且更有效地發展與開掘出作品新的「意義」，真正體現出作品的開放性。

過去對意義的研究與闡釋，幾乎佔據絕對優勢地位，掩蓋與

---

④ 胡經之等編《二十世紀西方文論選》，第3卷，北京大學出版社，1989年，第5頁。

忽略了其他研究視角，特別掩蓋了文學作品的審美研究。實質上，文學藝術作品的實質，並不在於「意義」，不在於作家的「觀念」，「文學的藝術作品真正的基本功能在於使對作品持正確態度的讀者能夠構成一個審美對象，……所有其他功能（文學作品在一個社會的文化的特別是道德的氛圍中可能發揮的功能，且不管它對個別讀者具有積極的還是消極的道德效果）都是第二性的和非文學作品所特有的，無論它們在其他方面可能有多麼重大的意義，以及它們能在藝術的和審美的價值之外為作品增添多少新的積極或消極價值。」⑤在英伽登看來，作品是一個「有機體」，他認為，只有當它是一個「有機體」時，它才是一個成功的、有著自己獨特風格的藝術品。「有機體」中沒有什麼要素是孤立的，儘管作品中的各個要素之間具有協同性的同時，也有自己的異質性，但它們是可以互相適應的。

因此，歐美文學研究有必要從外部研究的立場，回到文學史自身系統上來；從尋找「意義」的立場，回到作家作品的「有機體」的立意上來，因為最有意義的個人或社會目的都不能使非藝術品轉化為藝術品，或者賦予它們本身所沒有的藝術價值。我們高度評價一部作品時，儘管它可能有這樣那樣的「目的」，但我們並不是因為社會的或倫理的「目的」，而是因為它包含著特殊的藝術或審美價值。

對於今人，過去的藝術作品的「目的」早就變成不相干的東西了，作品的審美理解才是長久的因素。況且，文學作品從來都不是因為其思想的深邃而獲得藝術的生命力的，相反，它往往傳達出來的是最大眾化的感受、最普遍的人性，也就是人人心中所有的東西。顯然，「觀念」或「意義」無法獨自支撐起藝術的殿堂。同樣，純粹的「形式」，也不可能單獨構建一個無理念的藝

⑤ 羅曼・英伽登《對文學的藝術作品的認識》，陳燕谷等譯，中國文聯出版公司，1998年，第84-86頁。

術精品。只有當兩者以及作品的其他一些要素共同構成一種所有審美相關性質的本質的和諧，才能構成具有「有機」結構的藝術品。

◆

在回到文學史系統的前提下，本書立足於回到作家作品上來，因為作家作品是文學史系統的最主要構件，而且它也是文學的最基本內核。具體説，本書的研究已注意到，在構成文學作品「有機體」的各種元素中，「意義」與「形式」無疑是其中非常重要的構件。但本書不是單向研究作品的「意義」，也不側重研究作品的「形式」，而是研究「意義」與「形式」的契合，及其所生成的一種有生命力的獨特藝術風格。而此處的「意義」基本上是指作品的內容，或者説作家本人想表達的理念，以及他未能充分表達出來的部分。黑格爾説：「理念與形象能互相滲透融合為統一體。」⑥韋勒克認為作品就是內容與形式的真正統一體，作品整體的觀念就是要破除內容與形式的二分法。一件藝術品的美學效果，並非存在於它所謂的內容中，實際上，形式包含了所表達的內容，內容暗示了形式的某些因素，兩者是統一的。韋勒克常用「結構」的觀念來代替內容與形式的統一，如同英伽登用「有機體」來表達內容與形式的統一一樣。

本書將作家作品的「有機」整體，或者説將內容與形式的契合而生成的藝術風格，置於整個文學史的開放過程系統中斟別與審視，在對比中確定其不可模仿的、不可重復的獨特性。此處的「風格」指的是作家作品的內容與藝術形式的一種契合，它更多的是一種「思維風格」（羅傑・富勒，Roger・Fuller）。語言學家喬姆斯基（N. Chomsky）的轉換語法中，把「風格」這一傳統

------

⑥　黑格爾《美學》第 2 卷，朱光潛譯，商務印書館，第 24 頁。

概念解釋成意義與表達形式之間的關係。⑦杜夫雷納（M. Dufren-ne）說：「文學作品的特點，也是它與報導、科學著作或哲學論文相對立的一點，就是文學作品的意義，内在於作品的語言和形式結構中。由於意義和風格是分不開的，所以，它具有事物的密度和不透明性。」⑧

本書對風格的闡釋，正是將意義與風格結合在一起。在這一闡釋原則下，「風格」就有十分廣泛的意義。而目前中國一些理論著述對「風格」的歸納與概述，則再一次讓人感到理論與作家作品之間的膈膜。譬如，《藝術類型學》一書的理論表述，會為風格劃定出基本類型，歸納出六對範疇：主觀表現與客觀再現；陰柔優美與陽剛崇高；含蓄朦朧與明白曉暢；抒展沈靜與奔放流動；簡約自然與繁複創意；規範嚴謹與自由疏放。⑨

倘若將這些理論專家們的辛苦歸納去應用於歐美文學史中的作家作品身上，在每一範疇之下，都難以找到真正與之相對應的、符合標準的作家作品。面對作家作品風格的大異其趣與千姿百態，理論的概括實在顯得呆板與蒼白，因為多數作家作品的風格，都不符合以上歸納的任何一種，而是自成體系，具有自己特殊的規定性。從此也可以看出，理論的裁定，多少會讓作家作品有些「削足適履」。

在任何一種理論尺度下，都會出現揚此抑彼的情形。馬克思主義社會歷史批評尊現實主義而輕浪漫主義的傾向，就造成了浪漫主義文學研究在中國的相對貧困。在一種理論標準被推崇的時候，千姿百態的文學作品常常會被理論準繩整合得千人一面。只有在「風格」的標準面前，才能彰顯出作家作品的特殊性，作家作品才能真正平等地各放異彩。即使藝術風格具有不可通約性的

---

⑦　羅傑·富勒《語言與小說》，重慶出版社，1999年，英譯序，第4頁。

⑧　胡經之等編《二十世紀西方文論選》，第3卷，北京大學出版社，第79頁。

⑨　李心峰主編《藝術類型學》，文學藝術出版社，1998年，第242-256頁。

作家們之間的互相貶抑，如夏洛蒂‧勃朗特大貶簡‧奧斯丁，維吉尼亞‧伍爾夫抨擊貝內特（Arnold Bennett）與高爾斯華綏（J. Galsworthy）等，這些也都屬於風格不同的作家之間的平等「對話」，而不是理論霸權下的排高論低。

因此，本書立意於選定每一個個案，以尋找、界定其特殊性——作家作品的最大魅力之所在，同時，將研究置於文學史的過程系統之中，只有在作家與流派的相互參照中，才能真正確定對象的特殊性。比如，我們只有認識蕭伯納理性的冷峻，才會更深切地感受到華滋華斯感性的生動，前者的審美價值建立在理性之上，後者以具有審美價值的情感構成綜合整體的價值核心。與此不同，莎士比亞悲劇更多地通過刻畫陷入悲劇中的人物性格，將審美價值建立在人與人之間情境的描繪之中。同理，只有感受到了現代派文學反映生活的殘缺性、單向性，現實主義文學反映生活的完整性特徵才被凸顯出來；引入對現代派文學的個案考察，能讓我們看到一種與傳統理念構成反差的新範式，使我們更進一步體會到形式既是「風格」的載體，又包涵有內容、融匯為內容，成為了「有意味的形式」。

文學與文學史都有著其自身的特殊性，除了審美性之外，體驗性也是其重要的特徵。在藝術裏，如杜夫雷納所說，「它（指文學作品）無邊無際，開闢了一個世界，一個情感立即便能接近而思考卻永遠探索不完的世界。作品的獨特本質是無窮無盡的。」⑩，又如伽達默爾所說，「藝術的特徵對於我們來說，是一種永遠不可超越的東西。」（《真理與方法》）本人深知藝術探索的永無止境，但願本書能體現與傳達出一點清新。我堅持歐美文學史的研究，需要回到對自身體系的研究，需要切合文學特徵的研究，需要審美研究！本書只是一點淺探，敬請同行駁正！

---

⑩　同④。

第 一 章

詩　歌

一、華滋華斯與泛神論

　　泛神論哲學在西方哲學領域佔據著一席重要的地位，並對文學與藝術產生了廣泛的影響。泛神論起源自古希臘哲學家普羅提諾的流溢說，認為神和靈魂按由高到低的等級存在於自然界的一切事物中。文藝復興時期隨著新柏拉圖主義的盛行，泛神論發生了空前的影響，產生了斯賓諾莎這樣的大哲學家，他聲稱：「顯而易見，所有的自然現象，就其精妙與完善程度來說，實包含並顯示神這個概念。」①這一時期的泛神論思想，也影響到了莎士比亞等人的創作。十八世紀後期到十九世紀前期，泛神論又形成了一個高峰時期。德國的康德、費希特、謝林等哲學家普遍接受了泛神論思想，而他們的哲學又對其他領域產生廣泛影響，特別是直接影響了十九世紀初期歐洲的浪漫主義文學。浪漫主義推崇人與自然的平等，強調「人與自然的同化」。正是在這一思潮中，誕生了威廉・華滋華斯（William Wordsworth，1770-1850）的泛神論詩歌。

　　儘管華滋華斯宣稱他「從未讀過德國形而上學一個字」，②然而追隨德國浪漫主義思潮的柯爾律治對他的影響是不可低估

---

① 斯賓諾莎《神學政治論》，轉引自洪漢鼎《斯賓諾莎哲學研究》，人民出版社，1997年，第 257 頁。
② Keith G. Thomas, *Wordsworth and Philosphy*, UMI Research Press, 1989, p.2.

的。華滋華斯的詩歌本身也足以證明泛神論的顯著影響。王佐良先生對華滋華斯詩歌的泛神論色彩有所述評。他認為，華滋華斯的詩歌已不屬於一般山水詩的範圍，「其主旨似乎是，自然界最平凡最卑微之物都有靈魂，而且它們是同整個宇宙的大靈魂合為一體的。就詩人自己來說，同自然的接觸，不僅能使他從人世的創傷中恢復過來，使他純潔、恬靜，使他逐漸看清事物的內在生命，而且使他成為一個更善良、更富於同情心的人。」[3]

這一論述如果結合華滋華斯的詩歌來看，自然界中的一切存在，即使最平凡最卑微的事物都有靈魂，而且它們的靈魂同整個宇宙的大靈魂融合為一體，這一傾向主要集中地體現在華滋華斯描繪自然的詩歌中。與此同時，人在與自然的接觸中，得到純化、得到恬靜，被昇華到一個高尚的境界，這一種傾向則主要存在於華滋華斯描繪自然中的人的詩歌之中。

對自然景象進行描繪，使華滋華斯獲得了「詩壇的風景畫家」的美名。自然景物是華滋華斯眼中的一道永遠具有生命的風景線，也是詩人的靈感源泉。它已被詩人賦予了神性的光暈因而不再是客觀的自然，詩人以詩篇表達內心對它的虔敬，描繪他直觀與頓悟到的自然是有靈的。華滋華斯的著名詩篇〈丁登寺〉（Tintern Abbey）對此有過精彩的描繪：

> 對自然……我感到
> 彷彿有靈物，以崇高肅穆的歡愉
> 把我驚動；我還莊嚴地感到
>
> 彷彿有某種流貫深遠的素質，
> 寓於落日的光輝、渾圓的碧海，

---

③　王佐良《英國文學論集》，外國文學出版社，1980 年，第 79 頁。

藍天、大氣，也寓於人類的心靈，
彷彿是一種動力，一種精神，
在宇宙萬物中運行不息，推動著
一切思維的主體、思維的對象
和諧地運轉。④

在〈自然景物的影響〉一詩中，詩人表述了大自然的神性與整個宇宙大靈魂合為一體的思想，並將這種融合稱為「宇宙精神」：

無所不在的宇宙精神和智慧
你是博大的靈魂、永生的思想！
是你讓千形萬象有了生命，
是你讓他們生生不息地運轉！⑤

然而，華滋華斯並不主張對這種宇宙精神，作寂滅自我的頂禮膜拜，他強調的是作為主體的人自覺地順應它，融入到它的廣袤、綿延與無限之中去。這便決定了華滋華斯的泛神論立場不同於基督教等宗教的立場。後者通常有一個上帝的形象，人須寂滅自我情感，棄絕現世生命，等待上帝的拯救，天國是人的依歸。而華滋華斯則是將上帝引入到所有存在物，將超出經驗世界之外的絕對價值引入到世俗世界中來，使世俗世界充滿神性的輝映，人可以從普通事物中獲得神性的終極依靠與終極關懷，進而改變了生存的有限性與世界的無目的性。華滋華斯詩歌中所描繪的自然或卑微之物，皆有神的靈性的普遍灌注，因而被提升到與神靈

---

④ 《湖畔詩魂——華滋華斯抒情詩選》，楊德豫譯，人民文學出版社，1990年，第152頁。
⑤ 同④，第124頁。

境界相連接。如〈致杜鵑〉在描繪了杜鵑鳥的聲音及由此勾起詩人對自己童年的回憶後，在這首詩的末尾，詩人將杜鵑鳥的聲音擢升到「仙靈境界」。詩人寫道：「賜福的鳥兒！是你的音樂／使我們這片天下／化為奇幻的仙靈境界／正宜於給你住家。同樣，〈我獨自遊蕩，像一朵孤雲〉，也與這首詩異曲同工。它首先描繪突然見到一大片歡舞的水仙花的詩人被感染的心境：

> 我獨自遊蕩，像一朵孤雲
> 高高地飛越峽谷和山巔；
> 忽然我望見密密的一群，
> 是一大片金黃色的水仙；
> 它們在那湖邊的樹蔭裏，
> 在陣陣微風中舞姿飄逸。
>
> 水波在邊上歡舞，但水仙
> 比閃亮的水波舞得更樂；
> 有這樣快活的朋友做伴，
> 詩人的心兒被歡愉充塞。

在詩的最末一段，則寫多年以後，這片水仙花的景象，一直成為詩人的精神依戀對象，甚至成為詩人所終生仰望的天堂意象：「這水仙常在我眼前閃現，／把孤寂的我帶進了天堂。」

當然，華滋華斯也有很多描繪自然景象的詩，並未直接描寫「宇宙精神」，也沒在最後將對象提升至與神靈、天國相連接，然而，我們卻仍能感覺到神性的氛圍。如〈三月〉裏的「四十頭牛兒吃草一個樣」的景象，充滿一種神性的溫馨，自然的景象彷彿是人心靈的怡園。

公雞正在高唱，

溪水不住流淌，

小鳥正在啼鳴，

湖面滿是星星，

沈睡著的綠野沐著陽光；

不管年輕年老，

都隨壯漢操勞，

牛群正在進食，

頭兒始終低著，

四十頭牛兒吃草一個樣！

　　與凸顯神性相比，華滋華斯更多的詩所展現的是詩人自己對自然的依戀。在著名的詩篇〈丁登寺〉中，詩人描繪自己在闊別懷河美景五年後，故地重遊，對景抒懷：「多少次，／在精神上我轉向你，／啊，樹影婆娑的懷河！」懷河美景不僅在以往的歲月裏慰藉了詩人的心靈，成為詩人的精神寄託，甚至在未來的日子裏，仍將成為詩人汲取「甜蜜」、「安寧」、「快樂」與「幸福」的源泉。詩人堅信「眼前這一刻包含了將來歲月的生命和食糧」。

　　在華滋華斯看來，在更多的時候，自然要高於人類，能給人以啓示。他在〈忠告與回答〉、〈轉守為攻〉兩首詩中，都表達了「讓自然做你的老師」的思想。在〈轉守為攻〉中，詩人認為自然能教育人，遠勝於空洞的書本：

她有著無數的現成寶貝，

給我們的心靈、理智——

健康裏自然會散發智慧，
歡愉中會洋溢真實。

春天的樹林給人的衝動，
能幫你把善良、邪惡，
把什麼是人的問題弄懂——，
聖賢沒她講得透徹。

〈忠告與回答〉構想了威廉與馬修兩個人物的一問一答。馬修問威廉為何坐在石頭上發呆，讓冥想消磨時間。威廉則說，他眼看、耳聽官能感受的自然，能感染他的心境，充實他的內心，因為「萬物永遠在不停地招呼」，獨坐，使之能虛心、靜心地與自然待在一起，與天地萬物親密地交流，從中得到教益與啟示。〈邁克〉、〈老獵人西蒙‧李〉、〈決心與自立〉等詩篇，表達了華滋華斯的另一個思想：日月星辰晝夜不停地運行，所以大自然也能教人勞作。這些詩的主人公都是年長者，勞動既是他們的物質活動，又是他們的精神活動，是既包涵著現實的又包涵著理想的行為。在自傳體長詩〈序曲〉中，詩人將勞動視為天恩。他寫道：「在淡泊的日子中/筋骨之勞、體膚之餓/是上天給我們的恩惠。」

在華滋華斯那裏，神性的大自然不僅能給人這些無形的啟示，甚至還能以它的美麗，塑造有形的美，即大自然的風光美景，滋潤出鄉村少女的美。在〈她沐浴了三年陣雨與陽光〉中，詩人描繪了這種美的薰染過程：

她沐浴了三年陣雨與陽光
這時大自然說道：「世界上
沒比她更可愛的花……」

這是因為姑娘得到的是大自然這位巧奪天工的美容師的梳妝打扮：

> 浮雲把自己的高位給她
> 楊柳為了她把腰肢彎下；
> 哪怕在暴風驟雨裏，
> 她雙眼也不會把美漏掉，
> 無聲感應以這美塑造了
> 這青春少女的形體。
>
> 午夜的星星她最喜歡；
> 在許多偏僻隱蔽的地點，
> 她會側著耳朵傾聽，
> 聽條條蜿蜒淌去的小溪，
> 那水花輕濺聲中的美麗
> 會在她的臉上凝聚。

　　實際上，無論主人公是癡是愚，是老是幼，是窮是苦，還是實為美麗的少女，在華滋華斯的世界裏，一切大自然中的人都是美善的。他們有著天性的質樸純真，有著敦厚與善良的心性，華滋華斯終生致力於讚美他們。可以看出，詩人對大自然是多麼的傾注一腔深情，他愛自然山水，同時也愛自然之中勞動與生活的人。應該說，崇尚大自然是浪漫主義詩歌的一大主題。將自然作為投射自身激情與生命本質的對象，是華滋華斯與其他浪漫主義詩人們相通的地方。「浪漫主義自然詩人的共同技巧是讀出風景中的意義。」⑥拜倫等其他浪漫主義詩人，同樣寄情山水，但基

---

⑥　Antony Easthope, *Wordsworth: Now and Then*, Open University, Press, 1993, p. 18.

本不涉及大自然背景中的鄉民。

華滋華斯不止是將自然作為託物言情的對象，而且將之視為人的精神家園，因而，他對自然有著一種近乎崇拜的激情。尤其賦予自然以神性，使華滋華斯獲得了自己的獨特性。這一點也使他區別於中國的陶淵明。同為自然詩人，自然在陶淵明的視野裏是非神性的，而華滋華斯的自然世界，則是有神靈居於其中的天地形態，是一個神靈蒞臨的世界。在這個世界中，人類便擁有了精神的依靠，親密地維繫在聖愛與神性的關照之下。

泛神論的思想決定了華滋華斯的詩歌以倫理型為本體，始終以人情與人性的眼光看取萬物，極力推崇人與社會、自然的互助互愛的精神。這種意圖，在詩人描寫人物的一類詩歌中體現得最為充分。生活在大自然中的鄉民是華滋華斯心目中最理想的人、最高尚的人。他的很多詩，都稱頌鄉民的普遍道德性，因為這些德性來自神性，又通往聖愛。

華滋華斯詩歌中具有神性的人，往往不是介入社會的人，不是現實社會中的強者，不是英雄，而是遠離社會的自然人，即接近自然狀態的人：一類是兒童，或稱幼稚之人；一類是鄉民，或稱厚樸之人。

兒童的基本人性高於成人，是華滋華斯的命題：「兒童乃成人的父親」。他認為童年才是本真的自我，而成年是不正常的自我，是非我。因而，兒童與詩人自己的童年，都成了他終生寫不盡的主題。自傳體長詩〈序曲〉的很多章節都描繪了詩人童年時期的生活片斷。〈致杜鵑〉、〈致蝴蝶〉等名詩，都表達了詩人嚮往與渴慕自己逝去的童年歲月的情結。詩中蝴蝶的飛舞與杜鵑的鳴唱，勾起詩人對兒時捕蝶與覓鳥情景的回味，詩人期望通過當前的翩翩蝶舞與聲聲鳥鳴來捕捉與挽留住自己童年的那份美好與愜意！

詩人之所以說兒童的基本人性高於成人，是因為他的泛神論

思想所致。依這種思想觀之，兒童更接近上帝，因為他們剛從造物主那裏來，帶有神光。童年因此是每個人整個生命的永恒光源。這是名詩〈頌詩：憶幼年而悟不朽〉的主題。詩的第五節這樣寫道：

> 天堂只在我們的嬰提時代降臨！
> 隨著歲月成長，
> 人的牢獄之戶開始垂下簾幕。
> 這成長中的「孩子」留意著光芒，光芒
> 流到何處？
> 他就歡慰地看著：
> 到了青年，他便要踏上旅途，
> 每天離東方越走越遠，
> 可仍把大自然崇拜頌揚，
> 在他的旅途陪伴他的，
> 有那種瑰麗的想像力；
> 這靈光在成人眼前暗淡，
> 終於消失在尋常的目光之中。

　　人愈走向成年、老年，神性的靈光愈來愈減褪。詩人喟歎自己身上靈光的消逝：

> 不管在哪裡，我知道，
> 有一種輝煌已從地球上消失
> ……
> 眼前那光輝如今逃向何方？
> 當年的榮光如今棲於何處？

然而，詩人並不因為靈光的消褪而悲傷絕望，儘管誰也不能讓綠草如茵的時光倒流，誰也不能令花卉繽紛的歲月回轉，但他堅信「人的天性還能回憶」，借助對昔日有靈光時期的憶念，也就是終生不斷地對童年的回憶，特別是對童年時期的自然印象的回憶，便能潤澤日益枯竭的心靈，補充生命的活力。在華滋華斯那裏，人的童年成了取之不盡、用之不竭的資源，它是人的生命的源頭活水。

　　詩人對童年的回憶涵括有三個層面，即返回童年、返回內心、返回童年對自然的體驗而達於自然。三者又統一於返回人與自然的同一狀態、原初狀態。人可以借助與自然的同一狀況這一途徑，告別此在，而達到澄明的彼在世界。

　　華滋華斯除了寫自己的童年之外，還有一些直接寫兒童的詩。從史觀之，「整個文藝復興至十八世紀的大部分時間內，兒童在詩中僅被視作哀憐對象，或基督教純潔無辜的象徵。」[7]而只有在華滋華斯的詩歌中，兒童卻具有高於成人的地位。〈我們共七個〉表現出了華滋華斯對兒童高於成人的獨特體悟。詩歌寫「我」碰見「帶著鄉野與山林氣息」的八歲女孩，她那濃密的鬈髮和美麗的大眼睛「叫我快活」。於是「我」問她有幾個兄弟姊妹，她回答「我們共七個，／我們中兩個住在康韋，／兩個在海上工作，／還有兩個躺在教堂的墓園，／那是我姊姊和弟弟」。「我」反覆提醒道;「要是兩個躺在墓地，／那你們只剩五個。」但小姑娘描繪了一番她與離家門口僅十幾步遠的墓地裏的姊弟的親密無間:

　　　　我常在那兒給手帕繰邊，
　　　　在那兒織我的襪子;

---

⑦　Willard Spiegelman, *Wordsworth's Heroes*, University of California Press, 1985, p. 50.

意義與形式

我老是去那兒坐在地上，
為他們唱一支曲子。

天好時，在太陽下山以後，
我常趁明亮的好天，
拿著我小小的帶柄碗兒，
去那兒吃我的晚飯。
……

　　不管我一直糾正說：「但兩個已進了天國」，他們已死去，小姑娘仍不理不睬，固執地反覆回答：「我們是七個」。分不清生死界限的朦朧的她，似乎使時間成了永恒，宇宙一片混沌。因為小女孩的意識融入到綿延無限之中，因而獲得一種永恒而普遍的強力，使其超過了能分清生死界限而因此帶有局限性的成人。

　　與寫兒童的詩相比較，華滋華斯寫鄉民的詩更多，也更顯重要。詩人強調的是接近自然狀態的鄉民與大自然、與周圍人的和諧，凸現人與人、與外界充滿道德感的愛的氛圍。德性之愛被表現為一種普遍力量，並進而導向神靈。

　　在〈坎特伯蘭的老乞丐〉中，等級社會中卑賤的老乞丐，因與自然環境和周圍人的和睦，不僅不顯得遭人輕蔑，反而以極為平等的身份成為大同世界怡樂圖中的一員。所有人都那麼善待他：騎馬消閒的人讓錢幣「穩穩當當地落在老漢帽子裏」，婦女「放下手中的活，拉開門閂讓他經過」，驛車從他身邊繞行，給他讓道。當他坐在石階上獨自吃他的食糧時，他與荒山野嶺、石墩、拐杖、山雀等一起構成一幅寧靜的天人合一圖畫。大自然不僅是他的家，同時，還賦予他一層靈光與威懾力，使他不只是一個乞丐，「他成了遊蕩於湖區共同的安居社會之上的一種自然力

量。」⑧

如果説該詩所描繪的是人與人、人與外界的和諧統一的話，那麼〈癡童〉所讚頌的則是鄉村人的充滿道德精神的愛。長詩敍述村婦貝蒂及其癡兒章尼與鄰居老婦蘇珊互相幫助、互相愛護的關係。蘇珊老太太夜裏突然生病，貝蒂只好將傻兒章尼獨自派進城請醫生，自己留下照顧病人。結果久候章尼不歸的貝蒂擔心兒子章尼，老婦蘇珊也一個勁地嘮叨「千萬別出事」，「他腦袋瓜不好」。最後貝蒂跑到城裏找到了醫生卻不見章尼，著急之至，竟也將請醫生的事忘了。四處尋找兒子的貝蒂，終於在樹林子裏發現了安靜地騎在馬上，在春夜月色下觀看瀑布的章尼。在快到家的路上，他們碰到迎面來接他們的老婦蘇珊。老太太一著急，痛也忘了，病也好了，便「走了出去，上坡下坡，／樹林邊，望見了他們兩個，／她連忙喊叫，他們也招呼／這真是一次歡樂的合唱，／基督教世界常有的歡樂。」

有人説華滋華斯「創作的一般傾向是努力鼓勵所有人認識到他們與別人的兄弟情誼的公眾感。」⑨這首詩無疑體現了詩人的這一價值取向。詩中濃厚的母子之愛、鄰人之愛，已超越了倫理層面。原因在於「依據柏拉圖的觀點，愛都是指向超個人的，即指向絕對的善和絕對的美的理念。被愛者只是一個中介，以引起對絕對的至善至美的理念的回憶。因為，愛是人與神之間聯繫的守護神。」⑩我們因此而能理解，華滋華斯在詩中將三人的會合稱譽為「基督教世界的歡樂」。因為這種愛中熔鑄了合乎神律的內心道德力量，即神律要求人和平仁愛、秉行公正等。這些「不僅足以使心靈隨處恬靜，且足以指導我們至善與最高幸福唯在知神，且唯有知神方足以引導我們一切行為都以仁愛和真誠為

⑧　John Beer, *Wordsworth and Human Heart*, The Macmillan Press, 1978, p. 15.

⑨　同⑧。

⑩　劉小楓《拯救與逍遙》，上海人民出版社，1988 年，第 163 頁。

準」。⑪貝蒂母子與蘇珊老婦的行為合乎神律，因而它們既是善的又是美的。

　　如上所述，華滋華斯的泛神論詩歌具有描繪自然與自然中的人的兩大系列。考察一下，便能發現，華滋華斯的泛神論思想絕不是一種孤立的個人現象，它與整個浪漫主義思潮是有著密切關係的，與整個時代也是相關的。文藝復興時期，泛神論之所以流行，是因為它比經院哲學更能迎合時代需要，將人格化的上帝取消，使之自然化，加速了將對象化的本質從上帝轉到自然，最後復歸於人的過程。十九世紀前後泛神論再度流行，自有其土壤。隨著工業革命之後工業化與城市化進程的推進，寧靜、穩定的農業社會被瓦解，人們放棄固守土地的觀念，加入流動性的城市社會。在這一社會中，工業勞動使人喪失了過去擁有的主體性，「工人們認識到自己不過是整個過程中的一個部分，用時代語言來說僅僅是作為『一隻手』」。⑫人的本質被異化了。而泛神論，實質上是對人的本質的虛幻追求，通過人以自然中的神靈作為尺規來測度自己的生活以實現自己的主體性。華滋華斯詩化自然、神化自然，一直被認為是詩人逃避現實的消極之舉，客觀上看，它是工業化進程中的一種産物。

　　華滋華斯泛神論思想的形成，也與法國大革命有關。詩人曾一度為法國大革命熱血澎湃，欲親身投入戰鬥。然而雅各賓黨的專政所造成的災難性局面，特別是他的一些在法國的吉倫特黨朋友遭捕殺，使詩人對革命的理想幻滅，進而迅速從支援革命的抗爭哲學轉向追求和諧的同一哲學。華滋華斯對泛神論的推崇，對寧靜大自然的傾向，正是眾多歐洲人在大革命之後的普遍情感走向。在這個意義上，華滋華斯的泛神論詩歌獲得了一種社會功

⑪　斯賓諾莎《倫理學》，引自洪漢鼎《斯賓諾莎哲學研究》，人民出版社，1997年，第 258 頁。

⑫　Antony Easthope, *Wordsworth: Now and Then*, Open University Press, 1993, p. 25.

能，具有它的時代意義。正如阿諾德後來所認識的，當時「最好的詩歌就相當於一副對付由法國大革命引起的現代社會和政治問題的解藥。」而「華氏的抒情短詩，以及那些禮讚大自然的詩歌，完全具有安慰和平息由於社會動亂和變遷而困惑的讀者的力量。」[13]

此外，工業革命後急劇的社會變革導致了封建倫理道德觀念的瓦解。在資產階級道德觀念還未建立完善的歷史條件下，泛神論思想體現了對於建立新的倫理精神的一種渴求，人們試圖尋求一種融合著古老傳統精神的新道德。「既然任何概念和總體的意義消失在客體世界中，主體便通過尋找一個想象的王國表達它自己。」[14]華滋華斯的泛神論詩歌及其所表現的哲學也具有這種功用。因此，華滋華斯的泛神論詩歌及其思想絕不是基督教神學，而是著眼於生命本身，是關注人的生命本體的生命哲學。

今天，在世界文化背景中觀照華滋華斯的泛神論詩歌，我們能看出其哲學思想在某些方面不同於西方的一些文化傳統，卻非常接近中國老莊的「抱樸說」及明代李贄的「童心說」。

首先，它表現出將客體與主體相等同的傾向。在西方傳統中「主體與客體並到一起是不可能的，並到一起，正說明它們實際上是分離的」。[15]自古希臘始，在西方，主體從來高於客體，客體的自然只是主體的人所征服的對象。華滋華斯以泛神論思想打破了主體的人與客體的自然間的界限，在西方顯得是十分特殊的。

第二，西方文學從來有崇拜英雄、弘揚個性的傳統。「阿喀琉斯的憤怒」是最早出現的範例。浪漫主義時代又是極為崇尚個性的時代。拜倫與雪萊塑造了一系列英雄與叛逆者。華滋華斯恰

---

[13]　〈批評者筆下的華滋華斯〉，引自《廣東社會科學》，1997年，第5期。

[14]　Antony Easthope, *Wordsworth: Now and Then*, Open University Press, 1993, p. 26.

[15]　同[14]，p. 18.

恰反對英雄主義、貶抑個性。他詩中的主人公多為曠夫野老、弱女稚童，多數都無名無姓，表現出重群體輕個體，肯定普通人的反英雄的價值傾向，個體永遠只是無限之中的一個小點，而英雄作為一個社會角色是遠遠低於融於大同世界中的自然人。相比之下，華滋華斯的價值觀念與愛默生等較為接近。但將鄉民推至接近神靈的高位，華滋華斯卻是第一人。

在與西方一些傳統大異其趣之時，華滋華斯的泛神論觀念卻表現出與中國老莊哲學的奇特吻合。中國的老莊哲學將順乎自然、合乎天律看作人生的最高境界，並認為社會性的戒律低於自然本性。因而，順乎自然的人要高於受社會羈絆的人。他們認為，後者受制於社會規範，是奴隸；而自然人無拘無束而超越為自由人。《老子》十九章說：「見素抱樸，少私而寡欲。」《莊子》駢拇指出，人性即是：「天下有常然」，即任其自然乃圓滿人性，如果用仁義禮樂去匡正它，就是「削其性」，「失其常性」。《淮南子》繼承老莊「抱樸說」，主張「人性無邪」，肯定人性本來「純粹素樸，質直皓白」。實際上華滋華斯詩中的大多數主人公都是這種抱樸之人。分不清太陽與月亮、雞啼與鳥鳴的弱智兒童尼之所以備受讚美，正是他達到了「無邪」的境界。華滋華斯無疑也視他為最高境界，也是老莊哲學所推崇的境界。與後者有所不同的是，華滋華斯的人物具有一層神性的色彩，他們符合自然中的神意，也染上了自然中的萬事萬物所具有的神韻。

華滋華斯的詩歌帶給世人一片真善美的天地，它的泛神思想所導致的超驗性，對世俗的人們具有一種永恒的吸引力。特別是工業化與後工業化社會中的人們，由於現實中的困境而愈來愈嚮往華滋華斯詩歌那同一、和諧與純淨的永恒世界！

二、華滋華斯泛神論詩歌的想象建構

威廉·華滋華斯的詩歌創作與泛神論哲學具有密切的聯繫。朱光潛先生説：「没有柏拉圖和斯賓諾莎，就没有歌德、華滋華斯、雪萊諸人所表現的理想主義與泛神主義。」[16]一般説來，神學哲學思想與詩歌的藝術性，會有一些矛盾。然而，華滋華斯的泛神論思想，不僅没有破壞他的詩歌藝術，反而成就了其獨特的詩歌風格，因為泛神論不是作為一種觀念游離於其詩意之外，而是被不著痕跡地化入了詩歌藝術之中，它與詩人的情感、描繪對象、素樸的語言融合為一體，達到一種巧奪天工的勝境。

華滋華斯以自然為描繪對象的泛神論詩歌，在當時並不為時人所接受，直到晚年，詩人的影響才逐漸攀升，最終征服了英國讀者的趣味，獲得了英國第一詩人的美譽。這一方面説明華滋華斯的詩歌有一定的特殊性，另一方面也説明華滋華斯的詩歌確實經得起時間的考驗，有著非常高的藝術成就。由於歷史的原因，中國接受華滋華斯更是頗經曲折，因而造成對他的研究相當薄弱。我不打算單純地研究華滋華斯的泛神論思想及其淵源，或者在詩歌中有什麽具體的表現，也不是專門研究詩人的藝術傾向或研究其詩歌的某些藝術特徵，而是探索這兩者怎樣有機地連繫為一個整體，探索詩人運用了哪些有利的因素，哪些有效的手段，以使其抽象的、乾巴的哲學觀念變成那樣生動、鮮活、優美的形象嫋娜而出，結晶成為精緻的藝術。

若進一步用一個比喻來講的話，即，華滋華斯泛神論的大廈是用什麽材料建起來的。因為我們知道僅靠語言材料是不夠的，用語言來讚頌神，產生了大量的聖詩與宗教的讚美詩。而且詩歌

⑯　朱光潛《詩論》，三聯書店，1984 年，第 76 頁。

先天地比較有利於表現情感而不長於表現思想，華滋華斯卻突破了這種障礙，在他的詩歌中成功地表達了他的泛神論理念。同樣具有基督教神學觀念的偉大作家托爾斯泰，他運用的是更有利於表現思想觀念的小說形式，相形之下，他在小說《復活》中表現其思想時顯得有道德説教的成分。德國的席勒在他的戲劇中也犯有觀念大於藝術形式的毛病，即，藝術成為表達他觀念的傳聲筒。華滋華斯究竟運用了哪些藝術策略，將其泛神論觀念融合進他的詩歌之中，使整個詩歌的美渾然天成，這正是下文所要探討與追蹤的。

從描寫對象來看，華滋華斯主要寫自然以及自然中的人。詩人回憶自己金色童年的大量詩歌，都是借助於眼前自然景物的觸發與感召，引出那曾失去的樂園在詩人眼前飄然而過，若隱若現，它似乎是過去的生活，又似乎是自慰的幻覺。大自然始終是詩人情感與想像的觸發點或引爆口，西方有人將華滋華斯這種觸發點，描述為「黃金瞬間」。之所以是「黃金瞬間」，在於那一刻既連接於現實又超然於現實，通過它，華滋華斯實現了與泛神觀念的連接。如名詩〈我獨自遊蕩，像一朵孤雲〉，寫「我」突然發現眼前一片金黄色的水仙花，在對其風姿綽約予以繪形繪色的直觀描繪後，直接導向神的國度——「這水仙常在我眼前出現，把孤寂的我帶進天堂」。詩人在捕捉到瞬間「美」的同時，也捕捉到了「天堂」的瞬間印象。與此類似，詩人在絕大多數詩歌中都實現了從自然向神性的過渡。

在華滋華斯的詩歌中，這種過渡與超越的途徑，主要是通過靜觀來實現的。

靜觀是一種「突然發生」的審美直覺，[17]一種「瞬間」的審美直覺。[18]直覺具有單純性，不同於理智追求事物的眾多性與複

---

[17]　（德）叔本華《作為意志與表象的世界》，商務印書館，1981 年，第 249 頁。
[18]　同[17]，第 274 頁。

雜性，它要求單一、聚合、純淨。正是直覺的單純性，賦與詩人進入彼在、實現超越的捷徑，因而在西方有著「詩人最接近上帝」的說法。應該說，超越此在是哲學、宗教、藝術所共同的一個特徵。不過哲學以思考領悟彼在，宗教以信仰去與神融合，兩者都排斥靜觀的方式，因為靜觀容易走向自失、走向寂滅。而藝術體驗的「唯我指向」，即主體強烈的自我情感，使主體在靜觀中絕不會自失。如〈我獨自遊蕩，像一朵孤雲〉中的詩人自我，始終主導於其中。誠然，應該承認，在最為本質的一刻，即在詩人飄飄欲仙的一刻，既是詩人個體體驗的頂峰，同時也具有消解主體個體經驗的特質，這一刻消解了此在與彼在之間的鴻溝，生成出了此在與彼在、有限與無限、瞬間與永恒相融合的境界，即：被帶入天堂的境界。在這一刻，詩人能「一瞥」超自我的自我與神靈的世界。

此在位於低層，彼在位於高位，本身就形成了神學的想像空間。在這樣一個空間內，讀者的想像力比較容易受到詩人的操縱。華滋華斯有效地設置了各種因素，將讀者的想像導向神性世界，這些有效因素，是詩人將泛神論觀念藝術化的主要建構手段。

首先，原型隱喻是華滋華斯最常用的一種藝術策略。一種情況是，詩人直接從眼前的景色聯想到天堂的境界或意象，如〈我獨自遊蕩，像一朵孤雲〉。另一種方式在華滋華斯的詩歌中更為常見，也更為含蓄、深層，即以聯想調動人們意識中儲存的各類原型意識，如幼稚的孩童接近天使的形象，厚樸拙訥的鄉夫野老，他們的道德純潔性與基督教的善、愛及其神秘性有相似之處。詩人這種隱在的聯想就把人與神性融合在一起，形成一個大同世界、神性空間。詩歌的藝術氛圍也因此更為朦朧，若隱若現，似真非真，烘托出神性世界縹緲的意境。華滋華斯詩歌中有很多這類原型的老者形象，如老邁克（〈邁克〉）、老西蒙

（〈老獵人西蒙・李〉），還有捉水蛭的老人與老乞丐等；另外也有一些苦難的女人，如被人拋棄而精神失常的女人（〈荊樹〉）、（〈她眼色狂亂〉）。他們悲苦、貧弱而心善，能激發起讀者的聯想，將之與基督教的承受苦難的、善的神學涵義相連接，這些弱者因此被賦予了神性的無限性。謝林說：「如果無限者被納入名副其實的有限者，有限者則被視為無限」。[19]這些弱者身上被納入了無限的神性的善，因而他們具有了無限性的特質，獲得了一種強力，也獲得了一份人們對他們的敬重。詩人在〈坎特伯蘭的乞丐〉中寫道：

> 上帝創造的萬物
> 不管多低賤；
> 形象多卑下、野蠻，
> 即使最討厭、最愚蠢的
> 都不會與善無緣。[20]

　　基於這種認識，華滋華斯詩中的一些癡愚之人，也能讓人不自覺地加愛於他。像〈癡童〉中的傻子章尼就是如此。章尼被母親貝蒂深夜派進城，去為突然生病的鄰居孤老太太蘇珊請醫生，他竟在路上將事情忘得一乾二淨。貝蒂最後在林中找到立馬看瀑布的他。在回家的路上，貝蒂問章尼看到了什麼，章尼回答說：「太陽冷冷地照著，公雞喔喔地叫著」。實際上他錯把月亮當太陽，把貓頭鷹的叫聲當雞鳴。章尼的「無邪」，使讀者容易對他產生一種特別的愛。在詩人眼裏，「無邪」之人未被世俗所污染，更接近神性世界，因此要高出於正常之人，也就是說，未開化的人要高於開化的文明人。這正是華滋華斯對鄉村人情有獨鍾

---

[19]　〔德〕謝林《先驗唯心論體系》，商務印書館，1977年，第269頁。

[20]　《華滋華斯抒情詩選》，黃杲炘譯，上海譯文出版社，1986年，第15頁。

的一個重要原因。在他看來，純樸的鄉下人要比城裏人更靠近神。

此外，回到神那裏的「回家」的象徵，是華滋華斯建構神性世界的又一重要策略。如〈每當我看見天上的彩虹〉就是一首象徵性非常鮮明、強烈的詩歌。詩人在其結尾處寫道，自己若見了彩虹，不再敬畏，「就讓我死亡」。詩中的彩虹已成為一種神性的彩虹，是神的或神之物的象徵。〈頌詩：憶幼年而悟不朽〉，自始至終貫穿著「光的幻像」，它伴隨著人的一生，從童年時的強光，到中年時的漸弱，到老年階段的微弱。這種由強到弱的光，不是普通的光，而是人隨著自己的出生，從造物主上帝那裏帶來的靈光。童年是最充滿神性光輝的階段，華滋華斯始終認為，中老年階段要靠回憶童年時期的生活、回憶童年時期對大自然留存的印象，來給日益枯竭的心靈補充營養。這種對童年的回憶，實際上已經不止是對童年本身的回憶，其中寓含有對神性、對彼在的回憶，因而對童年的回憶意味著回到神那裏，這與海德格的「回家」的概念是非常相似的。像詩人回憶自己童年對自然印象的名詩〈致蝴蝶〉、〈致杜鵑〉都包含有對彼在、對神性的回顧與溫習，詩人的那份感覺帶有詩意的朦朧、神性的陶醉。由此我們更能體會出〈頌詩：憶幼年而悟不朽〉中所描繪的光，是具有象徵意義的光，是意象之光、神靈之光。

華滋華斯實現與神靈意象同構的上述策略，所依據的是萬事萬物之間相似性的規律。具體地說，就是詩人借助自然界充滿生機活力與人的生命活力的相似性，進而認為它們同樣內化有神靈。華滋華斯所抓住的是人的生命之流與萬物運動的相似性，而且更為重要的是他抓住了人在事物的感性形式中能直覺到這種相似性的特徵。馬克思在探討人類與自然的關係時指出：「從理論方面來說，植物、動物、石頭、空氣、光等，部分地作為自然科學的對象，部分地作為藝術的對象，都是人的意識的一部分，都

是人的精神的無機自然界，是人為了能夠宴樂和消化而必須事先準備好的精神食糧……。」[21]華滋華斯詩中的自然，便是人化的自然，詩化的自然，神化的自然。這些物本身並不包含人的情感，但它們具有與人的情感的相似特徵。接觸它們，人們便能直覺到這種相似性而以聯想的方式觸發情感。華滋華斯利用自然物的這種特殊結構，「召喚」出審美主體的某種情感，使人的情感體驗衝出人心的藩籬而泛化於茫茫宇宙，所以，其詩歌中的自然對於詩人、對於讀者、對於人類，就變成了有生命的存在物。在這個過程中，想像最終完成了讀者情感與自然、與作者傾向、與神靈意象的同構。事實上，沒有想像的參與就不能完成這種同構。伐木者眼中的樹林只能是一種物，而詩人眼中的樹林則由於借助其先天的想像力而呈現為美的對象。

華滋華斯的再一種有效轉化策略，是將個體孤立出來，孤立於社會之外、時代之外，甚至群體之外，置之於普遍的自然之中、永恒之中。在他的詩中，你感受不到當時工業革命的氣息，也感受不到法國大革命及其對整個歐洲的震撼。他的人物一般不具多少社會性，而是作為自然人，被孤立地置於自然背景之上。這種孤獨者形象與永恒自然的普遍性直接連接，進而與自然中的神秘，與普遍中的神靈相通。因為孤獨有一個重要的功能，即它能保持與內在想像世界的接觸。惟有在孤獨中，人的靈魂才能與上帝、與宇宙的神秘相遇。大雨過後，原野裏白茫茫一片，捉水蛭的老漢獨自一人出現在這種特定的自然背景之上；老西蒙・李拖著年邁有病的身子孤獨地在曠野挖樹根；坎特伯蘭老乞丐孤身一人坐在荒山野嶺的石階上吃著他的乾糧，旁邊放著拐杖，小鳥吃著他掉的乾糧殘渣。這些形象被孤獨化，因此也被距離化，他們與大自然的連接進而使之被普遍化而帶有一種精神性的色彩。

---

[21]　馬克思《1844年經濟學　哲學手稿》，人民出版社，1979年，第49頁。

這也許就是荷爾德林所說的「人充滿勞績，然而人詩意地棲居在這片大地上」中的「詩意」。[22]也如海德格所描述的，人透過艱辛，仰望神明，這種仰望直達神靈，但根基還留在大地上。」[23]「神性乃是人藉以度量他在大地之上、天空之下棲居的『尺度』。唯當人以此方式測度他的棲居，他才能夠按其本質而存在。」[24]華滋華斯詩中的這些與天地相依屬的孤獨的個人，也是獲得了「人之為人的本質」的人，沐浴神性而充滿幸福。〈序曲〉中描寫了這樣一個男孩：

> 他發現自己的感覺與情感
> 甚至生命都與自然的無限
> 無所不在的生命密切相連，
> 這使他感到一種難言的幸福，
> 感到上帝的情感普灑於所有運動
> 和似乎靜止的事物之上。

　　這個男孩的幸福感，不是來自世俗的利祿功名，而是來自與自然的聯繫，通過自然又與神聯繫。正如 K．G．托馬斯分析的，「華滋華斯將自我與自然的永恒和永遠的運動相互映照，因為兩者相似，都出自一個源本的無限、動能與永恒：上帝本身。」[25]
　　華滋華斯持有的是一種普遍化的視角，立足於人物與無限、與永恒的連接，它在將人物無限普遍化的同時，也將他們靜止化與客體化了；它使其詩帶有極其超然的寧靜美的同時，也讓讀者感到詩人筆下的這類人物，缺乏內心矛盾或痛苦，他們只是無限

㉒　《海德格選集》（上），上海三聯書店，1996 年，第 470 頁。

㉓　同⑦，第 470-471 頁。

㉔　同⑦，第 471 頁。

㉕　Keith G.Thomas, *Wordsworth and Philosphy*, London, U. M. Research Press, 1989, pp. 116-117.

中的一個靜止的點，萬事萬物中的一個物。「他的想像掃視、穿透時空，他將個體看作生與死之間的一個旅行者，個體是自然宇宙中的一份子，時間看著一代又一代生命逝去。在外在的自然中，一切是變化的，但卻是綿延不絕的。」㉖當然，就泛神論理念的表達而論，華滋華斯的這種視角無疑是最為上乘、最為有效的，是支撐詩人的抽象理念藝術化的強有力視角。

最後，華滋華斯所選取的兩大描寫對象──童年與自然，都具備關聯兩個世界（此在與彼在）的媒介特質。童年與自然，在華滋華斯詩中，不止是作為描繪對象與詩人情感的投射對象而存在，而且它們自身也充當了超越此在進入彼在的橋梁。任何向彼在世界的超越都是需要媒介的。童年本是現實人生的一部分，由於這一階段的生活還未涉獵社會，因而成為現實人生的一個特殊階段。在華滋華斯的泛神論觀點看來，嬰孩是剛從造物主那裏來的，更多地帶有被造物的特徵，因而童年還帶有上帝的靈光，靈光隨年齡的增長而遞減。〈頌詩：憶幼年而悟不朽〉是對沐浴天恩的童年的讚歌。

華滋華斯詩歌中的童年有兩類，一類是直接寫兒童的，著名的有〈我們共七個〉，表現兒童的純真、稚氣，以兒童的不解世事，與天地、與自然和諧融洽的一種混沌狀況，來讚頌兒童的天然屬性。實際上，讀者從此可能聯想到《新約聖經》中耶穌對孩子們說，天國是屬於他們的，從而感受到詩歌中的兒童身上被賦予的那種神性的氛圍。另一類是詩人回憶自己童年的詩歌。對童年的追憶是詩人終生吟頌的主題。由於童年離造物主最近，因此，對童年的回憶，也就包含了對彼在的回憶，對現實生活的疏離。

大自然同樣具有這種媒介功能，它充滿生機與活力。華滋華

㉖　F.B.Pinion, *Wordsworth Companion*, Macmillan Literary Company, 1984, p. 8.

斯視自然為靈性的存在物、善的存在物，恰如泛神論哲學家斯賓諾莎所描繪的：「顯而易見，所有的自然現象，就其精妙與完善的程度來說，實包含並顯示神這個概念。」[27]華滋華斯詩歌中的自然，既美又善，對詩人的情感具有極其強烈的感召作用。它既是詩人所鍾愛的描繪對象，又是詩人所感懷的對象，還是詩人情感的寄託與依歸，因為其中有著一種永恒的神性精神的吸引。自然界既具現實性，又具超越性，同樣帶有媒介特質，是人們疏離現實、進入彼在世界的渠道，成為人們擺脫世俗煩勞的一個庇護所。所以，童年與自然兩大主題的媒介特質，有效地化解了主體與客體的界限，為詩人構築物我和諧的大同世界與神性境界產生重要的作用。

　　無論在西方哲學的傳統中，還是在二十世紀西方所流行的觀念中，主體與客體對立是其傳統與主流。古希臘文學中，就表現出人對自然、主體對客體的征服。二十世紀新小說派的代表人物羅伯·格里耶宣稱「物是物，而人只是人。」[28]強調主體與客體的分離。法國存在主義哲學家薩特的名作《噁心》，也表現了主體對客體的隔膜與厭惡。小說的開篇就寫了主人公洛丁根對栗樹的樹根、對一片紙等客體不可思議的存在感到噁心，凸現主體對客體的陌生、隔絕與無奈。相比之下，華滋華斯的詩歌在西方背景上別具一格，他強調的是主客體的同一與和諧，人與自然，人與他人的和睦融洽被他視為最高境界。實際上華滋華斯的詩歌在某種程度上體現了中國文化中天人合一的思想。他進一步賦予自然以神性，將神性的自然看得高於人性、高於人類，因而，在他構築的溫馨而寧靜的真、善、美的大同樂園裏，自然及自然中的神性成為人們的精神依歸，普通短暫的人生因此有了終極意義。

㉗　〔荷〕斯賓諾莎：《神學政治論》，頁68，轉引自洪漢鼎《斯賓諾莎哲學研究》，人民出版社，1997年，第258頁。

㉘　Antony Easthope, *Wordsworth Now and Then*, Open University Press, 1993, p. 41.

華滋華斯詩歌對此在與彼在世界相會通、融合的美好瞬間的捕捉，對永恒片刻的駐留，將永遠吸引著現實生活中人們的仰視。只要人們有超越世俗的意願存在，華滋華斯的詩歌就將擁有它永久的吸引力。

三、華滋華斯詩歌情感的時間建構

華滋華斯的〈抒情歌謠集・序言〉，在一八○○年隨書被印刷時還顯得那樣平淡，面世後還是那麼不被人關注。然而，在文學的長河中它確實不同凡響，突破了千年文學的陳規，特別是打破了當時文壇的種種禁錮。當然，這樣的開路先鋒是要付出代價的。華滋華斯的代價是，他的詩歌與詩論多年得不到承認。他幾乎忍受了大半生的寂寞與失落，承受了多少年被拒絕、被否定、被奚落的酸楚與挫折，但他終生不改詩風，終於在詩人的晚年，苦盡甘來，不僅得到了承認，而且聲譽登峰造極，風光無限。

〈抒情歌謠集・序言〉被譽為英國浪漫主義的宣言，具有劃時代的意義。文中提出了「詩是強烈情感的自然流露」[29]的著名主張，從理論上徹底擊敗了法國古典主義理論大師瓦洛在十七世紀提出的「詩人永遠應該愛理性」的權威原則。而且華滋華斯還明確提出了「選擇日常生活裏的日常事件」、「選擇微賤的田園生活」作為文學創作題材的主張，與過去英國文學主要描寫王公貴族的高雅藝術大異其趣。在語言與形式上，他倡導「要用人們實際使用的語言」與民間流行的歌謠、民曲、對話等不拘一格的形式等等。可以說華滋華斯以前的英國文學批評史上，還未曾有人提出過如此多的極富創新與變革的理論。

---

[29] 《古典文藝理論譯叢》，曹葆華譯，人民文學出版社，1961 年，第 186 頁。

尤其難能可貴的是華滋華斯一生都在實踐自己的理論主張，或者說將他的藝術主張運用於他的詩歌之中。他的詩歌都是詩人強烈情感的自然流露，其詩依情感而作、為情感而作，詩人「自我」的地位因此被提高到了君臨一切的高度。在華滋華斯看來，詩不是源自理性，而是源自詩人的心靈，因而也就不應去模仿現實，或去表現「理性」規條，而應該表現詩人自己的內心體驗。華滋華斯的自傳體長詩〈序曲〉長達八千五百行，詩人本人承認這是「文學史上前所未有的一椿事：一個人居然關於自身大談特談」。確實，華滋華斯相當多的詩篇都是回顧自己兒時對自然的印象或成年後對自然的感悟。即使一些不是直接寫詩人個人經驗的詩作，也大都有一個「我」的形象或顯或隱於詩中。

一般說來，倘若詩歌定位於表現自我，往往容易走向或自我哀憐或自我陶醉的狹小範圍，而為世人所棄。然而，華滋華斯的詩歌執著於表現詩人自我的內心體驗與內心情感，卻沒有陷入私人性的死胡同。這其中一個重要的原因在於，華滋華斯對詩人的情感有特殊的要求。他認為，詩人的天職是：詩人既是詩人又是老師。他在〈抒情歌謠集‧序言〉中寫道：「一位偉大的詩人必須陶冶人的性情，予人以新的感情成分，使其感情變得更加健全、純潔而持久。總之，更合本性，即更合永久的本性，以及萬物偉大的原動力。」[30]而所謂「永久的本性」、「萬物偉大的原動力」，在華滋華斯的泛神論觀點看來，存在於有神性的大自然中。因此，大自然與大自然中的人就成為了華滋華斯的關注對象、感悟對象與描繪對象。大自然也造就了華滋華斯這位偉大的浪漫主義詩人。

大自然在華滋華斯心中具有至高無上的地位，它既是萬物的原動力，又是神性的自然。大自然中的神，不是一種獨立的存

意義與形式

---

[30] 同[29]。

在，不是一位獨立的形象，而是一種「宇宙精神」，一種普遍的存在。華滋華斯在他的詩裏，表現了他與大自然的多層次上的多種關係。在一些詩中，如〈每當我看見天上的彩虹〉，詩人表現了他對自然的崇敬與敬畏。而在另一些詩中，詩人又表達了他對自然不盡的依戀之情。他不僅將大自然視為自己的精神生命之根，而且還視為未來生命的歸宿，成為了他的精神家園。大自然能醫治人的心靈創傷，慰藉人的煩惱，帶給人快樂，最重要的是它能滿足人的心靈需要，使人獲得一種目的性與幸福感，成為人的終生依靠。因此，大自然就成了華滋華斯詩歌中的情感所指、情感所傾與情感所在。

那麼，華滋華斯是怎樣將他的自然感受轉化為一種藝術的呢？他是如何在他的詩歌中有效地結構進他個人的感情，並且使它昇華為一種藝術的審美感情呢？這是非常值得探討的一個問題。我們知道，對自然的喜愛是人類共同的一種情感。約翰遜博士說；「除了再現普遍本質外，再沒有任何東西能夠被多數人喜愛，並能長久地被人喜愛」。[31]華滋華斯將自我情感連接於永恒的大自然，因而其詩歌的情感內容，就突破了私人情感的狹隘性而獲得一種普遍性。

儘管華滋華斯詩歌情感的內容具有普遍性，然而，這種普遍性的情感如果不經過藝術加工與處理，充其量也只是一種日常的情感，還不能昇華為高度凝煉的、能使人產生共鳴的藝術情感。那麼華滋華斯使日常情感轉化為藝術情感的主要藝術手段是什麼呢？華滋華斯相當多的詩歌，特別是以個人經驗為題材的詩歌，主要是借助於對時間進行種種處理，來實現使日常情感淨化與昇華為藝術情感的。這是華滋華斯主要的一種藝術手段，因此甚至可以說，華滋華斯詩歌中情感建構是一種時間建構，華滋華斯的

③ 〔美〕M. H. 艾布拉姆斯《鏡與燈》，袁洪軍等譯，中國社會科學出版社，1991年，第58頁。

詩歌藝術首先體現為一種時間藝術。

華滋華斯對時間的處理主要有下述幾種方式：

華滋華斯運用最多的一種方式是回憶的方式，這也是通常詩人們慣用於詩歌創作中的一種方式。華滋華斯運用回憶，營造距離感，造成「時隔效應」，使詩人原本粗糙的日常情感，經過時間的過濾而變得淡遠而幽深。以這類方式建構情感的典範之作有著名的〈致杜鵑〉、〈致蝴蝶〉等，它們都是詩人滿懷深情追憶自己童年時期對自然深切印象的名詩。

> 杜鵑哪！我該把你叫做鳥？
> 或只叫飄蕩的歌聲？
> ......
> 雖然你是對幽谷咕咕地
> 談論著鮮花和陽光，
> 你卻在我心眼前展現了
> 一幕幕往事的景象。
>
> 以往在我上學的日子裏
> 我曾諦聽你的呼叫；
> 曾朝著天上、曾在樹叢裏
> 千百次地把你尋找。
>
> 現在我又把你的歌細聽，
> 又仰臥在這平原上
> 聽到你在唱，直到我的心
> 回到黃金般的時光。㉜

㉜ 《華滋華斯抒情詩選》，黃杲炘譯，上海譯文出版社，1986 年，第 179-180 頁。

詩歌從現在的時間，切回過去的時間。兩個時間的連接點為對杜鵑鳥的情感依託，既展現了詩人現在對杜鵑鳥的觸景生情的感受，又在現在的時間裏尋找過去對杜鵑鳥的那份銘刻在心的體驗，同時還在過去的時間裏展現杜鵑鳥與詩人的關係。詩中的敍述自我與經驗自我交叉重疊，兩種自我所代表的不同時間均在詩中產生作用。當下回顧性視角中包含著過去的經驗視角的內涵，而經驗視角又立足於當下的回顧性視角。這種時間交叉處理，使詩人的情感經過時間的過濾，變得淡遠而朦朧，揚棄了私人性，轉化為藝術的審美情感。

　　另外一種方式，是採用多個時間點的連接方式。與上述詩相比，在〈每當我看見天上的彩虹〉、〈丁登寺〉、〈頌詩：憶幼年而悟不朽〉等名詩中，則不僅存在現在與過去兩個時間點，還增設有未來的時間點。〈丁登寺〉描繪「我」對眼前的懷河兩岸美景的欣賞與陶醉，同時又與五年前對它的體驗及五年中對它的回味交叉疊映，進而再向前延伸到童年對自然的印象，又向後擴展到將來年老時對此的回味，預見未來歲月裏自己將依靠眼前美景在心中留下的印象來滋潤自己的心靈，作為精神食糧。由此詩人將一生中心靈在自然的影響下的發展軌跡貫穿起來，探索詩人的心靈在人生不同階段對自然的依戀。眼前的現實體驗、過去的美好回憶與未來的憧憬所構成的三個時間點，依情感焦距的推拉，隨時縮短與擴大它們之間的距離。顯然，擁有未來時間點的詩篇進一步拓展了詩歌中的時空，進一步加強了情感往復重疊的層次，因而編入的情感更多更密，情感被表現得更深邃、更濃烈、更有力度，實現了華滋華斯所說的：「詩歌是強烈情感的自然流露」。這樣，詩又被賦予了無限性，因為現實的時間被當作綿綿恒久時間中的一個點來處理，由它同時向過去與未來延伸。時間的延伸伴隨著詩人情感的延伸。因此在時間的綿延之中，詩人的情感也被點染了恒久的本性。

〈丁登寺〉的開篇，就交代了時間，現在是時隔五年的故地重遊：

> 五年過去了，五個夏天，加上
> 長長的五個冬天！我終於又聽見
> 這水聲，這從高山滾流而下的泉水，
> 帶著柔和的內河潺潺。

詩人又回味五年中，自己的心靈一直在從眼前這處美景獲益：

> 每當我孤居喧鬧的城市，
> 寂寞而疲憊的時候，
> 它們帶來了甜蜜的感覺。
> ⋯⋯
> 甚至還進入我最純潔的思想
> 使我恢復了恬靜。
> ⋯⋯
> 它們使我回味起已經忘卻的愉快。
> ⋯⋯
> 我還靠它們得到另一種能力，
> 更高的能力，一種幸福的心情。
> ⋯⋯
> 這時候我們的眼睛變得冷靜
> 由於和諧的力量，
> 也由於歡樂深入的力量，
> 我們看得清事物的內在生命。

情感步步推進，發展到極限，詩人從具體上升到抽象，將懷河美景概括為自己的精神依靠與靈魂家園：

> 多少次
> 在精神上我轉向你，
> 啊，樹影婆娑的懷河！
> 多少次我的精神轉向了你！

隨後，從對懷河的感激，從回憶的視角，切回到眼前景色，再虛擬到將來的歲月。詩人堅信未來也要靠景色的回憶來充實自己的心靈。他寫道：

> 眼前這一刻包含了將來歲月的生命和糧食。

在長詩的後半部分，詩人回顧了自己童年對自然的體驗。

> 瀑布的轟鳴
> 日夜纏繞住我，像一種情欲；
> 大塊岩石，高山，深密而幽暗的樹林，
> 它們的顏色和形體，
> 當時是我的強烈嗜好，
> 一種體感，一種愛欲，
> 無需思想來提供長遠的雅興，
> 也無需感官以外的任何趣味。

華滋華斯還有一種處理時間的方式，那就是採用近似講故事的方式，以時間的發展為線索，但時間的跨度一般是比較大的。這一類詩，不是直接寫心靈映照下的自然，而是寫鄉村中順其自

然生活的人們，如〈邁克〉等。這類詩以敘述鄉間老漢由壯年到老年的人生變化為內容，同樣包含著時間的因素。與前述抒情詩不同的是，這一類詩的敘事因素更強，具有濃烈的情節趣味。

> 在那個好地方卡迪根郡
> 靠近舒適的艾佛爾大廈，
> 住著一位小個子老人，
> 聽說他從前個兒大。
> 他整整有三十五年時間
> 一直快活地帶獵狗；
> 如今他臉頰當中的顏色
> 仍紅得像櫻桃熟透。㉝（《老西蒙·李》）

　　這類帶有抒情性的敘事詩篇，本身既是一個故事，又是一段歷史，帶著歲月的滄桑。這種歷時性的時間感，使詩人的感情呈現得深沈而凝重，帶有一種強烈的傷逝情緒。顯然，詩人在詩中深藏著對時間流逝、歲月無情的一種哀歎。上述這首詩勾勒的是老西蒙·李的幾十年人生變遷。與華滋華斯回憶童年生活的那份輕快感相比，這類敘事詩的情感是凝重的，這是符合詩人對人生的看法的。那就是華滋華斯認為嬰孩與童年時期才是人生的黃金時期，因為人在那個階段還帶有剛從造物主那裏來的神性，年齡越增大，人越走下坡，需要靠對童年的回憶、對自然印象的回味來滋養自己的心靈。詩人將人生的整個過程，置於亙古永恒之中，表現無限之中人生的有限，而有限的人生又是由盛而衰，進而襯托出神性的自然才是人類的精神依靠，是人類的最後歸宿。人將自己有限的一生投身到無限的自然中去，才能獲得一種無限

㉝　《華滋華斯抒情詩選》，黃杲炘譯，上海譯文出版社，1986年，第44頁。

的屬性。

華滋華斯對時間的藝術處理，既巧妙地凸現與昇華了詩人的情感，也有效地表達了詩人的思想與觀念。它極為成功地將詩人的思想與情感調和融彙於一體，對華滋華斯泛神論詩歌的情感建構與藝術建構的完成，產生了重要的作用。可以看出，華滋華斯詩歌中的時間，已不是物理的時間，它充作了情感處理的手段，同時也負載了很多內容，蘊藏著情感的淨化、昇華與變形。在華滋華斯的詩歌中，時間已成為了一種強有力的因素，它使我們體會到了「詩是使情感固定下來的一種方式，也可以說是讓世世代代的讀者，都能感受其情感的一種方式。」[34]

四、華滋華斯詩歌的辯證美

華滋華斯的詩歌非常有深意，也有意念包含其中。因此，它吸引了全世界的讀者，同時也吸引了很多的研究者的研究興趣。在西方，華滋華斯已經獲得了非常廣泛與深入的研究。在後現代主義流行的當下，華滋華斯的詩歌經常被解構主義的大師們當作隱喻的案例，用作他們理論的支撐。可以看出，在某種意義上而言，華滋華斯也是說不盡的。

在中國，由於政治運動的時代，強調作家作品的政治立場的首要性，因此華滋華斯的保守政治立場就成了他被關注與被研究的最大障礙。在對待法國大革命的態度上，華滋華斯由歡呼轉向反對。對英國的工業革命也心懷恐懼，進行抑制。他隱居湖畔，反對工業文明，讚美宗法制鄉村社會。從歷史的眼光看，他的政治態度確實表現出有背於歷史發展方向，但這種情感態度確實也是那個時代大多數人共有的，是那個時代的投影。隨著國內文學

---

[34]　戴維·洛奇《二十世紀文學評論》，上海譯文出版社，1981年，第613頁。

研究將聚焦於作家政治立場的視線轉向文學本體，人們才開始認真研讀華滋華斯。一般來說，人們知道他是一位隱居田園、寄情山水的自然詩人，但自然在他的詩中究竟意味著什麼，他詩歌的藝術有什麼獨特性，卻還未能深入挖掘，或者說，我們的研究起步較晚。

華滋華斯寫下了許多膾炙人口的詩篇，如著名的〈序曲〉、〈頌詩：憶幼年而悟不朽〉、〈丁登寺〉、〈每當我看見天上的彩虹〉、〈致蝴蝶〉、〈致杜鵑〉、〈露西〉、〈高原割麥女〉、〈我獨自遊蕩；像一朵孤雲〉，表現出一種非常切合田園詩情的藝術風格，同時他的詩平淡中見深意，包涵著豐富的意蘊，後現代主義的閱讀，也時常援引華滋華斯的詩歌，來闡發其中的隱喻資源。那麼，概括地歸納，華滋華斯將一些對立的風格，很好地化解其對立性，消解其間的界限，而會通於一體，凝聚於他的詩中。

華滋華斯在抒寫自然時，擅長將靜與動、素與雅、濃與淡揉合起來，表現大自然的奇特。漢密爾頓（Paul Bamilton）指出：「在他許多優秀的作品中，動與靜是共存的，是同時地而非先後地被體驗到的。它們具有一種不否定動的靜，正如又是一種蘊含著靜的動一樣。」㉟他曾以杜鵑鳥的清脆叫聲，反襯靜的空靈；寫有動感的小溪，不是擾亂而是加深了山谷的寧靜，表現了原始山林的真實。

然而，華滋華斯還不只是一個特色的「風景畫家」，他超越了對自然的臨摹，或者甚至借景抒情、託物言志的境界，而達到了精神與自然的融合，使自然中涵括了深邃的思想、深刻的哲理、鮮活的人生與人性的本真，華滋華斯辯證地將各種對立的關係統一於詩中，構成了獨特的辯證美。

㉟　Paul Hamilton, *Wordsworth*, The Harvester Press, 1986.

1.精神與自然

　　在華滋華斯的自然世界裏，有著一個豐富的精神世界。日本學者升曙夢說：「他對於自然的愛，比湯姆遜與庫柏更深，幾乎成為宗教的。他不單觀察自然現象，並且能觸到其內部的生命。」[36]臺灣的李祁先生也說過：「華滋華斯最大的特點便是他不止於對於自然的欣賞，他根據他天性中對自然的愛好，更進一步，自覺地去尋求自然的偉大秘密，對於自然發生了一種類似宗教的信仰，而且終生以這種信仰為依歸。」[37]

　　華滋華斯極強的藝術直覺力與深透的領悟力合而為一，使他建構了他精神與自然的依存關係，在其詩歌中既有感性的真切，又有理性的凝重。泰納說：「華滋華斯見了一株綠樹，便生枯榮之念；見了一朵行雲，便悟到人世的浮沈。」[38]人們在注意到華滋華斯的心靈敏感時，也注意到了詩人理性的深刻。「這是一顆溫熱的心，推己及人的心，能感動的心」，同時還是一顆「哲學的心，使你能看透人生」。[39]在表現人與自然關係的詩中，自然往往高於人類，自然能給人以啓示，能給人快樂，教人勞動。更主要的是詩人認為自然能給人以慰藉，充當人在痛苦中的精神依靠，所以自然成為人的精神家園。

　　人離不開自然，這一思想典型地體現在華滋華斯的名詩〈丁登寺〉中。〈丁登寺〉將詩人一生中心靈在自然影響下的發展軌跡貫穿起來，懷河沿岸的景色在過去、現在與將來都始終存留在詩人的腦海中，給「我」帶來甜蜜，使「我」的思想變得安寧，給「我」帶來愉快與幸福的心情，將來即使老了，心靈不再敏感

[36]　金東雷《英國文學史綱》，上海商務印書館，1937 年版，第 228 頁。
[37]　李祁《華滋華斯及其〈序曲〉》，臺灣商務印書館，1973 年 8 月，第 35 頁。
[38]　同[36]，第 230 頁。
[39]　《西洋文學導讀》下冊，朱文元、顏元叔主編，巨流圖書公司，民國 72 年 8 月版，第 702 頁。

於自然了，還得靠眼前的景象汲取生命的營養。詩人探索了人生不同階段與自然的關係。童年富於對自然的感悟力，成年階段敏感性減弱，卻擁有了童年期所沒有的「思想」與「頭腦」的功能，對自然的愛，不再是一種情欲、一種本能，而有想像、創造、道德貫穿其中。成人在自然中能有意地尋找生命營養，找到「純潔思想的支撐」與「整個道德生命的靈魂」，能從自然中發現善良、道德及美感來對抗流言蜚語、急性的判斷、自私者的冷嘲等生活中的全部明暗面。〈丁登寺〉表現了詩人的心靈在自然影響下詩意的發展過程，對自然在詩人人生不同階段所發揮的作用進行了哲理性探討，描述了人類的精神與自然的依存關係。自傳體長詩〈序曲〉也有詩人的心靈與自然關係的主題。

華滋華斯將自己的成長過程，概括為自然影響的過程。詩人對自然心懷崇敬與感激，因為自然滋養了詩人的心靈，薰染出詩人的德性，在詩人墮入俗世之後，自然使詩人仍能保持自己心之高潔，這得力於詩人與大自然神交中獲得的純潔的「宗教情素」與「澄清的心境」。在西方人本主義的傳統中，人是主體，自然是客體，人與自然是對立的。在華滋華斯的詩歌中，這一對立的雙方卻互相依存，精神與自然獲得了辯證的統一。

2.自我情感與普遍情感

華滋華斯的詩有相當一部分是寫詩人自我的，特別是沈浸於回憶詩人童年的〈致蝴蝶〉、〈致杜鵑〉，都是華滋華斯想捕捉童年感覺的名詩。〈頌詩：憶幼年而悟不朽〉專敘童年之於人一生的意義。〈序曲〉有詩人很多生動感人的兒時生活的場景。華滋華斯回憶童年生活與感覺的詩，記載的是詩人昔日的歷史，它又是一種主觀的歷史、心靈的歷史。因為它們不是對過去生活客觀地描摹，而是從主觀角度，以心理的方式去編輯事件，因此，情感成為了一種組織手段。如果說自我是根針的話，情感則是

線，靠它將往日的各種經驗編織與維繫。這類重在寫自我體驗、自我回憶的詩歌，有強烈的情感因素，也有詩人所作的哲理思考。這種哲理思考並不是孤立與抽象的，它提供給詩人用哲理的角度去審視以往的經驗，去審視眼前的自然景象，這就使往事、自然與哲理水乳交融，導致了詩歌中的自我，超越出個人的範圍，情感也被推廣成一種普遍的情感。

　　我們讀華滋華斯的這類詩歌，並不覺得只是在讀他個人的歷史，卻往往會聯繫到自己，產生深深的共鳴。華滋華斯抒情詩中的情感，既是詩人的自我情感，同時也是人類的普遍情感。詩人對自己童年的回憶，突破了個人生活的瑣碎與狹隘，而重點描繪的是兒時對自然的感受這種人類共同享有的經驗。每個讀者都因為擁有自己的童年，因而能從華滋華斯的這類詩歌中有所收穫。詩人的童年，也成了大家共有的童年，人類永恒的童年、不朽的童年。

　　此外，詩人也有記錄自我頃刻間的強烈感受的詩，典型的作品有〈我獨自遊蕩，像一朵孤雲〉。這類抒情詩記載的往往是詩人的一縷情思、一個幻想、一種心情、一次強烈的感受，或是一次情緒的緊張與短促的情感風暴，表達的是詩人強烈的感情，但詩人每必與自然、人生關聯起來，將個人感情注入人類的普遍意義。這種普遍意義歸納起來便是王佐良先生所說的，「他把盧梭的那種以童年為至樂，以自然人為高貴的思想發揮得很透徹，然而又把它完全英國化了。」[40]華滋華斯的一切自我情感都是通向自然的與人生的，因而，個人的也就成了民族的，同時也世界化了，成為了人類的共同情感。

---

[40]　《英國湖畔派三詩人選集》，顧子欣譯，湖南人民出版社，1986年，第2頁。

3.直陳與曲現

　　華滋華斯有相當多的寫鄉村人的日常生活的詩。鄉村宗法制社會簡樸又寧靜，華滋華斯尤愛其中的老漢、乞丐、呆傻與不知世事的兒童，並且往往採用民間的日常生活語言，經常讓它們直接入詩。這些詩最為鮮明地體現了華滋華斯的直陳與曲現的特徵。華滋華斯寫鄉民的詩，初讀起來給人以直露的感覺。

　　〈最後一頭羊〉的語言極其口語化。它寫工業化進程導致鄉村小農經濟破產，一個壯漢抱著一頭小羊，在大路上哭泣，向詩中的「我」敘述自己的遭遇與不幸：「再賣了一頭，一頭又賣啦！／先是小羊，然後是牠媽媽！／這樣開了頭，就此沒法收。」讀起來像飲白開水，然而，當你讀完這整首詩時，會有一種深沈的情感自心中湧起，你會深深體驗農民苦心經營的家庭經濟遭受滅頂之災的悲苦。壯漢的痛苦中既包含有對往日辛苦付諸東流的感傷；也包含對羊難以割捨的情感：「羊兒像血液，滴出我心頭」；還包括對日後生活無依靠的恐慌。讀者讀完全詩，不能不對破產的農夫寄予深切的同情。〈荊樹〉寫資本主義道德觀念滲透到農村，給鄉村女帶來悲慘遭遇。遭遺棄的瑪莎·瑞伊埋掉自己的私生子，變成了瘋女人。全詩渲染出一種感人的力量，然而詩中的語言也是大白話。女主人公的哭喊不斷被重覆運用：「我呀真是苦！我呀真是苦！」寫兒童的這首〈我們共七個〉，在直陳中呈現出深沈的韻味。詩中的「我」碰到一個「長著又黑又鬆的頭髮」和一雙美麗大眼睛的九歲小女孩。「我」問她有幾個姊妹兄弟，小姑娘回答：兩個在康韋，兩個在海上工作，還有兩個躺在墓園，——「我們共七個」。面對反覆的提醒與質問「但兩個進了天國，」「兩個已經死去」，小姑娘固執地強調「我們是七個」，孩子對生死的模糊感覺，將生死視為同一的那份單純與固執，曲現出本真的人性。平鋪直敘之中，之所以會飽

含深沈的韻律，得力於詩中的以下幾個因素。

首先是詩中人物的栩栩如生，有内在的真情與生活氣息。〈我們共七個〉中小姑娘的純真，特別是她只看一點不及其餘的孩子式的思維，〈癡童〉中章尼那份天然的憨態與無邪，都足以讓人憐愛不已。此外，濃郁的鄉間氣息從他們身上呼之欲出。直露的語言與形式，最契合於鄉間生活内容，它有助於凸現内容，最終對讀者的情感產生極為強烈的衝擊。

其次，華滋華斯寫日常生活的這一類詩，都包含有敘事。與一般敘事不同，華滋華斯讓敘事具有了情節性與趣味性的特徵。像〈最後一頭羊〉、〈荆樹〉、〈邁克〉都敘説了整個故事的前前後後，來龍去脈。〈癡童〉的情節更是趣味橫生，章尼騎馬站在月光下看景致，居然將他專程來請醫生急診的事忘得一乾二淨，讓人忍俊不禁。

通過詩中人物活生生的生活與詩中橫生的趣味，詩歌所表達出來的往往是人生的一種境界，人類共有的一份情感，詩歌的内容不是局限於主人公的狹小瑣事，而具有一種普遍的深意，有時表現的是人生的真諦。

4.平淡與雄奇

華滋華斯的一些詩歌，初看起來極為簡單粗淺，但簡單之中卻包孕了深奧的道理，深藏著詩人對整個自然、人生、社會的感悟，小詩〈每當我看見天上的彩虹〉就是一個典型的例子。詩人寫自己，每次看到彩虹，都激動得心跳，然後接下來的三句極為平淡，以致容易被人認為缺乏詩意：

> 我年幼的時候是這樣，
> 現在成人之後還是這樣，
> 但願年老之後依然這樣。

這幾句的排列顯得機械而乏味，極為簡單淺顯，接下來的一句，詩人來了一個轉承：

> 要不，就讓我死亡！

給讀者一個驚歎。在前幾句平淡的基礎上，如奇峰平地拔起，很有氣勢，令人震撼。此刻，詩人已引起了讀者的注意，接下來進一步表達他的哲理思考：

> 兒童乃成人的父親。

詩人在短小的詩中，表達了自己一個著名的思想，即兒童是生命的源頭，成人是從兒童那裏來的。童年是人生的極盛時期，成人由於俗累，往往變得世故而背棄了童年時生命的本真。此外，隨著成人世俗追求階段的開始，童年對自然的敏銳也逐漸喪失，在成人階段難以尋覓兒時的那種瑰麗。大多數人都是如此，因而它可以被認作是一條規律。然而，也有的人卻不是這樣，他們一生都保持著兒童時代的本真，那麼，這些人就是詩人。所以回過頭來看，我們剛才認為非常平淡的詩句其實也不平淡，它表現的寓意便是，詩人將兒童的心態、童年的生活持續了自己的一生這樣一個宗旨。詩歌的最後兩句與這前三句相呼應：

> 我希望這種虔誠的虔敬
> 貫穿我的一生。

詩人再次提出，對彩虹的激動，就是對自然的敏銳，能使詩人從自然中吸取營養，自然是詩人的精神家園。因此，童年對自然的這份敏銳是極為重要的。若看到彩虹不再激動，也就表示詩

人失去了這份敏銳，也就喪失了他的精神家園。那樣，生如同死，生不如死，所以，詩人驚呼：「要不，就讓我死亡！」

這首短小精悍的詩，表達了詩人對生命的價值與意義的認識。人應該保持童年的本色與情趣，終生保存著童年對自然的敏感，終生與自然相依戀，自由、詩意地活著。

華滋華斯的特別顯得平淡，其中卻蘊藏著詩人深厚情感的詩，還有名詩〈露西〉。這首詩由三節組成；

> 她居住在白鶴泉水的旁邊，
> 無人來往的路徑通往四方，
> 一位姑娘不曾受人稱讚，
> 也不曾受過別人的愛憐。

這一節表現的是詩人的生活環境，住得偏僻，住的地方無人來往，以環境來襯托姑娘的樸實無華、沒沒無聞、不為人知，說明姑娘並不為他人所注意。

第二節詩人用譬喻的方式，進一步寫姑娘的平凡。

> 苔蘚石旁的一株紫羅蘭，
> 半藏著沒有被人看見！
> 美麗得如同天上的星點，
> 一顆唯一的星清輝閃閃。

詩人將姑娘比作石頭旁邊的一株小紫羅蘭，紫羅蘭有的只是淡遠的清香，它豔麗不如牡丹，芳香不及玫瑰，小小的紫羅蘭，而且還被石頭遮住了，「半藏著」的，不易被人看見。詩人又將她比作天上的一顆星，閃光的小星星自然沒有太陽的光輝，也沒有月亮的皎潔，尤其是這顆小星星不是璀璨群星中的一顆，而是

唯一的一顆，是孤單的一顆。所以「孤星」的意象在此已暗示少女的孤寂與不幸。此節中詩人仍在寫少女的普通。

第三節開始，詩人再一次強調少女的平常。她不惹人注意，不為人知曉到這種程度，以致於她活著的時候沒有人在意，死的時候別人也不知道。

> 她生無人知，
> 死也無人唁。
> 不知她何時離開了人間；

這兩句是詩人所作的進一步鋪墊，為最後兩句的效果設下的伏筆。

> 但她安睡在墓中，哦可憐！
> 對於我呵是個地異天變！

詩人前面對姑娘進行描繪時，情感顯得很平淡，似乎在寫一個與自己完全沒有關係的人，然而，最後一句則一錘定音，使我們知道姑娘原來是詩人的心上人。詩人有意在前邊的詩中將自己的情感藏匿起來，先退一步來寫，收到以退為進，先藏後顯的效果，終於在最後一句造成了一種強烈的震撼，這一句詩被認為表達出了「無限的悲愴」。前邊的詩行，讓人感覺詩人對姑娘感情冷淡，似乎與自己漠不相干，最後則突然給人以震撼，原來詩人對姑娘情深似海，對姑娘的死，悲傷無限。前面的鋪墊愈是平淡，後面的悲歡愈驚奇，平淡的鋪墊在先，雄奇的震撼在後。整首詩給人的印象是一首情意綿長的悼亡情詩。

華滋華斯的系列情詩，被稱作「露西組詩」，其寫法完全不同於傳統詩歌。它沒有一般情詩的濃情塗抹，沒有傳統的譬喻與

通常具有的對情人的讚歎。詩人採取嚴格的樸素與克制，讓深情
與悲傷深藏不露。寫愛，先讓人看不出有情，寫悲傷，先表現得
極為平常，最後才讓深情、悲傷亮相。這種寫法不濃不實，淡而
深遠，提供給人以綿遠的意境：情無邊、悲無限，讓人有了無限
寬廣的想像空間。讀者會覺得詩人對痛苦有著不可思議的承受能
力。情人的死，帶給他的絕望心情被平靜的常態襯托得更加突
出。詩人愈是寫姑娘在別人眼裏的普通，不為人注意，就愈顯得
詩人的那份真情的可貴。

5.真善美交相輝映的世界

在華滋華斯的詩歌天地裏，你能感受到詩人的率真。詩人的
世界透露著「真」，詩人的人格中也透露著真。詩人的身上保存
著童稚的本真、鄉民的質樸，他的詩歌世界裏的兒童與鄉村中的
各式各樣的人也都帶有這種本質特徵。華滋華斯以一顆真心去感
受一切，體驗一切，真情滲透詩中，又溢於詩外，染盡詩中的一
切，也盡染詩外的世界。他讓平常的、無生命的物體，都因自己
的真情而生情、而有靈，是詩人的真情將一個無生命的物的世界
變成了有生命的靈的世界。

華滋華斯的詩歌世界，籠罩著一種溫厚的善。華滋華斯認為
上帝創造了自然，也創造了人，所以，自然與人都沐浴著上帝的
仁慈之光。人在幼年時身上的靈光最多，長大後，尤其進入成
年，離上帝、離仁慈愈來愈遠。然而大自然中則始終有著上帝的
威靈，有著上帝的仁慈，因而，生活在自然中的鄉下人，他們很
容易在大自然中感受到這種仁慈。因而，人們能到大自然中去接
受這種薰染，培養自己的德行，生活在自然的懷抱中，與自然息
息相通的鄉村人的身上則很自然地擁有上帝的或神性充溢的大自
然所擁有的仁慈與寬厚，因此鄉村人的心性往往都是善良敦厚
的，他們得力於自然的威靈的薰染。而華滋華斯的詩歌世界本身

就是一個自然的世界，一個宗法制社會鄉村田園生活的世界，這個世界也就充滿著與上帝的普遍精神相通的善意。

真與善相交織，構成了華滋華斯詩歌世界中人性的美，人性美與大自然的美交融在一起，使華滋華斯詩歌具有一種超凡脫俗的美，再加上詩人紀念童年的那一份朦朧，華滋華斯的詩歌便擁有了一種奇異的美。

華滋華斯終生追求真、善、美，他營築的詩歌世界已將永恒的真、永恒的善與永恒的美澆鑄在一起，它能留住人的心靈，使人暫時熄滅欲念，告別凡塵，超脫有限的人生，精神駐留在真、善、美的自然詩國之中。華滋華斯的世界，是真、善、美永恒輝映的仙境，它似真似幻，體現了詩人對理想社會的追求與嚮往，也吸引了世界上熱愛詩歌、熱愛自然、熱愛生命、嚮往真善美的人到此駐足與流連。這就是華滋華斯的世界，獨具魅力的世界！

有的詩人像流星飛天而過，有的詩人像恒星，光亮千秋。華滋華斯屬於後者。經過悠長歲月的考驗，華滋華斯的地位固若金湯。他的詩「清新、深刻、美麗、有力」，「毫不誇張的素淨，反而使詩更富感染力，在這一點上，華滋華斯是無人能比的。」[41]我們深信，華滋華斯將會吸引世界上越來越多的讀者的。

---

[41]　王佐良《英國文學論集》，外國文學出版社，1980年，第128頁。

第 二 章

戲　劇

一、蕭伯納的「歷史評價」理念

　　喬治‧蕭伯納（George Bernard Shaw，1856-1950）是繼莎士比亞之後享譽全球的英國戲劇家。他的戲劇曾榮獲諾貝爾文學獎。在西方研究蕭伯納的書刊論文數量之多據稱僅次於研究莎士比亞的文章數量。[①]然而，事實上很多人並不能真心喜歡蕭伯納的戲劇，英國的一位蕭伯納專家感歎，真正理解蕭伯納的觀眾是不多的。

　　人們之所以不喜歡或不能理解蕭伯納的戲劇，主要在於蕭伯納的戲劇與傳統的戲劇觀念脫節，也與人們的審美趣味相矛盾。儘管蕭伯納也像傳統戲劇那樣從倫理關係進入衝突，然而衝突的終結卻是對倫理關係毫不留情地捨棄，以歷史現狀的展現置換了道德評價。因此歷史理性是蕭伯納真正的藝術視角與思想傾向。

　　本文擬選取《華倫夫人的職業》（*Mrs. Warren's Profession*）、《鰥夫的房產》（*Widower's Houses*）與《芭芭拉少校》（*Major Barbara*）三個劇本，來分析蕭伯納的價值取向。前兩劇是蕭伯納典型的社會問題劇。我依據蕭伯納所說的「社會問題是人的感情與人類的制度發生衝突的產物」的原則，將《芭芭拉少校》也歸為問題劇之列，而且事實上這三個劇具有完全相同的戲

---

① 《聖女貞德》「前言」，申慧輝等譯，灕江出版社，1987 年。

劇衝突、戲劇結構及相似的人物形象。

　　這三部劇作都擁有表現父輩與子輩衝突的倫理框架,《鰥夫的房產》甚至還包含一個愛情故事:哈里・屈蘭奇大夫遇見富裕的紳士薩托里阿斯及其女兒白朗琪,屈蘭奇與白朗琪相愛,然而當得知薩托里阿斯的財產來自貧民窟地產後,純潔的屈蘭奇宣佈拒絕要陪嫁,因為他認為那錢是骯髒的。最後薩托里阿斯指明,屈蘭奇本人七百鎊的年收入同樣是他家先輩抵押貧民窟地產所得的高利息,這使年輕大夫的立場發生逆轉,當即向薩托里阿斯宣佈入夥。《華倫夫人的職業》與《芭芭拉少校》有著與前者相同的衝突與結局。康橋女大學生薇薇突然得知母親華倫夫人是妓院老闆,極為震驚,拒絕再接受母親的錢,但最後發現康橋的獎學金亦為妓院老闆們所捐贈,她轉而向母親妥協。《芭芭拉少校》的女主人公芭芭拉一開始唾棄軍火商父親安德謝夫,最後則放棄了自己救苦救難的宗教事業而成為安德謝夫「殺人事業」的直接繼承人。

　　蕭伯納在各劇的前半部分對劇中的倫理道德衝突均作了相當的誘導,將衝突渲染為正義與邪惡的鬥爭。他盡情描繪薇薇的純潔,屈蘭奇的正直,芭芭拉小姐在救世軍中的熱情;同時他極力貶斥賺黑心錢的華倫夫人、對貧民窟平民進行盤剝的薩托里阿斯與造成大批孤兒寡母的軍火商安德謝夫,竭力展現他們的不仁不義、不顧廉恥與不擇手段。薩托里阿斯因收租人李克奇斯花了二十四先令修了一處已不得不修的破房,便將他解雇;華倫夫人年輕時曾經賣過淫而後又經營暗娼旅館;安德謝夫則有「混世魔王」等一系列綽號,而且在第一次出場時,他竟弄不清誰是自己的兒女,錯把兩個女婿當親兒,足見他是多麼地缺乏人情與人性!這種誘導使觀眾很容易得出一種結論,即:正義、純潔的年輕人是正確的。善惡報應、大團圓結局等古老觀念,潛在地強化了觀眾心目中正義戰勝邪惡、光明戰勝黑暗的期待。然而出人意

料地，在雙方思想交鋒幾個回合、場地幾經轉移之後，蕭伯納的這些劇本都以年輕人的「屈膝投降」結束，他們自動地投入到他們曾經蔑視的對立者的懷抱。

這種看似有一個倫理框架，使人們期待著有具體事情發生，而實際上又缺乏事件因素的純觀念衝突的戲劇，自然讓人們很不適應。在劇本內容上，它們與崇尚人倫道德關係、表現倫理道德的種種衝突的傳統戲劇也相去甚遠。傳統戲劇的衝突往往源自人物之間的人性或個性衝突。黑格爾說：「人格的偉大和剛強只有借矛盾對立的偉大和剛強才能衡量出來，心靈從這對矛盾中掙扎出來，才使自己回到統一。環境的相互衝突愈多、愈艱巨，矛盾的破壞力愈大，而心靈仍堅持自己的性格，也就愈顯出主體性格的深厚和堅強。」[2]莎士比亞戲劇中的很多形象都具有這種性格魅力。與此相反，蕭伯納劇中的人物恰恰缺乏飽滿的個性與豐富的人性內涵，因而也就缺乏人性與個性的歷時性衝突。這種短時間內不同觀念的衝突或思想的交鋒，不會由人性善惡而導致你死我活的悲劇。由於不模仿一段歷史或一個故事，蕭伯納的戲劇往往喪失了歷史感，也缺乏悲劇根基，因而不能導向正義的張揚與感情的昇華和淨化，其戲劇也就缺乏人們所喜歡的情感力量與感染力量。

於是，依傳統戲劇的標準去欣賞蕭伯納的戲劇，注定會讓大多數人不能滿意。中國著名的英國文學專家王佐良先生的觀點正是這類批評意見的典型代表。他說，「蕭伯納的戲劇衝突往往是前緊後鬆，答案是妥協的，不了了之的，甚至是敗北主義的。」[3]這類觀點都源自人們將劇中人物自覺或不自覺地分為正面人物與反面人物，所依據的標準是道德善惡的評價。

---

② 黑格爾《美學》第一卷，商務印書館，1982 年，第 227-228 頁。
③ 王佐良《英國文學論文集》，外國文學出版社，1980 年，第 259 頁。

然而我認為，即使從倫理道德的角度看，問題劇的結尾也不能説是「敗北主義」的。相反，它恰恰體現了蕭伯納思想的深刻和理性的深刻，它對資本主義社會本質的批判達到了前所未有的程度。

　　蕭伯納所採取的是他在評價易卜生時所説的那種「自然主義」的立場。他「確認易卜生的新意為兩點：他的自然主義和討論的使用，自然主義是通過以自然的歷史取代浪漫與情節劇來達到的。」④而「自然的歷史」絕非正義戰勝邪惡這類理想化的内容，而是資本主義社會真實的現實。問題劇結尾展現給我們的正是資本主義社會已成為一個無純潔與正義可言的骯髒泥潭。薇薇發現，拒絶用妓院老闆等各類不義之人的錢是不可能的，獎學金就來自他們的捐贈。屈蘭奇也意識到獨善其身行不通，他原以為乾淨的收入卻同樣也是黑錢。芭芭拉更驚異於拯救窮人的宗教組織「救世軍」離開了軍火商、酒商的捐助竟無法維持。他們稍稍尋根溯源，便發現一切純潔高尚的事業都與骯髒罪惡相連，他們本人也與卑污骯髒有著割不斷的聯繫。

　　如果説在巴爾札克時期，資本主義社會還有封建時代遺留下來的一些温情脈脈的人情關係的殘痕（如歐也妮小姐）或者有外省的純樸人生（如拉斯蒂涅）可資毀滅的話，那麼到了蕭伯納時代，資本主義則已進入帝國主義階段，它已高度組織化，成為一個盤根錯節的罪惡之網，完全失去了純潔的根基。在巴爾札克那裏，或許還有我們幻想的餘地，我們假設，要是拉斯蒂涅不來巴黎，不遇見伏脱冷，不經歷高老頭的悲劇，他可能還是一個純樸的外省人。而在蕭伯納這裏，就不能再存幻想，純潔向善只能是一種願望，本性純潔的人一接觸現實，就必然向安德謝夫們投降。在《華倫夫人的職業》中，喬治·克羅夫爵士對薇薇説：

---

④　Eric Bentley, *Bernard Shaw: A Reconsideration*, New York, 1975, pp. 116-117.

「妳要是這麼拿道德標準選擇朋友，除非妳跟上流社會斷絕關係，要不然就趁早離開英國。」⑤在《芭芭拉少校》中，芭芭拉在「覺醒」後認識到：「我們讓挨餓的同胞不挨餓，得用他們（鮑吉爾和安德謝夫）拿出的麵包去餵他們；我們要照顧病人，得利用他們的捐獻維持著醫院；我們要是不願意在他們蓋的教堂裏禱告，就只好跪在他們修建的馬路的石頭上。這個情形一天不改變，我們就沒法躲開他們；棄絕鮑吉爾與安德謝夫，就等於棄絕生活。」⑥可見蕭伯納問題劇結尾的逆轉對社會本質的揭露具有一種理性的深刻。

然而，從作者的角度看，描寫倫理道德又不是蕭伯納的真意。蕭伯納問題劇的轉折，或稱「顛倒」手法的運用，為的是從傳統導向非傳統，其根本旨意乃在於表現他的非傳統的全新認識，表現其真正的思想傾向。

有人說，「蕭伯納的藝術一方面是藝術家的藝術，另一方面是思想家的藝術。」⑦「顛倒」手法本身是藝術性的，而其呈現的內容則是思想性的。蕭伯納的新觀念是借助「顛倒」場面來展現的，因而有人說，「蕭伯納戲劇諸多因素中首要的核心與高潮是戲劇中的個人危機。一次幻滅，幾乎是一種轉換，一個新的靈魂產生了。」⑧「新的靈魂」代表的正是蕭伯納的新觀念。蕭伯納明確地說：「我必須警告我的讀者，即，我的攻擊是直接反對他們自己，而不是反對我舞臺上的人物的。」⑨他在談到創作問題時還說：你以為我這麼辛苦地寫這個劇本是為了給觀眾消遣

⑤ 《蕭伯納戲劇集》（一）《華倫夫人的職業》，潘家洵譯，人民文學出版社，1956年，第137頁。

⑥ 《蕭伯納戲劇集》（二）《芭芭拉少校》，林浩莊譯，人民文學出版社，1956年，第255頁。

⑦ *Bernard Shaw's Play*, ed. by Warren S. Smith, New York and London, 1970, p. 292.

⑧ Eric Bentley, *Bernard Shaw: A Reconsideration*, New York, 1975, p. 107.

⑨ Nicholas Grene, *Bernard Shaw, A Critical View*, The Macmillan Press, 1984, p.16.

嗎?「我的目的是教導他們。」⑩蕭伯納的説法與奧托‧巴恩施在題為〈藝術與情感〉一文中所總結的極其一致,巴恩施説:按照這個觀點,藝術的作用不是給欣賞者以各類愉悦(不論何等高尚),而是使人們認識某些以前不知道的東西。

蕭伯納生活在高度組織化的壟斷資本主義社會的形成時期,一般的人們在當時還認識不到伴隨該制度所產生的新關係和新因素及其影響力。敏鋭的蕭伯納已感受到經濟因素開始成為一種絶對力量,新的巨富已成為這個時代的「英雄」,他們勢必左右著社會的發展與歷史的進程。

蕭伯納的這種洞察力來自於他對政治經濟學的研讀。他於一八八二年讀過馬克思的《資本論》後,開始信仰社會主義,並於一八八四年加入了倫敦的「費邊社」,成為其主要負責人之一,當然這並不能使他成為真正的政治經濟人物。恩格斯在一八九二年説過:「蕭伯納作為文學家是很有才能和敏鋭的,但作為經濟專家和政治家,卻微不足道,儘管他很正直,也不追名逐利。」⑪然而,蕭伯納本人則説:「馬克思使我變成一個人。」⑫他還説「《資本論》的研究使他能在世界上建立一番事業」。⑬他所強調的是馬克思的經濟學説使他獲得了有別於一般作家的視野,看問題時會多一些理性分析而減少一些浪漫幻想。他深感經濟學知識對他創作的巨大影響,明確表示:「在我所有的劇本裏,我的經濟學研究的重要,就像解剖學知識之於米開朗基羅的油畫的重要一樣。」⑭

正是新的經濟視角使蕭伯納走出了傳統道德善惡的視野,代

---

⑩ 轉引自黃嘉德《蕭伯納研究》,山東大學出版社,1989 年,第 42 頁。

⑪ 同⑩,第 27 頁。

⑫ 轉引自安‧盧賓斯基《英國文學中的偉大傳統》,紐約,1953 年,第 920 頁。

⑬ 轉引自《蕭伯納傳》,佛蘭克‧赫理斯著,黃嘉德譯,外國文學出版社,1983 年,第 133 頁。

⑭ Eric Bentley,「Preface」to *Bernard Shaw: A Reconsideration*, New York, 1975.

之以新時代新生的歷史理性原則。在新的經濟時代，價值標準已被置換，尼采宣佈上帝死了，善惡信仰大廈已倒塌，中古以來直至近代社會最高的價值「善」的標準喪失了它的光環，而被資本主義競爭原則衍生出來的「強」的標準所取代。蕭伯納敏銳地感受到了新時代的脈搏。在現代經濟社會中，安德謝夫們已從善惡道德世界中的魔鬼搖身變為現代經濟世界中的魔王，成為上帝死去之後的現代社會中人們必須依靠的「英雄」或「超人」。在道德倫理社會中，「惡」是頭號敵人，是最大的罪惡，而在經濟社會中，「貧窮是我們社會中最可怕的罪行。而我們超越一切的首要責任，就是做到不窮。」⑮

在《芭芭拉少校》的序言裏，蕭伯納以嘲弄、誇張與極端的滅掉窮人的虛擬，來設想社會的改善。他以嘲諷的筆調寫道：「假使我們取消對盜竊、放火、強姦和兇殺之類的行徑的懲罰，而決定貧窮是我們唯一令人不能容忍的東西——認為對每年收入不到三百六十五英鎊的成人必須以毫無痛苦的方式毫不寬容地予以處死，同時使每個挨餓的、衣不蔽體的兒童豐衣足食，這些措施難道不會大大改善我們現存的社會制度嗎？」接著，在同一篇序言裏他又進一步直截了當、一針見血地說：「我們大家都厭惡並且否認一條不可抗拒的、自然的真理，這條真理就是：貧窮是我們社會最大的罪惡，也是我們社會最可怕的罪行；而我們超越一切的首要責任就是做到不窮。在安德謝夫這個形象身上，我描寫的就是這樣一個在實際上、智慧上和精神上認識這條真理的人物」。⑯在《芭芭拉少校》劇中，蕭伯納幾次說貧窮是罪惡。「我使得芭芭拉變成了芭芭拉少校，我就使得她不致犯受窮的罪」。還說窮是「最不可恕的罪惡。別的罪惡與窮一比就都變成了美

---

⑮　《蕭伯納妙語錄》，甘肅人民出版社，1991 年，第 19 頁。
⑯　轉引自黃嘉德《蕭伯納研究》，山東大學出版社，1998 年，第 95 頁。

德」。[17]

蕭伯納的說法也許有些偏激，這與他自己親歷過貧窮有關。他到倫敦後曾經歷了九年的窮困生活。他與母親常靠父親每周寄來的一英鎊，愛爾蘭的抵押利息，還有偶爾得到的教音樂的酬金維持生活，所以他對貧窮有一種極其的憎惡。在《芭芭拉少校》中，他寫道：「謝理先生，就算把你的良心全給我，我也不願意受你這份窮。」[18]「我寧願做賊也不願受窮，寧願作殺人犯也不願做奴才⋯⋯我恨受窮恨做奴才，比恨一切罪惡恨得凶。」[19]

如果說蕭伯納在《芭芭拉少校》中對貧窮的消除作了荒誕的虛擬並對貧窮作了直接的抨擊的話，那麼在《華倫夫人的職業》中則以華倫夫人向女兒哭訴的方式，向觀眾展現了貧窮的殘酷後果及其帶給她一家的悲慘結局。華倫夫人有四個姊妹，「有一個在鉛粉工廠做女工，一天做十二個鐘頭的工，一星期掙九個先令，幹到後來中了鉛毒，把命送掉。最初她以為至多不過得個兩手麻痺症，沒想到連命都保不住。另一個嫁給軍需廠的工人，⋯⋯後來她丈夫變成酒鬼，一切全完了。」[20]她和姊姊慈利覺得「做正經人活受罪」，[21]終於靠出賣肉體來維持生活，後來開暗娼旅館。

蕭伯納在這裏暗示了真正的罪惡與不道德行為的起因是社會的貧窮。為了不窮，人們便不擇手段、鋌而走險，因為在現代社會中，金錢已成為社會與人生的第一要素，沒錢可以逼良為娼，甚至使人賠上性命，而有錢則可以操縱社會。對金錢的追逐與經

---

[17]　《蕭伯納戲劇集》（二）《芭芭拉少校》，林浩莊譯，人民文學出版社，1956 年，第 243 頁。

[18]　同[17]，第 182 頁。

[19]　同[17]，第 235-246 頁。

[20]　《蕭伯納戲劇集》（一）《華倫夫人的職業》，潘家洵譯，人民文學出版社，1956 年，第 117 頁。

[21]　同[20]，第 118 頁。

濟實力的雄厚，使安德謝夫們成了這個社會的得道者，他們操縱一切，甚至代表著歷史發展的方向，因為歷史將朝著他們指點的方向向前推進。安德謝夫在劇中對兒子斯泰芬說：「我就是你祖國的政府。」[22]他要讓兒子明白，所謂政府、民主、法律等無一不由他們這些老闆所左右。此處不僅體現的是金錢在這個社會中的作用，更為重要的一個訊息是，蕭伯納在奚落中拆解了人們習以敬拜的最高統治機構的莊嚴與神聖，也瓦解了人們的這種傳統價值觀念的崇高感，很深刻地揭示出社會組織與機構所具有的遊戲性質。這無疑也表現出了一點後現代主義對意義的拆解的意味，可以看作蕭伯納對其時代的超越。

誠然，按照傳統的價值觀念，安德謝夫們有不合道德與正義的一面。安德謝夫公然說：「想想那些孤兒寡母，那些被子母彈炸得血肉橫飛的男人……那滙成海洋的鮮血，那毀壞的莊稼，那迫於饑餓在敵軍炮火下耕種的農夫農婦……這些就是我發財的根源。」[23]華倫夫人也說寧願做傷天害理的事也不願自己受累受窮，這與安德謝夫「寧教你餓死，也不叫我餓死」[24]的信條是一致的，但他們卻與資本主義發展的動力是一致的，其信條都體現了資本主義社會「人不為己，天誅地滅」的弱肉強食的社會原則。安德謝夫們獨佔風流的事實，說明歷史發展並不總是伴隨著道德進步，而在一定時期內，它甚至會以道德的墮落為代價。這種「不仁」的「超人」形象的出現，順應了歷史的要求與呼喚。歷史的客觀規律和終極秩序把現實的不公正、弱肉強食的殘酷性合理化了。

恩格斯曾指出：「在黑格爾那裏，惡是歷史發展的動力藉以

---

[22] 《蕭伯納戲劇集》（二）《芭芭拉少校》，林浩莊譯，人民文學出版社，1956年，第 223 頁。

[23] 同[22]，第 205 頁。

[24] 同[22]，第 245 頁。

表現出來的形式。這裏有雙重的意思，一方面，每一種新的進步都必然表現為對某一神聖事物的褻瀆，表現為對陳舊的、日漸衰亡的、但為習慣所崇奉的秩序的叛逆，另一方面，自從階級對立產生以來，正是人的惡劣的情欲──貪欲和權勢欲成了歷史發展的槓桿。」㉕

蕭伯納反對這種道德上的衰敗，顯然他寫這些社會問題劇就是為了提出問題。他在一八九二年十二月十四日致蘇格蘭評論家和戲劇家威廉·阿契爾的信中寫到：「我……曾經每星期親自到貧民窟去收取房租，在四年半的時間裏看到資産階級房東的幕後情況」。㉖他在《鰥夫的房産》序言裏表明自己的立場：「在《鰥夫的房産》中，我指出英國體面的中産階級和貴族青年子弟，正如糞土上的蒼蠅，靠剝削貧民窟的窮人來養肥自己。」㉗蕭伯納對資産階級的批判立場，使他受到社會主義傾向的作家們的稱道。他一九三一年訪問蘇聯時，高爾基給他的賀壽信中寫道：「你活了一個世紀的四分之三，對於人們的保守傾向和庸俗見解曾經用你尖刻的俏皮話給予致命打擊，這種致命打擊真不知道有多少次了，我國對於你是極為珍視的。我國人民正在跟您所譏笑的世界進行偉大的戰鬥。」㉘瞿秋白稱讚蕭伯納：「他把大人先生聖賢豪傑都剝掉了衣裝，赤裸裸地搬上舞臺。他從資産階級社會裏出來，而揭穿這個社會的内幕。他真正為著光明而奮鬥。」㉙一方面，蕭伯納對安德謝夫這樣的「先生大人」有尖銳的批判，但另一方面，蕭伯納確實又清醒地認識到了安德謝夫們在現實社會中的作用，特別是他們所産生的推動歷史發展的槓桿的作用。

安德謝夫們身上之所以體現出這種强力，還在於他們的行為

㉕　《馬克思恩格斯選集》第 4 卷，人民出版社，1972 年，第 233 頁。

㉖　引自黃嘉德《蕭伯納研究》，山東大學出版社，1998 年，第 33 頁。

㉗　同㉖，第 53 頁。

㉘　同㉖，第 15 頁。

㉙　樂雯編校《蕭伯納在上海》，見「寫在前面」，四川人民出版社，1983 年。

與信念中包含一種「自由」的本質。當代西方頗具影響力的學者弗雷德里希‧奧古斯特‧哈耶克在《通往奴役之路》與《自由秩序原理》（The Constitution of Liberty）中，在探討當代不同社會經濟模式後，極力推崇自由的資本主義經濟形式。他認為：「自由賦予了文明以一種『創造力』，賦予了社會以進步的動能」因而，「在人類社會中，自由是最重要的。」[30]他並且認為經濟自由是一切其他自由的保障：沒有經濟自由，其他自由可能隨時會被剝奪，沒有財產權，其他權利都是空話。因而，從經濟的眼光看，蕭伯納是很看重安德謝夫們的。在自由環境中，人們既能展現出人性最高尚、最光輝的一面，也肯定會暴露出人性中不太高尚但卻務實的一面。與理想主義者薇薇、屈蘭奇、芭芭拉相比，安德謝夫們還是有缺陷，甚至是不光彩的。然而，他們更有高出於理想主義者的地方，這就是：「他們要求每個人按照自己的本來面目去生活，而不只是按照別人的『理想』去做一個『好人』。他們是破壞理想的人，雖然往往被指責為社會的敵人，但事實上，他們掃清了世界上的謊言，這就是人類所能取得的惟一進步。」[31]

理想主義者的實質在這三個劇中表現為盡力使自己做一個「好人」，符合既定的一種觀念，一種模式，然而，他們執著於正義的觀念是以付出經濟自由為代價的，他們拒絕各種經濟來源，而經濟自由又是一切自由的前提。況且他們的理想還有脫離現實的一面。哈耶克說：「自由社會的特徵之一是，『人的目標是開放的，』[32]而且能夠不斷產生人們為之努力的新目標；儘管這些新目標一開始只是少數個人的目的，然而隨著時間的推移，

㉚ Friedrich August von Hayek, *The Constitution of Liberty*, London and Chicago, 1960, pp.22-23.
㉛ 引自黃嘉德《蕭伯納研究》，山東大學出版社，1998年，第214頁。
㉜ See K. R. Popper, *The Open Society and Its Enemies*, Princeton University Press, 1950, p.195.

它們會逐漸成為大多數人的目的。我們必須承認這樣一個事實，即甚至那些被我們認為是善的或美的東西亦會發生變化」。[33]

因此，芭芭拉們的純潔向善，儘管難能可貴，但卻跟不上已發生的變化，缺乏實際生活內容，與時代的脫節使其正義的內核被撬空，他們所獻身的就注定只是一種古老而永恒的正義的觀念。這種獻身一方面帶有悲壯與崇高的意味，同時，它與時代的脫節不也帶有唐吉訶德戰風車的喜劇性嗎？相形之下，安德謝夫們既使自己符合現實的實際狀況，又使自己符合自己的自由意志，他們倒更顯得充滿活力、左右逢源，因而最後當薇薇、屈蘭奇、芭芭拉斷然放棄求善的立場，「投降」到安德謝夫們的旗幟下時，我們並不十分難過，也沒有為其「投降」而深感羞愧與恥辱。在正義無法實現之時，他們棄絕對它的固執，使自己靈活地適應現實，符合了這個時代與這個社會的規律，便擁有了合乎實際、合乎規律方可得到的自由，這一自由的獲得，對他們而言在某種程度上意味著一種解放，他們解放了他們自己。「自由」的本質正是安德謝夫們的魅力與魔力之所在。

從蕭伯納本人的觀點來看，他始終認為安德謝夫們是最高地位者。蕭伯納新戲劇的原則使他反對塑造所謂正面人物與反面人物。他說：「在新戲劇裏，戲劇性是通過一些未確定的思想觀點的互相衝突而產生的，而不是通過那種不涉及道德問題的庸俗依戀、貪婪行為、慷慨行為、忿恨行為、野心、誤會及奇特的事件等等而產生的。這種衝突不是涇渭分明的正確與錯誤之間的衝突，……事實上，使這個戲劇引起興趣的問題恰恰是：到底哪一個是反面人物，哪一個是正面人物。或者，換句話說，劇中並沒有反面人物，也沒有正面人物。」[34]

㉝　F. A.哈耶克《自由秩序原理》，三聯書店，1997 年，第 36-37 頁。
㉞　引自黃嘉德《蕭伯納研究》，山東大學出版社，1998 年，第 216 頁。

即使不區分正面人物與反面人物，在蕭伯納看來，安德謝夫們也是高於薇薇等年輕人的。他曾在《易卜生主義的精華》（The Quintessence of Ibsenism）一書的〈理想與理想主義者〉一文中，將人類分為三種類型，即理想主義者、現實主義者和庸俗的人，並認為「理想主義者是利用假面具的人，這些假面具就是所謂的理想。」他們不是「無知的人和愚蠢的人」，而是像薇薇、屈蘭奇、芭芭拉那樣「受過教育的人和有文化的人」。他們總是指責華倫夫人、薩托里阿斯、安德謝夫這類現實主義者。蕭伯納指出，此中的錯誤在於「理想主義者把現實主義和利己主義等同」，「實際上他們取得勝利的是他們的個人主義而不是他們的利己主義」。他還說：「一千個人中有七百個庸人，二百九十九個理想主義者，而只有一個現實主義者」，然而「孤獨的現實主義者地位最高，是真正的先知。」㉟這一觀點也與哈耶克的經濟分析觀點吻合，哈耶克說：「只有受『不切實際』的理想指導的群體會衰敗，而其他根據當時社會標準被認為較少道德的群體則會取而代之。但是這種事情只會發生在一個自由的社會裏，因為在自由的社會裏人們不會強迫其所有的成員都去遵循那種不切實際的理想。」㊱

蕭伯納的思想立場決定了觀眾對安德謝夫們的情感態度。即使依倫理道德框架觀照他們，我們對他們的反感也遠不及對莎士比亞劇中的伊阿古、愛德蒙等壞蛋的厭惡程度。莎士比亞是以純粹的倫理道德眼光來描寫這些人物的，戲劇中矛盾的主要決定力量源自人物的心靈，而蕭伯納則更多採取從社會關係，尤其是經濟關係的觀照角度來創作，他認為人的命運更多地取決於外部世界。蕭伯納對待他的人物也就不可能採取莎士比亞那樣的絕對善惡的立場。他一方面能看到安德謝夫們的惡，同時又深刻地看到

㉟　同㉞，第 212-213 頁。
㊱　F. A. 哈耶克：《自由秩序原理》，三聯書店，1997 年，第 78 頁。

他們在整個社會組織中存在的合理性，特別是客觀上他們的個人主義對人類的貢獻。哈耶克在談到人類社會進步時說：「在進步的任何一階段，富有者都是通過嘗試貧困者尚無力企及的新的生活方式而對一個社會的進步有著其不可或缺的貢獻的，如果沒有他們的這種貢獻，貧困者的進程便會大為延緩。」[37]在各劇中我們都能看到這種貢獻：劍橋的獎學金也有華倫夫人等妓院老闆的捐贈；薩托里阿斯對貧民窟的經營也解決了部分窮人住的問題；安德謝夫的軍火工廠在賺錢的同時，還在客觀上解決了工人的就業問題，而且工人住宅區秩序井然，工人享有比實際需求還高的工資待遇。芭芭拉立場的改變正是在目睹了安德謝夫那與宗教救世軍有著天壤之別的井然有序的工廠之後作出的選擇。

蕭伯納所具有的眼光是二十世紀初期的眼光，自然是莎士比亞所不可能具備的。所以，「他認為自己具有比莎士比亞更有利的條件，也具有比同時代作家更有利的條件，因為同時代的作家學者不懂經濟學、馬克思主義理論和社會主義。」[38]弗萊赫姆‧鄧寧豪斯在〈論莎士比亞與蕭伯納〉一文中說過：「這兩位劇作家的戲劇概念完全不同，這最終可以歸因於他們時代的世界觀的不同。」[39]

蕭伯納擁有新時代敏銳的理性眼光，他清楚地認識到新的社會結構的本質：人都成為有固定職業的「類屬人」或「圈子裏的人」，只有經濟超人能超越這種類屬局限。蕭伯納清醒地意識到了這一社會發展趨勢，理智、冷靜與深刻使他能遠距離地、站在整個社會之外來客觀地看待這一切，不帶個人情感意向與自我立場，進入了笑吟天下事的客觀化的境地。

---

[37] 同[36]，第 50 頁。

[38] 引自黃嘉德《蕭伯納研究》，山東大學出版社，1998 年，第 235 頁。

[39] 同[38]，第 230 頁。

然而，面對蕭伯納戲劇中主體的失落，面對人類用感性的血肉之軀去填充這種所謂不以人的意志為轉移的必然規律的冷酷，讀者觀賞戲劇後有失落感也就不足為奇了。文學的思考畢竟不應以對歷史的認同為目的，不應過多考慮社會功利意義和實用政治意義。文學理當始終堅持以人本身為目的，人道主義是文學的精神內核。

　　我想蕭伯納對歷史理性與人道精神兩重標準難於取捨，因而常在兩者之間搖擺。他在劇中的傾向很少明朗化，他在道德評價與歷史評價之間沒有表現出自己直接的見解，相反他所表現的態度從來是似是而非、模稜兩可的，加之他的幽默與嘲諷掩藏了他的真意，增加了人們辨析的困難。好像他更願不偏不倚地、客觀地再現由兩種不同的生活邏輯所構成的生活內容，從不捲入人物喜怒愛憎的情感中去，他看似超然於其上，這使我們找不到蕭伯納具體的、直接的情感，我們感受不到他的眼淚、感傷或者是不平與憤懣。但蕭伯納並非沒有感情，而是高度抽象化的情感，這是指他作為藝術家表現出的一種寬廣的人性，對人類命運的關切，關注人的處境、揭示人存在的現狀，在整個社會與人類歷史中確認人類的位置、個體的位置。「我公開宣稱：對舞臺上和舞臺外的幻想生活、幻想法律、幻想倫理、科學、和平、戰爭、愛情、美德、邪惡以及其他一切幻想的東西，我感到厭倦，感到憎惡。我要求人們對真正的人性和現實的生活，表示尊重、關懷和慈愛。」[40]

　　愈到創作後期，他的作品的情調愈沈重，這正體現了蕭伯納對人類處境的深切憂慮。戰前創作的《傷心之家》（The Heartbreak House），把英國比擬為一隻將要沈沒的船，充滿著悲觀和絕望的情緒。一九二九年創作的政治狂想劇《蘋果車》（The Ap-

---

[40]　引自黃嘉德《蕭伯納研究》，山東大學出版社，1998 年，第 35 頁。

ple Cart）表現了他對英國民主制度以及政治與經濟狀況的憂心。從整體觀之，蕭伯納對社會的前景是缺乏信心的，因而他在另一類戲劇，如《人與超人》（Man and Superman）和《千歲人》（Back to Methuselah）中表明了他希望通過優生學徹底更新人類自身的生物進化觀點。《人與超人》是第一個關於「創造進化論」的戲劇，《千歲人》是第二個關於「創造進化論」的戲劇，認為人類的唯一希望是超越自己而創造一種新人。現行的教育不可能培養這種新人，因為「我們的學校所灌輸的是被商業化腐蝕了的封建主義道德觀，把那種靠殘酷剝削發財致富的資本家和投機商當作傑出人物和成功的人物模範。」人類必須下定決心，達到更完善的境地，包括延長壽命等。可以看出，蕭伯納對人類的關愛，實際上作為一股暗流，流淌在作品的深處。

二、蕭伯納的非戲劇化的戲劇藝術

鄧寧豪斯教授說：「藝術總是進行抽象。它並不反映生活的全貌，而只是反映生活的一個方面。」[41]我們從問題劇的分析，已經基本瞭解了蕭伯納反映生活的權重，面對自由資本主義向壟斷資本主義過渡的特定歷史時期的社會經濟生活，他以敏銳的藝術觸角，尤其是憑藉他從《資本論》所學到的經濟學知識，探討高度組織化社會結構中，經濟因素的重要性，指出經濟強人成為了社會發展的推動力量。即使處理歷史題材的作品，如《聖女貞德》（Saint. Joan），蕭伯納的經濟學視角仍然在發生作用，他所揭示的是所有其中的人物行為，除貞德之外，都在受「利益」的驅動。

蕭伯納這種冷峻地考察社會的眼光，使他的戲劇，在藝術表

41　黃嘉德《蕭伯納研究》，山東大學出版社，1989年，第229頁。

現方面，呈現出不同於傳統戲劇的現代風格。

在戲劇理念上，他非常推崇與接近挪威現代戲劇家亨利克·易卜生的現實主義戲劇風格，當然，主要指易卜生的「社會問題劇」，因為易卜生在後期戲劇風格有較大的變異。蕭伯納在一次聽劇評家威廉·亞狄口譯易卜生的《皮爾·金特》時，他感到「一剎那間這位偉大詩人的魔力打開了我的眼睛，叫我同時領悟到他作為一個社會哲學家的重要性。」[41]

蕭伯納認識到易卜生戲劇重在反映現實生活中的社會矛盾，著重揭示尖銳問題之後，他就極力為易卜生的新戲劇辯護。因為當時易卜生的戲劇在英國的上演受到很大的阻撓，遭受種種攻擊。蕭伯納則力排眾議，進行以《易卜生主義的精華》為題的演講。他完全站在易卜生的立場上，認為「只有在社會問題中，才含有真正的戲劇，因為戲劇不只是自然的照相，它是人的意志和他的環境間衝突的諷喻式表現。」[43]

儘管蕭伯納與易卜生都反對情節劇，主張戲劇揭示問題、批評社會、針砭時弊，而且同樣都將「討論」引入到戲劇藝術之中，但是他們兩人在藝術風格上卻仍然有很大的差異。易卜生的戲劇作為現代戲劇，仍然留存有一些傳統戲劇的因素，而蕭伯納的戲劇更為大膽與直接地拋棄了「戲劇性」，更具有現代性。

就戲劇所指涉的問題而言，易卜生著眼於從家庭、道德、習俗等角度去提出問題，而不是從社會制度上尋找弊病根源。正如勞遜所指出的：「易卜生的人物為求取完整而戰鬥；但是他們的戰鬥是倫理的，而不是社會的，他們反抗的是習俗，但不是產生習俗的社會條件。」[44]像《玩偶之家》（A Doll's House）等，都

---

⑫　王佐良《二十世紀英國文學史》，外語教學與研究出版社，1994 年，第 112 頁。

⑬　蕭伯納《華倫夫人的職業》序言，引自黃嘉德《蕭伯納研究》，山東大學出版社，1989 年，第 146 頁。

⑭　譚霈生《世界名劇欣賞》，湖南人民出版社，1983 年，第 221 頁。

是從家庭關係、倫理關係著手，重點表現人物之間不同的道德觀，甚至也包涵不同的性格之間的衝突。娜拉與海爾茂都擁有各自鮮明的性格特徵，其豐滿的性格，使他們成為文學史上的典型形象。

而蕭伯納的政治、經濟學的視野，使他看到的是整個社會結構中的階級分析、階層分析，因此，他重在關注不同群體觀念的差異與不同，特別是不同社會群體的不同觀念之間的較量，他的劇中的人物變成了「類屬」的代表。蕭伯納基本上是在處理「無情節」、「無性格」的戲劇，劇中人物沒有什麼性格，人物成了同一類屬群體的共同涵義的代表者與體現者。因此，從戲劇中的人物來看，蕭伯納戲劇中的人物已不是作為豐滿的有個性的形象存在，而只是作為一種涵義存在。

當然，我們都知道，文學是最反對概念化與類型化的，蕭伯納卻堅持群屬分類。藝術是最反對說教的，蕭伯納則堅持戲劇應該是「思想的工廠，良心的揭示者，社會品德的說明人，驅逐絕望和沈悶的武器，歌頌人類上進的廟堂。」[45]戲劇從來是有情節、有動作的，蕭伯納則引入討論，以「觀念」之間的辯論完全取代了情節與動作。蕭伯納的戲劇自然會遭到反對，有人將之貶低為「戲劇化的政論」。確實，我們可以看到蕭伯納存在一些與戲劇觀念相抵觸的東西，勞遜也說過：「一場爭辯並不是一個動作，無論參與者是如何地有意識或出於自願。」別林斯基也說過：「如果兩個人爭吵一件什麼事情，這裏不但沒有戲劇，並且連戲劇因素也沒有。」

蕭伯納卻注意到了當時的某些「社會問題劇」中，有不少「爭論問題」的場面，甚至人物爭論的「問題」都是重大的、有現實意義的，當闡釋易卜生戲劇時，他指出：易卜生劇作的技

---

[45] *Bernard Shaw in Dramatic Opinions and Essays*, ed. by J. Huneker, New York, 1906, p. 290.

巧，在於他能夠「把戲劇和討論實際上合而為一」。這句話的意思是說，易卜生的劇作成就，不僅僅在於把「討論部分」作為「興趣的中心」，更重要的是，他善於把「討論部分」戲劇化。然而，相比之下，蕭伯納的「討論」，則是沒有情節、動作、人物性格等戲劇化內容可以依附的，他的戲劇完全拒斥了戲劇衝突應該是「性格衝突」觀點，他靠的是將一個理性的「社會問題」作為懸疑去吸引觀眾，支撐觀眾對全劇的興趣。而「理性」問題通常並不具備吸引力。

然而，事實上，蕭伯納獲得了成功，他的戲劇在世界各地上演，而且還能做到經久不衰。這種強勁的藝術生命力，我認為，正是來自蕭伯納戲劇自身的完整性。它已建構了、擁有了一種獨特的風格體系，他的戲劇體現了一種新的現代文學意識，具有強烈的時代感，顯現了現代人對自身、對生存環境及其相互聯繫日益深化的認識，他敢於大膽地拆解傳統的藝術標準，同時在劇中也將各種社會構造與社會組織的真實與本質嘲諷地拆解給人看，瓦解了自封建時期以來，人們因襲的對社會最高統治機構權威的神聖性敬拜，對傳統中崇高觀念的崇敬，他首次揭示出了社會與人生的以類為聚合的遊戲性質。

首先，蕭伯納戲劇的視角是非常獨特的，他選取的對象往往是社會的中上層人物，因為這部分人能更好地表現經濟與社會的現實關係。因為蕭伯納生活在自由資本主義向壟斷資本主義過渡的時期，歷史給他提供了背離傳統、走向現代意識的契機。高度組織化的壟斷資本主義時代，工業化的程度非常高，因而人們都成為了專業化與職業化的人。所有人都屬於一定職業或一定圈子，成為族類，純粹的個人不再受到重視。出自這種新現實，一切純粹私人的事情也就落在了蕭伯納的視野之外。他熱切關注的是社會整體內的各種群體、各種集團之間的「觀念」衝突，個體本身的情緒是由於隸屬於這個或那個社會集團而陷入衝突之中

的。因此，蕭伯納戲劇衝突的動力是社會、是群體，而非個人，其劇中的個體都帶有某一群體的共性與普遍性，淹沒在一定職業的群體類屬之中。蕭伯納之所以以「類」為對象、為目的，並以之取代了包括易卜生戲劇在內的文學作品個體形象的豐盈，正是由於他看到並預見了整個世界新的社會結構與發展趨勢，以及人類在這種社會結構中的處境。

蕭伯納對個體形象的忽略，不僅表現在劇中的人物不再有豐滿的個性，而且十分簡略化，甚至沒有確切的外表特徵，所具備的只是大致的年齡與職業。又由於不是個性的衝突，而是不同類屬的人的觀念衝突構成了蕭伯納戲劇的內容。蕭伯納的戲劇自然又有著重視戲劇人物的觀念，輕視情節的特徵。

蕭伯納強調戲劇性是通過「未確定的思想觀點的相互衝突」而產生的。情節可以沒有，性格可以簡略，但「衝突」卻是蕭伯納戲劇所珍視的，而且，這種衝突被限定為「觀念」之間的衝突。它不是好人與壞人之間的善惡衝突，無所謂好人與壞人，不是個性對立的人之間的性格衝突，是屬於不同群體、類屬的人所滋生的不同觀念之間的衝突，而且，這種觀念衝突，往往與經濟有所關聯，因為經濟愈來愈成為現代社會中的最重要的一個因素。人們的一切生活都與經濟生活發生前所未有的密切聯繫，即使是對歷史人物，蕭伯納也從不隱諱自己用的是現代人的眼光，而且他認為一個人只有強烈地感到自己時代的存在，才能瞭解過去的時代。因此在《聖女貞德》等歷史劇中，蕭伯納同樣運用了他自己的視角。

當然最能體現蕭伯納「觀念」特徵的劇，還是《鰥夫的房產》、《華倫夫人的職業》、《芭芭拉少校》等社會問題劇。這幾個劇中都表現了純潔的、充滿正義感的年輕人與圓滑世故的年長者之間的觀念衝突。歸納起來說，年輕人代表「道德善」的觀念，年長者代表「經濟強」的觀念，兩種「觀念」，經過場景變

換之中的多次交鋒與較量，最後是年輕人妥協。因為在「觀念」的較量過程中，整個社會結構的真實本質被揭示出來，年輕人發現他們自身與卑污有著割不斷的聯繫，獨善其身只能是一種幻想，年輕人的「觀念」最後被年長者的「觀念」所擊敗。人不管是軟心腸也好，毒心腸也好，畢竟為經濟利益所牽制，為環境所左右。實際上，更進一步說，蕭伯納往往是在用一種價值觀念去瓦解另一種價值觀念，他非常擅長對傳統價值觀的拆解，在拆解遊戲中，他融入的是智慧，而很少帶有情感，即使面對崇高、純潔、無私等範式與價值的被拆解，他也毫不動心，因為，他理性地認識到社會發展的鐵的定律是無情的。

特別應該注意到的是，蕭伯納戲劇中的「觀念」衝突，往往不止是兩種「觀念」之間的衝突，儘管可能有兩種「觀念」之間的衝突作為主要的衝突，但同時，蕭伯納還會展示第三種「觀念」與第四種「觀念」。也就是說，有多種價值觀念，因為現代社會畢竟開始了多元化的生活，有較傳統社會更多的職業，從而形成多種群體與多種人生哲學與處世態度。

以往評價蕭伯納戲劇的文章，往往只看到善惡鬥爭的雙方，只注意兩種主要觀念之間的衝突，而忽略劇中其他人物的存在及其所負載的內容。以《華倫夫人的職業》為例，如果將該劇看成只是華倫夫人、克羅夫爵士作為年長者與薇薇作為年輕人之間的「觀念」衝突的話，那麼劇中的另一個人物——普瑞德，則純屬多餘。傳統的情節劇，也許需要次要人物出來推動情節的發展，而蕭伯納的戲劇基本缺乏情節。那麼，普瑞德不可能純屬多餘地存在於蕭伯納的劇中。實際上，普瑞德在劇中的作用是，他展現了華倫夫人與薇薇互相對立的「觀念」衝突之外的第三種處世態度。他的人生態度是，重內在修養，醉心藝術，追求浪漫與美。他勸薇薇到意大利旅行，去「把自己沈浸在美的浪漫空氣裏」，他相信藝術會為她開闢新奇的世界。這與沈溺於枯燥的統計資料

中的薇薇的實際人生態度構成鮮明的對照。薇薇對普瑞德的勸說麻木不仁，甚至還頗有幾分反感，她認為一兩次歌劇院、音樂會的經歷已經讓她感到不可忍受。如果按普瑞德所概括的，他自己宣傳「藝術福音」，華倫小姐（薇薇）代表「前進福音」的話，劇中的另一個人物，富蘭克則體現出第四種人生態度。他是一個無所事事，吃喝玩樂，打定主意不願上進的人。這三種人生態度和處世觀念與華倫夫人損人利己的人生哲學有著本質的不同。而三者之間，除了逃避現實這一點上有相似之處外，它們本身又有相當大的差別，甚至對立，蕭伯納在劇中沒有著意去渲染它們之間的衝突，也沒有自己出來評點，或讓「評點員」出現，他只是將他們不同的處世觀念呈現出來，留給觀眾自己去判斷，去完成自己的價值取向。

蕭伯納致力於表現不同的處世觀念類型，不關心單個的具體人的個性與特殊性。他表現不同類屬的人的不同觀念的差異，卻不表現個體的心靈律動與情感走向。這便導致蕭伯納戲劇中有人物的存在，卻沒有產生著名的、具有豐滿個性與人性內涵的人物形象。蕭伯納關注的是群體、是類屬、是社會關係，不關注個體生命。在他的劇中，有個體意義的個體喪失了，傳統的人道主義的關切與憂慮因此失去了憑附。特別是蕭伯納不從倫理善惡去透視人生與社會，儘管有些戲劇看上去還是從倫理關係入手，譬如，他的社會問題劇，主要是發生在家庭關係之中，而實際上，家庭倫理關係在劇中沒有發生任何作用，因為蕭伯納要表現的只是不同觀念之間的衝突或差異，因而《華倫夫人的職業》、《芭芭拉少校》中的母女關係、父女關係就被抽掉了倫理關係的實質而成為了一個空殼。也就是說，將母女關係變換成其他親戚關係，不過是變換了一種稱謂而已，絲毫無損於戲劇衝突的完整性。不象易卜生的《玩偶之家》與《群鬼》（Ghosts）中人物之間的倫理關係負載著全劇的內容。置換掉家庭中的倫理關係，就

意味著整部戲劇不復成立。同時像莎士比亞的《奧賽羅》（Othello）與《李爾王》（King Lear）中的好人與壞人之間的善與惡的衝突，也是蕭伯納的戲劇所完全摒棄的。

　　蕭伯納從《資本論》中獲得的政治經濟學知識，使他具有了經濟學視野，他以經濟的眼光而不是從倫理的眼光去透視社會，去建構他的戲劇，他將經濟置於愛神之上。既然他不再執著於善與惡，也就沒有了對惡的憎恨與對善的嚮往的強烈情感，也不會對個體弱者傾注同情，從而否定了古典人道主義在文學中至高無上的地位。他的戲劇最早體現了現代派藝術對古典人道主義的揚棄。故事情節的缺乏、人物性格空洞化、愛的情調的捨棄、情感傾向的不明顯，使蕭伯納的戲劇藝術終結了傳統藝術的浪漫與理想化的傾向。這使得帶有期待心理與情感傾向的觀眾感到無所適從、不能適應，觀眾無法實現將自己的情感與戲劇人物的情感同構，因此，有人便認為，蕭伯納戲劇是有「思想而無感情」，有人則乾脆將之稱為「政論」。

　　蕭伯納自己確實與戲劇中的人物或人物的觀念保持著相當的距離，他將自己置身於事態之外，採取一種「笑吟天下事」的姿態。因為他透視人生所參的背景不是小範圍的，而是將人與事置於人類歷史發展的長河之中，遠距離地、大背景地觀照芸芸眾生的種種不同的處世態度，因而冷靜與理性多於情感的投入，這種不帶情感，也不帶褒貶的客觀的觀照，正是蕭伯納喜劇的一種獨特構成方式。

　　譬如，在喜劇《皮格馬利翁》（Pygmalion）（又譯為《賣花女》）中，女主角伊麗莎的父親杜立特爾，是個住在貧民窟的垃圾工，他先後與六個女人同居，整日酗酒。蕭伯納對他不帶任何情感色彩，更談不上感情傾向。他沒有儘量多地描述其生活的悲慘，對窮人表現自己的同情，而由此生發出對貧富懸殊的憎恨；也沒有對他的弱點進行揭示，以顯示自己「哀其不幸，怒其不

爭」的無奈。作者的感情是中性的，不愛不恨的，無意將他寫成值得同情的人，也沒有將他寫成遭人唾棄的人，而只是不動聲色地將一種「杜立特爾式」的處世態度呈現給觀眾。首先，他不能算是個老實人，當他得知女兒伊麗莎被語言學家錫金斯留在實驗室時，他連忙趕去敲竹槓。然而，他又不完全是一個無賴，因為他只要五鎊。錫金斯要給他十鎊，他也堅決不收。他的邏輯是：一個大數目，就得考慮怎麼花，而五鎊，正好夠他與老婆喝一頓，痛快一陣。為了進一步演示他的處世哲學，作者在劇中有意讓他得到每年三百鎊的固定收入。杜立特爾會怎樣呢？他竟會為此苦惱不已，因為他認為這筆錢有礙於他的生存方式。他說：「咱反對的是要咱做個紳士，咱本來很快活，很自由自在。咱要用錢的時候差不多見人就要，現在咱可麻煩了，從頭到腳都給綁起來了。……一年前咱什麼親戚都不肯答理咱。現在咱有五十個親戚，沒有一個能掙錢的，咱得為別人活著。」他甚至認為政治或宗教等都不是人幹的，做個窮光蛋才算有點勁，甚至為之慶幸。蕭伯納冷靜地展現的這種「窮快活」的哲學與處世態度，因與常情常理的巨大反差而構成喜劇性。當然，這裏還是帶有蕭伯納的批判，對貧窮與窮人懶惰的批判。

對《康蒂坦》（Candida）這部喜劇，有的研究文章也機械地套用社會批判意義去分析它，那麼人物重點就不再是康蒂坦和丈夫莫瑞爾及第三者馬本克，只能是康蒂坦的父親，一個次要人物，因為他剝削工人，能滿足這一批判模式的需要。然而如此分析是歪曲原劇精神的。實際上原作所要表達的仍然是對婚姻不同類型組合的客觀性觀照。康蒂坦面前擺著兩種截然不同婚姻道路而帶來的不同的人生：一是繼續跟著牧師丈夫莫瑞爾，一位道德家和空談家，過枯燥、瑣屑的日常生活，用馬本克的話說是「說教與刷子」的生活。另一種就是跟著第三者，十八歲的馬本克去過詩意般的「遊手好閒的美好生活，自由和幸福的生活」，但缺

乏現實生活的保障。馬本克說：「我要送妳的不是刷子，而是一隻船——駕著一隻小船，飄飄蕩蕩遠離這個世界……。」

實際上，蕭伯納提出的兩個男人，代表的是愛情生活的兩個面，物質的一面與精神的另一面。康蒂坦面對兩個男人，她的角色都有所錯位。她以強烈的母性，將丈夫莫瑞爾一直當孩子般照料，也將馬本克看作一個孩子。在莫瑞爾心中，「康蒂坦是他的妻子，他的母親又是他的姊妹。」康蒂坦問馬本克，「我是你的母親又是你的姊妹嗎？」馬本克大叫「呀，絕對不是。」可見，在莫瑞爾心目中康蒂坦只是「兼做他的母親，他的姊妹，他的妻子，與他三個孩子的母親。」而在馬本克眼中，她就是康蒂坦，絕不是莫瑞爾太太，康蒂坦不是一個生活中的女人，而是一個意念中的情人。當蕭伯納讓兩個男人出條件供她選擇時，莫瑞爾說：「我沒有什麼可以貢獻給妳，我只是願意用我的力量來保衛妳的生命，用我的忠誠來保障妳的安全，用我的才幹和勤勞來維持妳的生活，用我的權威和地位來維護妳的尊嚴。」康蒂坦問馬本克：「那麼，你貢獻什麼呢？」馬本克回答道：「我的軟弱，我的孤獨，我的需要。」這是兩種不同的婚姻生活：一種是牧師式的，擁有權威和地位，陳腐的說教，毫無詩意與異性之愛；一種是詩人的生活，物質上一無所有，精神恍惚，而有著真摯的愛情，心靈的需要。蕭伯納不傾向誰，不褒貶誰，他所做的，是客觀地將兩種不同的婚姻生活展現出來，既然是兩種不同的價值，甚至是愛情的兩個不同的方面，如何去做取捨？蕭伯納似乎只想告訴你這種存在，以他的智慧，並不想當真去讓女主角做出棄置現實的選擇，演化出悲劇來，這便是蕭伯納的風格。

蕭伯納的客觀理智、不動聲色的觀照，是通過引入「討論」的方式來實現的，他竭力主張戲劇不應依賴離奇的情節，而應該依賴思想的衝突和意見的辯論，通過每一個劇中人物所表達的觀點去認識世界。他讓戲劇人物之間各種不同的觀點發生衝突，因

為「查明論證是非曲直的方法，不是去聽取那個自以為公正無私的傻瓜的言詞，而是讓有關的人物以自己不顧一切的偏見提出贊成或反對的意見。」[46]蕭伯納讓每個人物暢所欲言，「其戲劇性正是通過未確定的思想觀點的互相衝突而產生的，而不是通過那種不涉及道德問題的庸俗的依戀、貪婪的行為、慷慨的行為、忿恨的行為、野心、誤會和奇特等而產生的。」「這場衝突不是涇渭分明的正確與錯誤之間的衝突。」[47]

正因為這場討論無對錯之分，因此，往往是沒有結果的。蕭伯納的戲劇結尾一般都是開放性的。

也因為這場討論無對錯之分，蕭伯納很少偏袒任何一方，或給某一方更多一些的發言機會。相反，蕭伯納的機智與他戲劇的活力，來自他反反覆覆，倒過來翻過去地讓雙方充分地展現自己，觀眾跟隨「觀念」雙方的視角變換，既從正面看，又從反面看，既肯定地看，又否定地看，有時從正面否定地看，有時從反面肯定地看，蕭伯納讓觀眾從相對應的視角反覆觀照兩種觀念衝突的各個層面，從而形成了他獨特的「戲劇的辯證法」。這種辯證法無疑拓展了觀眾看問題的層次，也拓展了觀眾思考問題、思考社會的空間，經過幾個回合的較量，能深入地挖掘出社會本質的東西，將社會結構的本質、將人類歷史進步的方向，將人類自身的處境深刻地揭示出來，將一些脫離本質的傳統的、美好的精神價值體系，無情地拆解，還現實本來面目。

衝突是戲劇最本質的東西，也是蕭伯納所強調的，因為觀念的衝突當然也是一種衝突，因此，它基本保障了蕭伯納戲劇的戲劇性。

[46] 蕭伯納《藝術健全性》「序言」，見《主要評論文集》，原書第 284 頁。引自黃嘉德《蕭伯納研究》，山東大學出版社，1989 年，第 39 頁。

[47] 蕭伯納《易卜生主義的精華》，見《主要評論文集》，原書第 139 頁，引自黃嘉德《蕭伯納研究》，山東大學出版社，1989 年，第 38 頁。

除此之外，蕭伯納的戲劇還非常妙趣橫生，他的戲劇的藝術魅力，還得力於其他的一些增強趣味的藝術手段。

在對不同的人生哲學與處世態度進行反覆觀照時，蕭伯納常常採用以傳統的觀念引進非傳統觀念、從人們習慣的思維導入逆向思維的作法，增加了戲劇的「懸疑」。如《芭芭拉少校》第一階段是採用傳統的習慣性視角，以善良、熱忱的芭芭拉在宗教救世軍中拯救窮人，充滿愛心的奉獻精神貶抑專門製造孤兒寡母的軍火商父親安德謝夫。隨著這對父女的見面、交談、討論，尤其是參觀宗教救世軍與軍火工廠之後，劇情就進入第二階段，誕生出一種非傳統的全新觀念，即懶惰與貧窮才是最大的社會罪惡，安德謝夫這樣的「超人」恰恰是人類應該依靠的。芭芭拉與語言學家的丈夫柯森斯最終一起投靠了以前不願為親，甚至斷絕了往來的軍火商父親，成了軍火工廠的直接繼承人。

當一個問題突然反過去看時，往往引出一種令人「新奇」的境界。正像蕭伯納榮膺諾貝爾文學獎的授獎詞所說的「……其中使人深思的諷刺，時常交織著富有詩意的新奇之美」。這種「新奇」給人強烈的震撼力，從諾貝爾文學獎獲獎作品《聖女貞德》中能體會得到。貞德站在愛國主義立場，堅決反對與抵禦英國侵略者入侵法國的各個公國。而法國政界、軍界、宗教界的各種顯要人物都迫於英國的壓力賣國求和，甚至將貞德判定為女巫，而將其燒死，以討好英國人。時過境遷，歷史總要還其本來面目，貞德終於得到了平反昭雪。當年讒害她的各位顯要人物，包括皇帝、紅衣主教、隨軍牧師、部隊統領等等無一不反省自己的過失，對貞德的亡魂表示歉意。蕭伯納往往在這種定局面前會再來一次反覆，他出人意料地讓貞德的靈魂向他們提出要復活的要求。同樣是這些大人物，竟沒有一個人表示贊同，他們又都以種種托辭表示，貞德還是不復活的好，原來的那點歉意早被他們內心的懼怕驅散得無影無蹤。這真是一個莫大的諷刺，同時也是一

個新奇的諷刺。通過兩次反覆的觀照，它讓人們認識到，利益是這些顯貴們的唯一行為準繩，而所謂良心、正義只能匍匐於它的腳下！

　　這種震驚的效果，正是蕭伯納獨特的「顛倒」手法所造成的戲劇效果，「顛倒」手法無疑增強了蕭伯納戲劇的戲劇性。它讓觀眾「看到一個人物與另一個人物的思想交鋒，表現一種被對方激發起來，誘導出來或驚醒過來的感情狀態」。[48]

　　此外，面對觀念之間的衝突與差異，蕭伯納往往保持一種模稜兩可，似是而非的態度，這一方面造成了理解蕭伯納的困難，另一方面，卻為蕭伯納的幽默、機智與詼諧提供了廣闊的用武之地。僅限於人物觀念之間的理性衝突，本來是十分枯燥的，蕭伯納的戲劇卻能吸引住觀眾，其中，蕭伯納的機智與幽默，他敏捷的思維與辯才在此發揮了重要的作用。而且他那種不經意的幽默，構成一種深刻的諷刺，由於蕭伯納的戲劇立足於關注社會，這種諷刺就成為了一種深刻的社會諷刺。蕭伯納是世界著名的幽默大師與諷刺大師，他的喜劇曾有使皇室貴人笑得從椅子上跌倒的紀錄。即使是「討論」，人物對話也都是極其生動、機智的，勝利的一方，經常是以退為進，先順著對方的思路，最後反戈一擊，將對方的觀念逼至絕境。

　　與易卜生相比，易卜生長於悲劇，蕭伯納長於喜劇，論深沈蕭伯納不敵易卜生，而論機智，易卜生則遠不及蕭伯納。關於幽默，蕭伯納認為「最好的幽默是那種使人一邊笑，一邊流淚的幽默。」在他看來，最符合時代需要的是現代悲喜劇。在他的戲劇中，也體現出了他的這種理念，喜劇成份與悲劇成份逐漸互相補充，悲劇穿插有喜劇的場面，喜劇也穿插有悲劇的場面。他認為單純悲劇的弱點，是劇中出現偶然事件與災禍，他說，在莎士比

──────────

[48]　蕭伯納《書信集》第 1 卷，第 52 頁，引自黃嘉德《蕭伯納研究》，山東大學出版社，1989 年，第 40 頁。

亞的《奧賽羅》中，「奧賽羅給一塊手絹搞槽了。」相比之下，蕭伯納的戲劇題材完全是現實主義的，避免了古典悲劇題材上的偶然事件與災禍突降等。蕭伯納認為，生活本身能夠比一次偶然的死亡事件更富有悲劇性。蕭伯納的幽默不止是一種輕鬆的玩笑，而更帶有深切的情感。他將政治上、道義上的激情與心智上的激情帶進了喜劇，擴展了喜劇的廣度與深度。

　　最後，戲劇畢竟是一種語言的藝術，蕭伯納的語言機智、簡煉而生動，富於戲劇性。他從小受母親影響所得來的音樂傳承，也融入到語言之中，使他的戲劇語言有很強的樂感。由此增強了他戲劇的美感，儘管他不關心倫理的愛，但他的戲劇卻沒有因此而失去美。蕭伯納的戲劇風格是完整的有機體，是不可重複與不可替代的，他的戲劇以「政論」色彩為主調，它所包含的哲理性與抽象化，已孕育並預示著一種新的現代藝術的潮流，它的戲劇藝術的這一走勢，與二十世紀現代派藝術思想的抽象化與哲學化傾向是相吻合的。不管你對情感化的藝術、對詩性的藝術是如何地眷念，它在現代社會已日益失去了其現實存在的根基。蕭伯納對它的揚棄是有預見性的，他之後的現代派戲劇家比他走得更遠。如將他與荒誕派戲劇相比，它畢竟有著較清晰的背景，較清楚的人物關係，較明朗的場景轉換與較多的情節內容，儘管他也是排斥情節的。

　　從文學史系統長河中看，蕭伯納是敏銳而有遠見卓識的。

三、《聖女貞德》：作為涵義與諷喻的人物

　　喬治‧蕭伯納一生創作的五十多個劇本中，《聖女貞德》是難得的普獲讚譽的一個劇本，它於一九二五年榮獲諾貝爾文學獎，可以說它是蕭伯納極富才華的劇本，也是他成就最高的劇本之一。

《聖女貞德》充分地體現了蕭伯納的戲劇風格，不遵循傳統戲劇的原則，不注重情節，不關注人物性格，戲劇衝突也不以行動來表現。他的戲劇由大段大段的談話討論構成，衝突在談話中最初表現為不同思想、不同觀念的衝突，進而步步深入，引伸出不同觀念背後的不同的社會地位所形成的社會群體與社會組織。現代社會的分工，權力、物質利益的被分割與分配，決定了人們具有不同的身份與不同的看待問題的視角。在同一問題上不同的視角與觀念必然引發衝突，這類衝突正是蕭伯納的戲劇主題。這種主題又決定了蕭伯納劇中人物關係的非傳統性，即不側重倫理關係，而側重社會關係。在他筆下每個人物或代表著某一社會圈子，或代表某一觀念。蕭伯納強調人物身上體現的這一類人的共同本質特徵及其與其他類型人物之間的觀念衝突，《聖女貞德》是一個這樣的範例。

　　在這部劇中，所有人都是圍繞貞德而走到一起來表白自己的思想或有所行動。他們叫什麼名字並不重要，但身份很重要。甚至可以說，他們是符號或代名詞，有的代表教會，有的代表貴族。蕭伯納的高明在於同一身份的人，也不讓他們陷入雷同。同為教會人士，有的天真，有的接近宗教的原本意義，有的俗化為權力的化身。我們從劇中可以看到，人物形象的精髓已不在人物性格，也不在人物的行動，而在於人物作為某種涵義與符碼。劇中的貞德，她是一種進步力量的代表與體現，她超越了團體、類型、階級的利益之上，超越了歷史的局限性，代表著歷史發展的進步方向。

　　讓我們深入揭示《聖女貞德》中種種類型人物的深層涵義，從中領略蕭伯納的人物所負載與體現的深刻的社會認識。

1.神聖的貞德

　　貞德是《聖女貞德》中的主角，十七、八歲，是一個體格健

壯的農村姑娘。她出身於「沒有社會地位」的家庭，父親連鄉紳都夠不上，至多只是一個小農場主。貞德在農村長大，沒有受過什麼教育，在大主教指責她既驕傲又不順從時，她辯解說自己是一個可憐的女孩子，無知得連一和二都分不清。當時法國遭到英國的侵略，貞德雖然對此講不出高深的道理，但她本能地認識到這是不正義的，理由是「上帝創造了英國人和我們都一樣，上帝也給了他們國土和語言。他們進犯我們的國土，這不是上帝的意志」。所以，英國人是不對的，是非正義的。

正是出於這種樸素的認識，貞德才始終擁有著一個強烈的願望：當兵，將英國人趕出去。貞德是這樣想的，也是這樣做的。她要實現當兵的願望，對於一個農家女來說，還有很大的一段距離。所以，她第一件要爭取的事是穿上軍裝。她隻身來到沃庫洛爾城堡，找羅伯特‧德‧波德利爾上尉，幾經周折，終於以她堅定的信仰與神奇的力量打動了缺乏主見的羅伯特上尉，如願地穿上了軍裝，並被委派去希農見皇太子。謁見皇太子是她實現趕走英國人這一目標的必經之路，因為要趕走侵略者，法國必須有一個代表國家的強有力王權，成為民族的凝聚力與民族利益的體現者。當時皇太子查爾斯沒有加冕，還被宮廷大臣與主教等操縱。況且他生性怯懦、貪圖安逸與享受。因此，貞德所面臨的是一個比穿上軍裝要棘手得多的難題。查爾斯是一個令人頭疼的、扶不起來的人物，但貞德毫不氣餒，她一往直前，再次憑藉她的正義與口才，尤其是她身上的那種令人難以抗拒的影響力，鼓起了軟弱的查爾斯的勇氣，終於使他振作起來。他同意讓貞德為他在蘭斯大教堂舉行加冕典禮。貞德克服了兩大障礙後，直接來到了戰場，與法軍指揮官杜努瓦一同作戰，連連告捷，收復了法國的大片失地——奧爾良、雅爾貢、默恩、博讓西等。

貞德的行為，無疑是一種英雄行為，是符合國家與民族利益的行為，貞德完全可以走上一條通向民族英雄的光輝道路。然

而，貞德既沒有作為民族英雄而成功，也沒有作為民族英雄而死於英軍的戰刀下，卻是以「異端分子」的罪名被燒死在法國的土地上。這一悲劇的根本原因在於法國當時沒有建立起強大的王權與中央集權國家，歐洲當時還停留在公國林立的歷史時期，英法等國都處於割據分裂狀況。我們從劇中清楚地看到法國王室已被架空，皇太子不僅無權無錢，而且還負債累累。當貞德向羅伯特上尉講「法語」、「英語」這些概念來表示「法語地區」、「英語地區」以代表整個法國、整個英國時（因為英法都處於割據狀況），羅伯特卻說：「士兵是他們封建主的臣民；……與講語言有什麼關係。」

這裏就體現出了人們只對割據的封建領主、公國的公爵盡義務，而看不到整個民族的利益，這正是貞德以民族、國家利益為首要標準的原則與信仰所遇到的最大障礙，貞德的悲劇就是這種歷史的必然要求與這一要求在當時不能實現的矛盾。因為她將國家民族利益置於首位，這極大地觸犯了各封建主貴族的利益，也觸犯了地方教會的利益，因為她的首先要服從上帝而不是教會的思想，使她為所有的教會人士所不容。在中世紀，教會具有至高無上的地位，封建割劇勢力也普遍而強大，貞德想扶持的王室則是那麼虛空，皇太子又軟弱無能，因此，孤立的貞德注定不可能走上民族英雄的光輝之旅。因為她面對的敵人不只是強大的英國軍隊，還有比強大的英軍更強大得多的教會與地方貴族，他們既包括英國的，也包括法國的。貞德可能戰勝戰場上的敵人，卻不可能戰勝她所從屬的宗教統治機構與世俗統治機構這張聯合起來的無形而又無所不在的網，她注定只能淪為一種政治犧牲品。仗還沒有打完，當然他們根本就不會允許她打完，甚至連法國的巴黎還沒有解救出來，貞德就被這張網網住，拖回到宗教法庭上。

更為可悲的是，貞德是法國國家利益、民族利益具體而直接的體現者，是王室利益的代表，而法國王室、教界與軍界卻都拒

絕救她，貞德為法國而戰，法國卻不需要她。她為國家與民族立下汗馬功勞，然而沒有人出來保護她免遭教會與貴族的傷害。貞德這個少女，如同不受任何保護的羔羊，教會與貴族勾結起來燒死她，簡直像撚死一隻跳蚤那樣不費吹灰之力。

貞德是孤獨的，然而她的力量正是來自這種孤獨。她孤獨地站在歷史的最前面，代表著歷史發展的方向。她超然於現實的物質利益、現實的功利之外，超越了歷史的局限性與階級利益的局限性，她是神聖的，也是永恒的。

貞德這一形象，從審美意義上看，是一個崇高的形象。這種崇高在於她為民族、為國家獻身的忘我精神。她身上絕無自私自利的痕跡，她不僅不在乎物質利益，不計較自己的得失，也沒有想到過什麼建功立業，贏得榮譽，她只想將英國人趕出去，打完仗後，仍然回到父親的農場去牧羊。

貞德擁有的是為國家與民族利益獻身的崇高目標與堅定信仰，並且全身心地沈浸於這種獻身之中，這種精神與劇中的所有人物形成強烈的對照。英國、法國的各種王公顯貴、紅衣主教或普通牧師，甚至劊子手，他們無一不是執著於自己的利益。在危及國家存亡的關鍵時刻，他們仍在斤斤計較本身的得失，關注的不是民族的存亡，而是貞德的國家思想深入人心之後會對自己的地位造成什麼損害。他們即使可能即將淪為奴隸，也不放棄瓜分到手的那點既得利益，正是為了自己的地位與利益，他們不惜殘酷地殺害無私而純潔的為國家利益奮鬥的貞德。

馬克思曾說，普羅米修斯是「哲學的日曆中最高尚的聖者和殉道者」，那麼，貞德也完全適合這一評價。如果說「普羅米修斯使奧林波斯山上的眾神受到了鞭打」，那麼，貞德則讓當時英法大至宗教界、政界、軍界的巨頭顯貴，小至普通牧師、城堡上尉，甚至劊子手，都永遠被釘在了歷史的恥辱柱上。貞德是一個農村姑娘，沒受過多少教育，具有的是質樸的感情和認識，而質

樸的感情與認識往往是容易被改變的，因為堅定的信仰總是源於深刻的思想。然而連一和二都分不清的貞德，卻出口不凡、見解深刻、充滿自信、英勇果敢，具有不可抗拒的影響力，從思想中表現出極大的機智與敏捷。

她說，她與上帝相連接，不斷聆聽聖母天使的聲音。這使貞德具有了一種神奇的力量，人人都感到，只要與她對話，就會跟著她的意願走。她絲毫沒有謙卑與怯懦，無論面對的是城堡上尉，還是皇宮中的大臣、主教與太子，甚至站在宗教法庭上面對咄咄逼人的審訊者，她始終充滿堅定的自信。這種自信，在大主教與皇太子眼中，成了「驕傲」、「不順從」與「狂妄自大」。然而，貞德靠的正是這種自信、果敢而無所畏懼，一往直前，征服了各種各樣的人，克服了各種各樣的障礙。這種神奇的力量與其說來源於上帝與聖母，不如說，她只是借了上帝、聖母作為一個至高無上的形象所具有的公正意義。貞德身上的神奇力量被表現為一種神靈憑附，一種「正義」的力量，「真理」的力量。正是「真理」與「正義」使貞德所向披靡，即使她的肉體被燒死，用劊子手的話說，「她的心燒不掉」，「她永遠活著」。

2.老狐狸科雄與宗教人士

科雄是大主教，是宗教界的代表人物。他一共出場三次，第一次是在第四場，他整場都在與貴族沃里克策劃如何置貞德於死地，在此，他露出了他的狐狸尾巴，透露了他不能容忍貞德的根本原因。第六場，科雄作為重要人物參加了對貞德的直接審訊，將其開除逐出教會，致使貞德被燒死。在「跋」部分，科雄再次出場，貞德此時已被平反昭雪，科雄說自己被刨了墳，並被開除教籍，還認為這對他是不公正的。

科雄身上表現出大主教的本色，即很有文化修養，他與貴族沃里克、隨軍牧師包括宗教法庭上的一些教會人士相比，顯得智

慧過人。他具有豐富的宗教知識，對有關基督教的一切都頗為精通，從表面上看他也確實不愧為一個真正的大主教，常常強調宗教的神聖，宗教信仰高於世俗的欲念。然而與此同時，他又是世俗權力的化身。因為教會在當時不再是純粹的宗教機構，已經世俗化為權力機構。所以，一開始貴族沃里克就勾結教會，勾結科雄，謀劃如何處死貞德。貞德最後被教會與貴族聯合起來燒死，連宗教法庭的審問官也承認無辜的貞德是在「教會和法律兩大勢力的強壓下垮掉」的。宗教機構的政治化使教會失去了它原本的意義，大主教也就不再純粹是宗教人士、精神導師，而成了世俗社會中爭權奪利的巨頭。

因此，教會與主教等同時具有了雙重職能，表面是一種宗教的機構，實質是一種權力機構。大主教既是神在塵世的代表，又是世俗權力的化身。這兩重職能對於宗教人士來說，是無法兼備的。背道而馳的東西要在主教身上同時並存，就只能走一條相容並蓄的途徑，那就是虛偽。這是科雄、宗教法庭上的起訴人、主審官以及蘭斯大教堂的主教所表現的共同特徵。在科雄身上，修養與學識不純粹表現為一種智慧，而且表現為一種奸詐與圓滑，他時常表現出他的清高、公正，鄙視貴族沃里克赤裸裸的殘酷，他們由此分歧而相互充滿敵意。他罵沃里克是「惡棍」，審問官也附會說所有的世俗權力都把人變成惡棍，以示他們宗教人士的仁慈與聖潔。科雄曾與沃里克一起陰謀策劃，要燒死貞德。科雄要燒死貞德的決心一點也不亞於沃里克。可一旦沃里克說出科雄的這一立場時，他又表白自己「決不這樣想」，又打起教會旗幟作幌子，宣稱「教會的正義是不受人愚弄的」、「教會不聽命於任何政治需要」。然而，事實上教會早已失去了他原本的聖潔，正是科雄本人將貞德送上了火堆。他表面上戴著教會「仁慈」的面具，骨子裏卻有著令人難以置信的殘酷；表面上他裝出宗教的寬宏大量與拯救靈魂的耐心，而實質上氣量狹窄，決不能容忍一

個天真小姑娘的真理語言。虛偽是科雄的性格特徵，也是劇中其他教會人士的本質特徵。

然而，在《聖女貞德》中，有一個牧師與一個修士另當別論，科雄無法代表他們。一個是英軍的隨軍牧師德·斯托岡博，一個是多明我修士拉德韋努。這兩人作為教會人士絕無虛偽的痕跡。然而他們兩人的情況又互不相同。對於隨軍牧師德·斯托岡博來說，他之所以不具備教會人士共有的虛偽特徵，一方面由於他隨軍身份，這往往使他站在英方軍人的立場，即貞德敵人的立場去對待貞德，所以，他直接表現出仇恨；另一方面，還因為虛偽與他性格的本質傾向——天真是格格不入的。作為敵方、作為英軍方面的人，他對貞德的那種仇恨就隨著他的「天真」毫無保留、毫無節制地表現出來，而不會運用宗教「仁慈」的面具。

科雄是有預謀要不露聲色地殺死貞德，隨軍牧師則天真地出於仇恨要殺死她，這顯然不合他的牧師身份。英軍連連退敗的消息使他急得像熱鍋上的螞蟻，甚至顧不得宗教的戒律，一再表示要親手殺死貞德。科雄稱他為「一個天真的人」。正是這種「天真」，使他沒有虛偽，也理解不了科雄等人的虛偽。因此，他常因對科雄的表面仁慈不能理解，跳出來與他正面衝突，甚至管不住自己的嘴，非常衝動地罵科雄是「叛徒」。

在這一點上牧師庫爾塞爾（他只在法庭這一場出場）與他類似。庫爾塞爾同樣理解不了科雄的奸滑與虛偽，因此，他們這些天真的人就在宗教法庭上捅了許多簍子，演出了很多滑稽場面。這些笑話與滑稽場面顯示了隨軍牧師的天真，又客觀上對科雄等人的虛偽產生深刻的揭露作用。他表現出要燒死貞德的急不可耐，貞德的「罪行」還沒宣判，他就急切地親自招呼劊子手們，而這根本不該是牧師的事。他甚至急匆匆地幫著士兵將貞德往外推，而全然不顧這些都有背於牧師的身份與教會的戒律。

他天真地、赤裸裸地發洩著對貞德的仇恨，可當親眼看到貞

德被燒死的殘酷場面時，他才意識到自己幹的是什麼，這一結果使他心理承受不了，他發瘋似地狂叫，痛哭流涕，甚至要上吊自盡。火刑之後，科雄、沃里克等都很坦然與平靜，唯獨隨軍牧師有懺悔之心。這種分歧的一個重要原因，就在於科雄與沃里克等人是蓄意殘酷；查爾斯等人是任其他人殘酷；而隨軍牧師是天真使他無意識地殘酷。

另一個不虛偽的教士形象是修士拉德韋努，他的不虛偽，不是出自性格特徵，而是由於一種心靈傾向。他是一位年輕的、過於苦修的修士。過於苦修意味著他對宗教有一種堅定的信仰與獻身的赤誠。因此，他接近於宗教的原本意義，他生活於一種精神境界之中，離教會世俗的一面很遠，與權力化、世俗化的科雄等人距離很大，他是一個真正意義上的修士。因此，只有他沒有染上權力與利益的色彩，才真正從宗教意義上去理解貞德。

他一上場就從宗教意義上對貞德表示了理解與容忍，「那姑娘的異端有什麼了不起的危害嗎？那會不會只是她的天真？許多聖人說過和她一樣的話。」已經生活於世俗權力之中的主教與審問官等人出於利益考慮，是絕不容許這種有背於他們利益的純粹宗教觀點存在的。所以，他們對拉德韋努的觀點很警覺，「頓時嚴肅起來」，並一再誇張地強調異端的危害。而事實上貞德的思想算不上異端，也不會危害宗教，只不過是危及他們世俗化的權力與地位罷了。只有拉德韋努真正同情貞德，真心想拯救貞德。他常常急切地為她辯護，抓住貞德表現出的符合教會精神的任何一個細節加以引導，想幫助貞德擺脫危險的結局。當貞德承認天上的聲音欺騙了她時，他急匆匆地跑去抓起一張紙，賣力地起草放棄異端的聲明書。這一方面體現出他高興的心情，另一方面也包含著他的緊張與擔心，似乎唯恐寫得不及時而貞德又「變卦」。當貞德果真「變卦」，將聲明撕得粉碎時，他痛心疾首地喊道：「貞德！貞德！」貞德被英國士兵架出去時，他匆匆跟出

去，表示「我應該在她身邊」，並且從教堂取來一個十字架為她舉著。燒死貞德後，其他人認為這事結束了，只有他的想法相反，他說：「也許是剛剛開始。」

後來貞德平反，他作了證明。貞德被宣為聖女後，亡魂、活人都匯合在一起，所有人考慮的是貞德被宣為聖女的事對自己意味著什麼，只有拉德韋努不同，「我在想，這對她意味著什麼。」拉德韋努是一個真正獻身於宗教的修士，他有著真正的「仁慈」與「正義」，雖然他無力與強大的世俗化權力抗衡，他是孤單的，然而我們感到了他自身的力量。

3.庸俗殘忍的貴族沃里克

沃里克是一個貴族形象，代表著與教會相反的世俗勢力，是一種地方貴族政治勢力的化身，從而與教會形成強烈對照：教會的殘酷披著「仁慈」的外衣、戴著「拯救」的面具，而沃里克則直接地、赤裸裸地要置貞德於死地。他出重金懸賞捉拿貞德，他買下貞德後，又將她交給教會，讓教會以異端罪判處貞德火刑。

如果說科雄的主要特徵是虛偽，沃里克則表現為庸俗而殘酷。他目光短淺，只看到貴族的利益。他對英軍戰事上的失利並沒有什麼不安，因為勝敗乃兵家常事，這並不會危及他的貴族地位，他的不安來自貞德的服從國家利益的觀點將削弱貴族的地位。他擔心貞德的國家利益與民族利益高於一切的思想深入人心的話，他作為割據貴族享有的至高無上的實權將遭到致命的打擊。因為「一個人不能有兩個主人。如果這種為國家的時髦話迷住了他們，那麼，再見吧，封建主的權威，再見吧，教會的無上權力」。可見，沃里克已看到了教會與貴族在這一點上有著一致的利益。所以，他對燒死貞德很有信心和把握，因此，他勸隨軍牧師安靜些，並表示時機成熟時就會燒死那個女巫的。

在宗教法庭審訊貞德一幕，第一個登場的卻是世俗的貴族沃

里克。他到此的目的是催逼教會迅速了結貞德案件。他直截了當地說：「她的死是一種政治需要，很遺憾連我也改變不了這一狀況。」判決剛一宣佈，沃里克又出現了，他正趕上隨軍牧師發瘋的場面，可他絲毫沒有心軟。他一下子把隨軍牧師拽起來說：「好啦，好啦，夥計，打起精神來！全城的人都會議論你的。」他顯得頗為惱怒地將隨軍牧師推到坐椅上並說「如果你沒有膽量看這種事，為什麼不像我一樣躲開不看呢？」他手下的一個士兵用兩根木棍纏了一個十字架給火堆上的貞德。對此，他只是罵了一句「這個笨蛋」。可見，不論是隨同他的牧師瘋了，還是他手下的士兵冒生命危險獻十字架的壯舉，還是拉德韋努「也許剛剛開始」的意味深長的預言，可以說，任何人、任何奇特的事，都不會引起他絲毫的情感波瀾。他不會因此而產生任何驚奇和惻隱之心，這架官僚機器，絕無人性，只有冷漠與殘酷。

在貞德被昭雪宣佈為聖女後，沃里克向貞德的亡魂表示「最大的歉意」。此處，似乎表現了他的一點真誠、懊悔，可很快我們就發現他的致歉不過是一種政客的應酬，而沒有絲毫真情實感，因為他永遠不會站在他人的立場上考慮問題，只知從自己的利益出發，他說：「當他們尊你為聖人的時候，環繞你頭上的光暈應該歸功於我。」最後，當貞德表示要復活來到他們中間時，他說：「我們真誠地懊悔那樁小小的過失。但是，政治需要有時儘管是錯誤的，卻仍然是絕對必要的。」可見，他根本沒有「真誠」，所謂「真誠地」怎麼樣，不過只是政客使用的一種應酬術語罷了。科雄是「仁慈」地殘酷，而沃里克則是赤裸裸地殘酷。如果說科雄具有一定的文化修養，有所掩飾的話，那麼，沃里克則沒有涵養，粗俗不堪。

4.以查爾斯爲代表的法國王室

　　法國皇太子查爾斯、大臣特雷姆伊、紅衣主教以及軍界首腦杜努瓦，應該說法國的各類巨頭的利益與強大的君主國的利益是一致的，正如貞德所説的，「我爲查爾斯加冕，使他成爲真正的國王，而他又把榮譽給了他們」。應該說貞德爲國家利益、民族利益而奮鬥，是直接給他們帶來利益的，然而令貞德困惑的是：「爲什麼這些朝臣、騎士和教士都恨我呢？」杜努瓦指出個中原因，即貞德「使那夥人暴露了真相」。

　　貞德的聰明、能幹、戰無不勝是對他們平庸無能的最大嘲諷，尤其當他們勸告貞德，而貞德不聽勸告時，他們就表現出極大的憤怒因而極力排擠貞德。面對貞德將要落入沃里克之手，即將被關押、被燒死的悲劇，他們無一人出來阻止。查爾斯代表王室表示無錢救她；大主教表示：「妳把妳個人的判斷力置於精神指導者的懺悔之上，教會將聲明與妳沒有任何關係，讓妳和妳的自以爲是在一起。」杜努瓦代表軍隊表示：「我也不會冒險去救她」。大主教一針見血地指出：「沒有人和妳站在一起，絕對沒有人和妳站在一起。」貞德最後落入沃里克手中，一直到燒死，長達幾個月的時間，他們果真無一人動一個手指頭去救貞德，儘管他們都曾從貞德那裏獲益。

　　這是一群没有使命感、責任感與道義感的人，他們所需的只是虛榮心的滿足。他們習慣過寄生生活，所以，他們爲貞德設置障礙。當貞德要進一步收復失地巴黎時，他們不僅不支援，反而希望與英軍協定。空虛無聊是他們的生活内容，他們抵抗貞德帶來的充實與進取的生活。而貞德執意要帶領他們進取時，他們就以「後果自負」爲托詞，將一切義務與責任推卸得一乾二淨。

　　蕭伯納在該劇中，顯然看到了兩股重要歷史力量的匯合：新教的興起和民族主義即西歐各國資産階級國家的興起，但同時他

也用他現代眼光，用他經濟的透視，看到了這一進程的艱難，即社會各方出自自身利益與觀念進行阻撓，正是各階層觀念的差異與衝突構成了這齣歷史劇。剖析《聖女貞德》人物之間的衝突，不難發現在政治關係、社會關係構成的複雜社會中，正義有時會被錯綜複雜的利害關係淹沒與扼殺，這正是蕭伯納的視角。

蕭伯納為自己的視角感到有幾分驕傲，他認為自己的視角要優越於莎士比亞，因為他覺得自己有《資本論》的營養，有經濟學的知識，有現代社會的視野。但早年的他也曾是非常肯定與讚美莎士比亞的。他說過：「早年和莎士比亞戲劇的接觸，使我獲得了人生一種最大的樂趣，使我享受到一個幾乎無窮無盡豐富多彩的文藝和戲劇的寶庫。」在另一篇關於莎士比亞的文章裏說：「莎士比亞的戲劇對我來說，就和母親的乳汁一樣」。[49]後來，英國文壇出現了對莎士比亞的偶像崇拜，蕭伯納開始尖銳地批評莎士比亞的缺點。十九世紀八〇年代，隨著易卜生被介紹到英國，蕭伯納極力倡導易卜生的「社會問題劇」，對莎士比亞的貶抑之詞也多起來。他自感有優越於莎士比亞的地方，首先，莎士比亞的寫作素材，多從歷史書中來的，也就是說，莎士比亞只能從第二手材料寫作，而自己可以直接寫現實生活；另一個特別讓蕭伯納感到優越的是，莎士比亞只是把孤立的個人作為對象，缺乏歷史特性，而他所寫的是一定的社會制度與社會結構中的人、群體的人、社會的人。

我們只能說，莎士比亞與蕭伯納確實代表兩種差異非常大的不同的藝術風格。莎士比亞很重情節，常寫偶發事件，像《奧賽羅》圍繞一方手帕激化劇情，他確實經常處理好人與壞蛋之間的善惡衝突題材，歷史感不強，似乎他的戲劇故事發生在哪個國家、哪個時代都無關緊要。莎士比亞關注的往往是個體，他的人

---

[49] 黃嘉德《蕭伯納研究》，山東大學出版社，1989年，第198頁。

物形象都以豐滿的人性與鮮明的個性保持著永恆的魅力。應該注意到，莎士比亞的戲劇在上述這些因素營造出感性美的同時，他的悲劇也是擁有深刻的理性色彩的，在理性思辯的層面上，莎士比亞與蕭伯納在某種意義上是相通的，只是蕭伯納更注意社會的領域，而莎士比亞更多對人生的哲理思考。

莎士比亞是如何將個體的情感與抽象的思辯天衣無縫地融合為一體的呢？下面以《哈姆雷特》為例，來探索莎士比亞悲劇的風格生成。

四、個性化的哈姆雷特：敏感、瘋癲與理性思考

關於哈姆雷特已有太多的研究，而這些研究基本上都是圍繞哈姆雷特的性格展開。

莎士比亞的哈姆雷特形象創作於十七世紀早期，十八世紀後期的批評開始將他複雜化，十九世紀經歷了一場轟轟烈烈的論戰，二十世紀文學批評走向多元化，西方的各路先鋒社團又在用各自的理論與術語，圍繞他競相「爭吵」。[50]然而，在當代西方文學批評中，文學對象往往淪落為各類學科、各類學說的注解，哈姆雷特形象也被肢解得愈來愈破碎了。難道哈姆雷特形象就永遠說不清楚了嗎？或真如伯內特所設想的「可能打開莎士比亞的哈姆雷特的那把鑰匙丟失了，不可復得了」[51]嗎？我認為，如果不選取切合對象本身的研究途徑，這把鑰匙就可能難以找到。四百年過去了，哈姆雷特至今仍是一個眾說紛紜的、至為撲朔迷離的問題。這一方面固然是由於理解對象的難度，但另一方面不也

---

[50] *Appropriating Shakespeare, Contemporary Critical Quarrels*, ed. by Brian Vickers, Yale University Press, 1993.

[51] 「Preface」to *New Essays on Hamlet*, ed. by Mark Thornton Burnett and John Manning, AMS Press, 1994.

暴露了批評思路，不論是十九世紀以前的，還是十九世紀以後的，都存在著某種缺陷嗎？

因此，要想推進哈姆雷特研究，首先應該在思路上進行調整，儘量避開當代哈姆雷特批評的種種誤區，不再從理論出發，而切實從文本出發；其二是不僅從人物出發或劇本的內容出發，更要從內容與形式的關係之中，從作品的整體結構中來確定哈姆雷特性格的特殊性及莎士比亞悲劇風格的特殊性。

哈姆雷特的當代批評與傳統批評都在方法論上存在著各自不同的缺陷。我們先看二十世紀的哈姆雷特批評。進入二十世紀以來，各種學科都將其勢力滲透到文學研究之中，給文學研究帶來了新視角，但它們從各自學說本身出發，片面地闡釋對象，同時也肢解了文學作品。阿爾文・克南在《文學的死亡》中，悲歎「這些新的、意識形態的批評研究攪奪了文學的『正面價值』與『社會功用』，在它們的視野中，政治的與社會的事業比文本本身更重要，文學在為前者服務的過程中也就喪失了其自身的價值」。[52]與女權主義、新歷史主義、解構主義、文化唯物主義等意識形態批評一樣，語義學、精神分析學、人類文化學等都從本位出發，即是說「從一開始它們就被限定在自己封閉的、拉拉雜雜的解釋範圍」，[53]「它們各自有自己鍾情的雜誌，各自創立自己的神話、語詞體系與其他指符」，[54]「批評界分化成了貼標籤集團」。[55]這些尖銳的措辭包含著人們對文學對象被分割、被獵取一空而產生的憤怒，它們由於脫離了文本的客觀性與完整性而

---

52 Alvin Kernan, *The Death of Literature*, p. 212, 轉引自 *Shakespeare Left and Right*, ed. Ivo Kamps, Routledge, 1991, p. 8.

53 Ivo Kamps: *Shakespeare Left and Right, Routledge*, 1991. p. 19.

54 「Preface」to *Appropriating Shakespeare, Contemporary Critical Quarrels*, ed. by Brian Vickers, Yale University Press, 1993.

55 「Preface」to *Appropriating Shakespeare, Contemporary Critical Quarrels*, ed. by Brian Vickers, Yale University Press, 1993.

注定只是一種外在批評。所以有人十分貶義地用「五花八門的混亂局面」[56]概括了西方二十世紀的哈姆雷特批評。這種「瞎子摸象」式的批評是不可能得出全面結論的。

與此相對，十八、十九世紀的哈姆雷特批評，側重情節、人物性格、戲劇衝突、戲劇語言及表演等文本內容。然而在研究思路上長期存在重局部、重主觀的傾向，並禍及二十世紀的今天。自從「一七七〇年哈姆雷特批評出現轉折」，「發展出哈姆雷特的『複雜性格』、『延宕主題』」[57]以來，從十八世紀末，到整個十九世紀，甚至二十世紀的佛洛伊德學派，研究者們一直熱中於討論「延宕」問題，或從「延宕」入手解釋哈姆雷特的性格。歌德、叔本華、尼采、屠格涅夫、蘭姆、柯爾律治、雨果、泰納、別林斯基等眾多大師各抒高見，卻終無定論，以致二十世紀厄勒斯特·瓊斯將哈姆雷特復仇的「延宕」問題稱作「近代文學的斯芬克斯之謎」，「並以此而開始了對他聲稱的傳統文學批評方法一直不能找到答案的這一問題的研究」。[58]然而，他根據精神分析學提出的「伊底帕斯情結」說，儘管引起了一場轟動，但他所說的「哈姆雷特通過克勞狄斯替代性地完成了殺父娶母的業績」，[59]因為「克勞狄斯犯的殺人罪與亂倫是深藏於哈姆雷特心中的幻想，這意味著哈姆雷特不能殺死克勞狄斯，也就是沒有殺死哈姆雷特的想像」。[60]這些論斷亦未能了結幾百年的爭論。

事實上，「迄今為止，關於哈姆雷特還沒有一種說法能使大家或使大多數人感到滿意」[61]的原因出在思路上存有弊端。Ｃ．

---

[56] 朱虹《英美文學散論》，上海三聯書店，1984 年，第 44 頁。

[57] Paul S. Conklin, *A History Of Hamlet Criticism*, New York: Humanities Press, 1968, p. 63.

[58] Enerst Jones, *Hamlet and Oedipus*, p.103, From New Essays on Hamlet, ed. by Mark Thornton Burnett and John Manning, AMS Press, 1994, p. 211.

[59] James K. Lowers, *Shakespeare's Hamlet*, Cliffs Notes, 1971, p. 8.

[60] Enerst Jones, *Hamlet and Oedipus*, p.103, From New Essays on Hamlet, ed. by Mark Thornton Burnett and John Manning, AMS Press, 1994, p. 211.

S．劉易士指出：「這些批評不是描述哈姆雷特，而是描述他們自己或他們自己所推崇的學說。」[62]像「智慮說」出自生性智慮的柯爾律治，「迷戀死亡」的觀點來自悲觀哲學家尼采，而佛洛伊德的弟子瓊斯從中看到的是精神分析學本身，甚至當代著名批評家Ｔ．Ｓ．艾略特也從自己「非個人化」、「客觀對應物」等理論出發，認為哈姆雷特是一個「藝術的失敗」。[63]可見，種種批評都帶有個人化或對個人學說進行演繹的特點，絕大多數批評自然成了「刻舟求劍」式的，即固守「延宕」這一老而又老的線路圖。

批評思路的缺陷直接造成了當今哈姆雷特研究的徘徊局面。這種徘徊表現在：第一，隨意比附，任意取捨。比如，中國近年有文章將哈姆雷特與狂人（《狂人日記》）、又與阿 Q 對比研究。[64]這恰恰陷入了哈利·列文所指出的誤區：「當哈姆雷特向波洛涅斯指出那朵雲的時候，他也就指出了哈姆雷特的批評所走過的道路。」哈姆雷特在劇中說那朵雲「很像一隻鼬鼠，既而又像一頭駱駝，再又像一條鯨魚。」[65]如果將哈姆雷特說成什麼，便是什麼，這豈不是文藝批評的悲哀！第二，僅談一點，不及其餘。這是重局部思路影響的結果。針對一點，各申其說，互不相干的分割研究，將哈姆雷特越說越複雜，泯滅了人們全面研究哈姆雷特的欲望或將其說清楚的企圖，以致全面地闡釋哈姆雷特的文章寥若晨星。第三，尋找各種新理論套用到哈姆雷特身上。這也是當今文學研究的一種時髦，人們熱衷於這一捷徑。第四，言

---

[61]　James K. Lowers, *Shakespeare's Hamlet*, Cliffs Notes, 1971, p. 8.

[62]　Kenneth Muir, *Shakespeare's Hamlet*, London, 1963, p.13.

[63]　T. S. Eliot, *Selected Essays*, London: Faber and Faber, 1951, p.143.

[64]　蘇暉〈《哈姆雷特》與《狂人日記》〉，魏善浩〈哈姆雷特與阿 Q 的比較研究〉，分別見《外國文學研究》1992 年第 1 期、1990 年第 4 期。

[65]　Harry Levin, *The Question of Hamlet*, New York, Oxford University Press, 1959, p. 3.

必稱複雜，這是一種極易為人所忽略的表現。凡關於哈姆雷特的著述，無一不在開篇稱頌其複雜。「謎」、「密碼」、「迷宮」等比喻被反覆運用。還有的批評故意將其複雜化，阿尼克斯特說：「有關《哈姆雷特》（Hamlet）評論的最大錯誤，都源於對悲劇哲理性和全人類意義解釋的過於空泛。」[66]「哈姆雷特是複雜的，誰也說不清的」已成為一塊金字招牌，已多少有些妨礙哈姆雷特研究的推進。

哈姆雷特是一個著名的矛盾與衝突的形象，其兩極對立曾為雨果所論及，後人在此基礎上作了更細緻的概括：「柔與剛、愛與恨、公與私、理智與感情、言論與行動、願望與可能、冷酷與熱情、消極與積極、謹慎與魯莽、沈默與衝動、瘋狂與清醒、狂喜與悲觀、厭倦生卻又不願意死等，全部集中在他身上。」[67]如此一個矛盾體，除極少數人對他否定之外，如約翰遜博士是第一個以批評態度對待哈姆雷特的人，[68]絕大多數批評家與讀者都折服於他的矛盾統一，那麼，其矛盾統一點何在呢？我認為成功地統攝矛盾而不讓人感到這一形象分裂與拼湊的統一點正是人物的敏感。

敏感指心靈感覺的敏銳度。哈姆雷特對最微小的刺激量的覺察能力是非常強的。哈姆雷特的敏感是為大家所感覺也為大家所認可的。十八世紀的批評家亨利‧麥肯西說過：「哈姆雷特性格的基礎是內心的極端過敏，很容易被一種狀況所強烈感染，又被這種狀況所激起的感情所壓倒。」[69]然而，只有羅伯遜說過：「關於哈姆雷特最好的解釋出自麥肯西，而麥肯西卻很少引起人們的注意。他認為一種過度的敏感會產生猶豫不決的、矛盾的行動，

---

[66] 阿尼克斯特《莎士比亞的創作》，山東教育出版社，1985 年，第 437 頁。

[67] 張泗洋等《莎士比亞引論》（上），中國戲劇出版社，1992 年，第 366 頁。

[68] Leonora Brodwin, *Shakespeare's Hamlet*, Monarch Notes, 1964, p.140.

[69] 《莎士比亞評論彙編》下，中國社會科學出版社，1985 年，第 63 頁。

會產生一種不受意志控制的退縮，會回避直接動手殺人就像要躲避另一個道德敗壞或行為卑鄙的人一樣。」[70]若變換一個視角，在藝術內容與藝術形式的關係中，去尋找與界定哈姆雷特性格本質的話，不難發現敏感確是其性格的關鍵。因為它是人物內在衝突和外部衝突的關聯點，是哈姆雷特的憂鬱、延宕、多疑、兩極矛盾及裝瘋等一系列表徵的相關源，它將一切矛盾的東西、一切兩極化的東西自然地連接為一體，甚至哈姆雷特的瘋或裝瘋或幾近於瘋，也是敏感的合理延伸，從此，能十分有效地解釋《哈姆雷特》將尖銳對峙的矛盾包羅萬象地融於一爐。

首先，敏感在哈姆雷特身上具有一貫性。在家庭災難降臨之前，它體現為哈姆雷特對愛、對自然的敏感。他是那樣地崇敬父親，又是那樣熾愛自己的母親，還那樣珍愛心中的戀人莪菲莉婭。他甚至將心靈之愛由施向人而延及廣袤的自然乃至整個世間的一切。在他眼裏世界像朝霞般燦爛，「人類是一件了不起的傑作」。在這個階段，哈姆雷特王子享受著愛與美的人生。然而，「哈姆雷特基於敏感的道義感中無疑潛在著一種危機。生活中任何重大的打擊都會使他受到強烈的震動」。[71]面對叔父謀害父親、篡奪王位，母親迅速嫁給兇手，而朝廷上下對他們一齊稱頌的現實，裝瘋的哈姆雷特讓不少人感覺他是真的瘋了。從此，他從一個單純寧靜的環境轉入衝突性情境，他從對愛與自然的敏感，轉向對現實的敏感。敏感在前後階段內容有所不同。

敏感的強度在家庭災難降臨之前與之後也是不同的。事發之前，哈姆雷特與外界接觸非常少，所以敏感特徵不是特別鮮明。在置身於家庭與社會矛盾的漩渦之後，他的敏感得到了最為強烈與最為充分的體現。哈姆雷特本應專注於復仇，履行他對父親的

---

[70]　Paul S. Conklin, *A History Of Hamlet Criticism*, New York: Humanities Press, 1968, p. 63.
[71]　〔英〕安・塞・布拉德雷《莎士比亞悲劇》，上海譯文出版社，1992年，第82頁。

責任。然而纖敏的心靈使他的注意力不斷被干擾與分散，不能專注於復仇，卻反為衝突情境中的各種所見所聞所佔據，無可擺脫地集中於人際關係，「叫莎士比亞的主人公感到激動的一點，主要是人與人的關係」。[72]父親被害，叔父稱王，構成了與哈姆雷特的敵對關係。哈姆雷特必須觀察每一個人的態度，審定其立場與傾向，對每個人作出種種試探，對每件事反覆琢磨，判斷是非、分清敵友。因而，敏感於人際關係使哈姆雷特偏離了復仇而表現出對復仇的躊躇與延宕。

此外，對人際關係的敏感正是哈姆雷特內心衝突與外部衝突的連接點。外部的衝突通過人際關係波及哈姆雷特心靈，導致內心衝突。在將外部矛盾內化為激烈的內心衝突的同時，也反射出其敏感的心理特徵本身，又通過內心對人際關係的敏感又折射出社會關係的複雜。馬克思說：「人的本質並不是單個人所固有的抽象物，實際上它是一切社會關係的總和。」宏觀經濟關係、政治關係和社會意識關係往往通過群體的人際關係作為媒介對個人施加影響。反過來，哈姆雷特敏感於微觀的人際關係的同時，也強化了對宏觀社會系統的敏感。他從咒罵克勞狄斯是「一個惡徒」、「肥豬們的僭王」，到責罵母后「使貞潔蒙污」，「使美德得到偽善的名稱」，可以看出他是在用「好」、「壞」、「善」、「惡」、「榮」、「辱」等道德評價來抨擊不合道德與倫常關係的人和事。從一般人際關係上升到道德批判，構成了《哈姆雷特》一劇中的道德批判層面。同時，哈姆雷特從敏於人際關係的通道，達到了對整個社會系統的敏銳思考，最後走向對宮廷與整個社會的批判。他稱「世界是一所大的監獄，丹麥是其中最壞的一間。」[73]將個人私仇與「重整乾坤」的大任聯繫起來，

[72] 〔蘇〕阿尼克斯特《莎士比亞的創作》，山東教育出版社，1985年，第375頁。

[73] 《莎士比亞全集》，朱生豪等譯，第9卷，人民文學出版社（以下涉及原作的引文均引自該版本，不再——作注），1992年。

使哈姆雷特形象具有了超越個人復仇的社會正義感，《哈姆雷特》一劇也具有了極為深厚的社會意義。

哈姆雷特敏感於人際關係的實質是以善為本，對惡的敏感，即嫉惡如仇。結合具體的歷史內容，則為文藝復興時期哈姆雷特這樣的人文主義者的善良、正義、詩化觀念敏銳對抗於資本主義興起時的個人野心膨脹、人欲橫流的赤裸裸的惡行敗德。人文主義者的美好理想與資本主義醜惡現實間的矛盾是極為鮮明的，兩者的衝突是殘酷的。人文主義者哈姆雷特的那顆理想化的敏感心靈，注定要受到莫大的傷害。它顯得那樣脆弱，難以承受這種殘酷性。因而哈姆雷特注定是痛苦的，它所表現的深刻憂鬱與痛苦都來自心靈的敏感所導致的缺乏承受力。所以，憂鬱是流，敏感是源。然而，過去很多人一直認為憂鬱是哈姆雷特的本質。布拉德雷甚至認為哈姆雷特就是一個「憂鬱症」患者。施萊格爾曾認為哈姆雷特性格本質是「軟弱」，「對自己與外界都無堅定信念……，他的軟弱十分明顯。」[74]但很快有人列舉主人公刺死波洛涅斯及比劍等果敢行為予以反駁。

柯爾律治認為哈姆雷特性格本質是「智慮」，他「僅僅會沈思，而喪失了行動能力」。[75]這一說法姑且能解釋延宕，卻不能全面說明哈姆雷特身上諸多矛盾對立等問題。況且，哈姆雷特在事故發生前是一個「快樂」的王子，個性應該具有前後一致性。而敏感在他身上卻具有一致性與根本性，作為哈姆雷特的性格本質，敏感使哈姆雷特從被傷害的境地恢復常態，需要較長的時間。然而一個又一個刺激接踵而至，以致於哈姆雷特還未來得及從頭一個刺激的傷害之中恢復，第二個刺激又將他推回到憂鬱的深淵。哈姆雷特「像作繭自縛的蠶一樣，被憂思牢牢纏住，幾乎

---

[74] 《莎士比亞研究》，張可譯，上海譯文出版社，1982年，第10頁。
[75] 同[74]，第10頁。

不能解脫，不能行動」。⑯可以看出，敏感是造成憂鬱、導致延宕的根本原因。

敏感不僅決定了哈姆雷特的憂鬱，甚至也決定了其憂鬱所具有的那種特殊的魅力與韻致，憂鬱從來被認為是哈姆雷特生命的顏色。它不同於祥林嫂失去阿毛後的個人憂愁與哀傷，哈姆雷特的憂鬱具有深沈力度與廣延特徵。這既得力於哈姆雷特的敏感達到宏觀社會系統所獲得的對個人得失的超越，同時也源自於哈姆雷特的敏感所具有的另一個特徵，即「刺激泛化」。「刺激泛化」指不善於分化而將刺激推延至一切相關的人或事物。譬如，哈姆雷特將母親對父親的背叛行為，泛化到莪菲莉婭身上，由母親的不貞而對莪菲莉婭的貞潔產生懷疑，見面便問：「妳貞潔嗎？」後來他對莪菲莉婭所表現的無情，使很多讀者難以接受，而對後者產生深切同情。她被認為是一個最無辜最純潔的犧牲品。哈姆雷特甚至更進一步將母親的行為泛化到一切女人身上，對所有女人表示輕蔑，喊出了「脆弱啊！你的名字是女人！」

對於克勞狄斯的罪惡，他更不能就事論事，而是將其罪惡泛化到所有人，整個社會，甚至全人類。因而他對人類失去信心，對人間的一切失去興趣。「人世間的一切在我看來是多麼地可厭、陳腐、乏味而無聊」，「傑作的人不過是泥土」。他甚至對生存都表示疑惑：「生存還是毀滅，這是一個問題。」哈姆雷特沒有分化事物的能力，他感到天地間全都充斥著罪惡，世上的人都是罪人，包括他自己。所以哈姆雷特有很多的自責：「我的罪惡是那麼多，連我的思想也容納不下。」並且感到自己是那麼地孤立與渺小：「像我這樣的傢伙，匍匐於天地之間，有什麼用呢？我們都是十足的壞人。」如此泛化無度，哈姆雷特注定只能

⑯　張泗洋等《莎士比亞引論》（上），中國戲劇出版社，1992年，第361頁。

具有消極抑鬱的心態。憂鬱始終像一座大山壓迫著他，是那樣地深廣無邊，它是一般憂鬱所不能比擬的。

敏感產生多疑。宮廷裏的變故，使哈姆雷特身邊幾乎所有人一夜之間都換了一副嘴臉。他們對先王的效忠無影無蹤，轉眼便對謀害先王的新王阿諛逢迎，甚至包括自己賢德的母親。突如其來的殘酷與複雜的現實，使哈姆雷特謹慎於行，多疑於心。懷疑成了哈姆雷特身上的另一個顯著特徵，其表現是多層面的。一是具體層面的懷疑，它針對的是具體事情、具體細節，譬如一開始他就懷疑鬼魂的話是否真實，自己會不會上當。後來他策劃了「戲中戲」來求證自己的懷疑。在被遣送英國的途中，哈姆雷特表白說：「疑心使我忘記了禮貌，我大膽地拆開了他們的公文。」然後他果斷地採用了調包計，讓送他的人去送死，在這個過程中，懷疑發生了積極的作用。

然而有一些懷疑則導致了消極的結果，使自己陷入不利的情境。譬如他懷疑母后是否直接參與了陰謀，又轉而疑心莪菲莉婭的貞潔，並對劇中的兩個女人惡言相加，帶來了對她們的傷害。特別是他將帷幕後的聲響懷疑為克勞狄斯在偷聽，結果一劍刺死的卻是戀人的父親波洛涅斯。這給莪菲莉婭帶來致命打擊，也引出了其兄雷歐提斯的為父報仇，妨礙了自己的計劃，而且使敵人獲得了借刀殺人的可乘之機。由這種錯誤的懷疑造成的殘忍局面令讀者不安，而哈姆雷特卻顯得心安理得。這與他第二個層面的懷疑，即抽象層面的懷疑有關。抽象層面的懷疑所針對的是非具體的普遍現象，即他懷疑生存的意義。他對莪菲莉婭說：「進尼姑庵去吧，為什麼妳要生一群罪人出來呢？」「我們都是些十足的壞人，一個也不要相信我們。」

這裏，哈姆雷特所認為的罪是生存本身之罪，即叔本華說的：「悲劇的真正意義是一種深刻的認識，認識到（悲劇）主角所贖的不是他個人特有的罪，而是原罪，亦即生存本身之

罪。」⑦叔本華認為哈姆雷特屬於這類主角。之所以生存即有罪，是因為「人類鬥爭是從自己裏面產生的，不同個體的意志是相互交叉的」，「而大多數人又是心懷惡意的」。⑦所以，自相鬥爭、自相屠殺是注定的，人在本質上都是有罪的。人間是一個濁世，生存就是罪惡。加爾德隆說：「人的最大罪惡就是：他誕生了。」⑦哈姆雷特基於這同樣的認識，就無須去計較罪的多少，對復仇便常有失去興趣的時候，甚至也不會把自己的死看成一種不幸。

就像阿瑟・基爾希所說：「哈姆雷特悲劇的一個特別痛苦而又不可避免的悖論，在於他對自己死亡的理解。其中痛苦的完結與自我的解放是同生共長的。」⑧因此，哈姆雷特能平靜地對待死亡。一向多疑的哈姆雷特對比劍這一圈套從始至終沒有懷疑，他臨死之前知道自己的母后，還有雷歐提斯要連同自己死於克勞狄斯所布的陷阱，然而，我們不見他有什麼不平與憤懣，或者有什麼遺憾的情緒，「他對霍拉旭平靜地、幾乎是安詳地表現出標誌長期內心痛苦爭鬥結束的特徵」。⑧他只有一個願望，那就是「叫霍拉旭——他的好友留在這濁世痛苦地活下去，以便澄清他自己生平的往事、淨化他的形象」。⑧哈姆雷特的一些消極表現，甚至延宕的部分因素也與他的抽象普遍的懷疑有關，而懷疑與憂鬱、延宕同樣是出自他心靈的敏感。

敏感還是哈姆雷特矛盾兩極震盪的震源，其矛盾性同樣源自敏感。

哈姆雷特身上的矛盾性是多層面的，有著錯綜複雜的表現。布萊恩・維克斯對哈姆雷特身上的矛盾性借用了其他學者的歸納

---

⑦　叔本華《作為意志和表象的世界》，商務印書館，1994 年，第 352 頁。
⑦　同⑦，第 350 頁。
⑦　同⑦，第 352 頁。
⑧　Arthur Kirsch, *The Passions of Shakespeare's Tragic Heroes*, University Press of Virginia, 1990, p. 39.
⑧　同⑧，p. 39.
⑧　同⑦，第 351 頁。

作出了自己的概括，他認為：「哈姆雷特，作為一個人物，是著名的結合著最不可調和的品質的範例：『衝動魯莽而又富於哲理，敏感於傷害卻又不敢示怒，精明卻又缺乏謀略，充滿孝心又馴服於抑鬱，誇於言辭躊躇於行動』。」[83]實際上，矛盾性在哈姆雷特身上的具體表現遠比這類概括豐富得多，因為它更經常地表現為情緒的波動，不僅波動幅度大，而且波動的頻率也高。

赫茲列特曾寫道：「哈姆雷特這個人物是由波浪形的線條構成的，他像『海洋的波浪』那樣沒有定形。」[84]波峰與波谷的想像是比較吻合哈姆雷特情緒震盪的，從眾多兩極矛盾中抽取悲觀絕望與積極進取這兩種對立行為可以體驗一二。哈姆雷特經常有悲觀絕望到想輕生的時候，「但願這一個太堅實的肉體會融解、消散，化成一堆露水，或者那永生的真神未曾制訂出禁止自殺的律法。」他以虛無的立場看現實、看歷史。在墓地，他對骷髏嘲笑權勢與名譽，認為人生終以一個死字了結。尼采據此認為哈姆雷特有對死亡迷戀的傾向，它麻痺了其行動的意志。

與此同時，哈姆雷特又驚人地積極向上，他甚至要治理全世界。他說：「這是一個顛倒混亂的時代，倒楣的我要擔負起重整乾坤的責任。」別林斯基據此稱哈姆雷特是「一個強有力的人」，[85]當然主要是指他有足夠的精神力量。這種尖銳對立是由於敏感心靈遇到不同刺激震動的結果。從情緒觀之，哈姆雷特有時因負面刺激而悲傷憂愁，有時又因正面影響而衝動亢奮。伶人演出的真切與福丁布拉斯的復仇等事件都引起了哈姆雷特的激動，使他走向積極，他說：「從這一刻起，讓我摒除一切疑慮妄念，把流血的思想充滿在我的腦際。」

---

[83]　Brian Vikers, *Returning to Shakespeare*, Routledge, 1989, p.199.

[84]　楊周翰編《莎士比亞評論彙編》（上），北京，中國社會科學出版社，1979年，第217頁。

[85]　同[84]，第217頁。

值得注意的是，亢奮並未導致行動。原因在於，它們屬於敏感心靈受外界刺激而引起的情緒波動，不是理智冷靜的常態狀況，因而情緒的上揚不能持久，轉瞬回落，不能轉化為真正的行動。哈姆雷特作為鬥爭的一方，在外界負面與正面刺激的不斷作用下，交替著從消極悲觀走向積極亢奮，又從流血拚命的衝動高峰滑向絕望厭世的邊緣，表現出尖銳的兩極對立。即使對同一對象，哈姆雷特的態度也有很大矛盾。這集中體現在他對莪菲莉婭前後判若兩人。事故發生前，他愛莪菲莉婭。後來，由於母親對父親的背叛，他認為所有女人都是脆弱的，加之莪菲莉婭為敵人所利用，哈姆雷特對莪菲莉婭變得極為冷漠，以粗鄙下流的言辭污辱她。哈姆雷特言行的前後對立讓人難以理解。其實，這其中包含有敏感的心靈常伴隨的誇張、過激、極端的傾向。身為王子，他一反文雅知禮，而不可思議地對情人表現出如此粗鄙不堪的一面，這裏面包含的恰恰是真愛的變異，同時還有纖敏心靈所具有的情緒波動性、感情的模糊性與目的的動搖性等影響的結果。

上述各類矛盾構築了哈姆雷特形象的複雜性，也將哈姆雷特的敏感心性烘托出一種獨特的魅力。因為過人的敏感，使他對人生的體驗、對人性的理解都進入到超常境界。因而它吸引著人們進入他的內心世界，跟他一道去體驗人性的豐富。有人說：「我們的詩人所以寫出了最高形式的悲劇，憑藉的並非成熟的藝術技巧，而是對人性的深入持久的領悟。」⑧可以說，情感的深度，人性的豐富是哈姆雷特的魅力，也是莎士比亞的魅力。

不止於此，哈姆雷特不止是具有一顆敏感的心，作為學者、人文主義者，他還具有理性的頭腦。他的思考具有非同一般的深刻性與廣泛性。他旁徵博引、論古說今、抨擊時弊、進行各種道

---

⑧ 馬克思·武爾夫《莎士比亞》，轉引自《莎士比亞的創作》，山東教育出版社，1985年，第 484 頁。

德批判與人生的哲理思考，思緒遠遠突破了自我與個人的小圈子，超越時空。所以哈姆雷特的理性思辨又構建了一個宏大的世界。

這個世界引人駐足，也使哈姆雷特染上了令人驚歎的理性與抽象的色彩。有人據此將哈姆雷特研究引入了一個寬泛無邊的抽象世界。應該說，沒有敏感的心性作基礎，沒有悟性與通靈，是難以達到這麼遙遠的理性之巔的。哲理的思辨是哈姆雷特敏感心靈生發的個人憂傷的擴展與超越。作為思想者的哈姆雷特具有將個人問題與社會問題、人生問題聯繫起來的能力。當他作非個人的哲理思考時，他的敏感出現了間歇，也就是說他會暫時忘記個人的煩惱，而間歇為激昂的社會批判所充滿。哈姆雷特的抑鬱也在填補間歇的激昂言辭中得到了宣洩。也正因為這樣，哈姆雷特儘管心靈極度敏感，但他卻不是一個感傷的形象。他是一個憂鬱的形象，同時也是一個超越自我的思想者形象。這便決定了《哈姆雷特》不只是一個單純的復仇劇，它涵蓋了豐富的社會與時代的內容、人生與人性的特質。就哈姆雷特形象而言，是心靈的豐富與哲理的深刻複合鑄就了它的無窮魅力。

最後，哈姆雷特諸多矛盾的統一還存在一個形式問題。是什麼形式有效地統一了如此之眾的對立的因素？唐吉珂德無論作出多麼荒誕的事情，都不會令人奇怪，因為「瘋子」的稱號能包容一切。哈姆雷特身上尖銳的矛盾極多，不僅不讓人覺得分裂，而且還讓人感到真實可信，同樣得力於他「裝瘋」的這種形式。而且他的裝瘋是那樣地逼真，以至認為他是真瘋的也頗有人在，絕大多數人認為他幾近瘋的邊緣。裝瘋絕非作為形式套到人物身上，它絕非游離於內容之外的一種純粹的外在形式，而是與內容、與哈姆雷特的個性極為契合與協調的，裝瘋與哈姆雷特的多疑、抑鬱、衝動、亢奮等水乳交融，它有時甚至也成了內容的一部分。形式與內容難分彼此，這亦是哈姆雷特敏感本質使然。哈

姆雷特的敏感使他的心態偏離了正常而接近病態，因而敏感既是哈姆雷特身上矛盾的內容，也是哈姆雷特身上多種矛盾的載體。病態的敏感接近於瘋，瘋本身也是一種分裂，能將一切對立的東西兼收並蓄。所以，極具包容性的本質內容與極具包容性的裝瘋形式就決定了哈姆雷特形象既矛盾又統一，既複雜又逼真，渾然天成，堪稱一絕。《哈姆雷特》的內容與形式的一致，敏感作為人物性格的內核對所有因素的輻射性關聯，構成一種完整而和諧的藝術風格，它同樣是獨特的與不可超越的。

五、「瘋狂」在莎士比亞悲劇中的結構性意義

如果用聯繫的眼光考察莎士比亞其他幾部主要悲劇，人們便能發現，在他的《奧塞羅》（*Othello*）、《李爾王》（*King Lear*）、《馬克白》（*Macbeth*），甚至《雅典的泰門》（*Timon of Athens*）中，都有主人公最後瘋狂的情節與場面。

《哈姆雷特》中的哈姆雷特的「瘋」有些爭議，有人認為是「裝瘋」，但至少也是採取了「瘋」的這種形式。《李爾王》中的李爾王為兩個女兒的甜言蜜語所迷惑，剝奪了真心愛他，然而言辭表達實事求是、不誇大其辭的三女兒考狄利亞的繼承權，將自己的權柄、土地與財產全部分給了兩個口蜜腹劍的大女兒與二女兒。變得一無所有的李爾王，很快被得勢的大女兒高納里爾與二女兒雷根驅逐。李爾王流落到荒郊野外，在暴風雨中神智失常。《馬克白》一劇的主人公馬克白，為權利野心所驅使，殺死了前來他家做客的國王鄧肯，登上王位，隨後，又派人暗殺了他的主要對手班軻。班軻帶血的鬼魂總是在他眼前出現，使他感到萬分恐懼，他在宮廷大臣的會議上語無倫次、精神錯亂，驚恐萬狀，馬克白夫人只好為他掩飾說「陛下病了」，「他從小就有這種毛病」，「他的癲狂不過是暫時的」等等。在《雅典的泰門》

一劇中，泰門慷慨無度，他總在家裏宴請賓客、高朋滿座，同時還不斷地進行施捨，很快家產被消耗一空，到了舉債的地步。當他讓手下的侍從去向好朋友們借錢時，全遭拒絕，逼債的人也常打上門來。嘗到世態炎涼的泰門，精神失常，來到山林裏，以樹根充饑。在挖樹根時，他又挖到了一罐黃金，然而，他對金錢完全失去了興趣，繼續流落荒野。

《奧賽羅》中的伊阿古沒有受到奧賽羅的提拔，另一名旗官凱西奧被提升為副將，伊阿古對此懷恨在心。他設了各種圈套，如，讓他自己的妻子愛米麗亞，她也是奧賽羅的妻子苔斯狄蒙娜的侍女，偷出奧賽羅送給苔斯狄蒙娜的那方定情手絹，將它扔到凱西奧的房間裏，然後有意讓奧賽羅看到這一事實，諸如此類的陷阱，最後使奧賽羅相信他的新婚妻子與他的副將凱西奧有私情。他一氣之下，掐死了苔斯狄蒙娜。奧賽羅在劇中沒有發瘋，他處於狂怒狀態。之所以沒有發瘋，是因為莎士比亞沒有給他時間，作為一名大將，他果斷的性格沒有留給他時間，愛米麗亞當場揭穿了伊阿古的整個陰謀後，奧賽羅馬上就引劍自殺了。

莎士比亞悲劇中人物的「瘋狂」，不太為人所關注，基本上沒有出現專門對此進行研究的文章。主要原因是莎士比亞戲劇中的主要衝突，多數都在人物陷入瘋狂之前就基本完成了，「瘋」往往只是接近尾聲的結局。人們關注的自然是前邊的主要衝突。莎士比亞悲劇作品中的人物，無一不是在受到刺激之後變瘋的。它們不像以「瘋子」作為作品主人公的文學作品，如：果戈理的《狂人日記》，魯迅先生的《狂人日記》，塞萬提斯的短篇小說《玻璃碩士》，甚至他的長篇小說《唐吉訶德》，也被認為寫的是唐吉訶德這個瘋子的。在這些作品中，人物的「瘋」成了引人注意的對象。莎士比亞的悲劇則有所不同，瘋的結局並不為人關注，人們關注的是引起主人公瘋狂的原因。另一個為人忽略的原因是，長期以來，文學研究的「二分法」視角，也使「瘋」遭至

忽略。研究者或關注作品的意義，或關注人物形象本身，或參照馬克思主義文學批評中有關莎士比亞的大的藝術原則。只有將整個作品作為一個「有機體」去看待的時候，只有在研究作品的內容與形式的關係時，人物「瘋狂」的藝術價值、「瘋狂」在作品中的作用才凸現出來。

在莎士比亞的悲劇中，「瘋」的這種形式，實際上是表現內容的一個有效的載體，它至少在發揮著如下幾種功用。

首先，「瘋」的形式，將「人性」的各個方面表現到了極致。莎士比亞的戲劇從來都有充分揭示「人性」的美譽，每一部劇都在側重表現人性的某一方面的內容。歌德說，莎士比亞所創造的「每個人都有所愛，都有所憎，都有所憂愁，都有所歡樂，但每個人的風格不同……。」[87]如：愛的激情狀況在《羅密歐與朱麗葉》（Romeo and Juliet）與《安東尼與克莉奧佩特拉》（Antony and Cleopatra）中都有生動的表現；《理查三世》（Richard III）中理查三世在為王過程中，表現了極度的出人頭地的征服與統治欲望。

而幾部重要的悲劇中，人性也都有著各自的側重面。《奧賽羅》被認為表現了人的「嫉妒」；《李爾王》被認為表現的是「剛愎自用」；《哈姆雷特》凸現的是「憂鬱與躊躇」；而《馬克白》揭示的是人的「野心」與「犯罪恐懼」；泰門所表現的則是過於慷慨與大方。而人物最後的「瘋」，將這些人性的表現推向了極致。因為「瘋」，與他們個性的缺陷、個性的單方面片面發展有極大的關係。主人公性格的某方面極度發達，從而導致的性格缺陷，在悲慘的事件引發過程中，它是與外在原因同時存在的一個內在原因。也就是說，奧賽羅的「嫉妒」使他完全失去了理智與判斷能力，導致了他殺妻的過激行為。馬克白的野心，使

---

[87] 《歌德文集》，蘇聯國家文學出版社，1937年，第10卷，第585頁。轉引自《莎士比亞評論彙編》，中國社會科學出版社，1985年，第520頁。

他滋生出謀害國王鄧肯的念頭。李爾王的剛愎自用，使他看不清事實真相，最後導致自己被逐、流落荒野的下場。莎士比亞各劇組合在一起的話，確實能深切地表現出人性的方方面面。這種讓人印象深刻的清晰人性內涵，完全得力於人物最後陷入瘋狂悲慘情景的襯托與表現。

第二，「瘋」的形式又為戲劇構建了一個理性的、抽象的批判世界。

一個像奧賽羅那樣嫉妒的人；一個像李爾王那樣剛愎自用的人；一個像羅密歐那樣容易衝動的人；一個像馬克白那樣為野心所驅使的人；全部都是陷入某種激情與情境之中的人。他們不能從一種強烈的感情中自拔出來，因此，在這種情形之下，他們不可能將眼光擴展到社會，更不可能對社會進行理性的批判。然而，莎士比亞以「瘋」的形式，破壞掉他們激情狀況的封閉與完整性時，這種非正常的狀態反而使他們與自己的情境產生了一定的距離，而且甚至能在這種距離中去反思自己的行為與過失，從自己所犯下的過失中，進一步看到造成這種過失的外在因素——即社會原因；再加上「瘋」的非常態的肆無忌憚的尖銳言辭，這樣，借助「瘋」的形式，就產生了莎士比亞的悲劇中一個深刻的社會批判層面。在暴風雨中的李爾王，大聲疾呼：「你，震撼一切的霹靂啊，把這生殖繁茂的、飽滿的地球擊平了吧！打碎造物的模型，不要讓一顆忘恩負義的人類種子遺留在世上！」[88]李爾王一方面在發洩他的怨恨，另一方面，他對下層人的苦難有所體驗與觸動：「衣不蔽體的不幸人們，你們的頭上沒有片瓦遮身，你們的腹中饑腸雷動，你們的衣服千瘡百孔，怎麼抵擋得了這樣的氣候呢？啊！我一向太沒想到這種事情了。安享榮華的人們啊，睜開你們的眼睛睜開你們的眼睛來，到外面來體味一下窮人

---

[88] 《莎士比亞全集》第9卷，人民文學出版社，1981年，第208頁。

所忍受的苦……。」[89]

《雅典的泰門》中，被逼瘋的泰門，去往山林。他回頭看看他所居住的雅典城，喊道：「城啊，你包藏著如許的豺狼，快快陸沈吧，……你這可憎的城市！我給你的只有無窮的咒詛！泰門要到樹林裏去，和最兇惡的野獸做伴侶，比起無情的人類來，牠們是要善良得多了。天上一切神明，聽著我，把那城牆內外的雅典人一起毀滅吧！求你們讓泰門把他的仇恨擴展到全體人類，不分貴賤高低！」[90]泰門變得憤世嫉俗，他說：「在我們萬惡的天性中，一切都是歪曲偏斜的，一切都是奸邪淫惡。所以讓我永遠厭棄人類社會吧！泰門憎恨形狀像人一樣的東西，他也憎恨他自己；願毀滅吞噬整個人類！…………金子！這東西，只這一點點兒，就可以使黑的變成白的，醜的變成美的，錯的變成對的，卑賤變成尊貴，老人變成少年，懦夫變成勇士。」[91]

泰門的僕人對他說：「當您大開盛宴的時候，您就該想到人情的虛偽；可是一個人總要到了日暮途窮，方才知道人心是不可輕信的。」

《奧賽羅》一劇中相對較缺乏社會批判層面，因為作為一名大將，他的果斷性格使他迅速地引劍自刎了。而在《哈姆雷特》一劇中社會道德層面的批判則是最為豐富的。正是因為強烈的社會批判內容，莎士比亞的悲劇也就不只是一般的情節劇，它構成了人性層面與理性層面的結合。兩方面內容的結合點，往往是用主人公「瘋」的形式作為關連。

第三，「瘋」的形式最終實現了喜劇情節的悲劇轉換，實現了戲劇的悲劇昇華。

就像蕭伯納評價莎士比亞時說的，「奧賽羅給一方手絹搞糟

[89] 同[88]，第 214 頁。
[90] 《莎士比亞全集》第 8 卷，人民文學出版社，1981 年，第 173 頁。
[91] 同[90]，第 179 頁。

了」。單憑該劇前邊的一些情節，是很具喜劇性的。因為伊阿古多方活動，逢場作戲，做出各種圈套，這些言論與動作，本身都更帶喜劇色彩。在《李爾王》中，李爾王要求女兒對他表達愛的誇張性的要求與表現，《雅典的泰門》中的豪華宴樂，也是帶有喜劇性的。而《馬克白》一劇以一個非正義的人，或者說以一個反面人物，甚至是劊子手，作為主人公，關於他的故事似乎應該離悲劇更遠。但這些劇在最後，都轉化為了悲劇。這與主人公在最後的瘋狂或死亡有著相當大的關係。

當然，必須指出，繁榮昌盛中的「意外事件」所引起的立刻死亡，也是不足以構成悲劇故事的。一個人被疾病、貧窮等逐漸折磨死去，這也不會構成莎士比亞意義上的悲劇。莎士比亞意義上的悲劇，必須是痛苦與災難影響了主人公，甚至擴展到他自身以外，使整個場面成為悲痛的場面。而這些痛苦與災難往往能引起憐憫的感情。而且莎士比亞的悲劇不是人物與命運衝突的命運悲劇，實際上也不是所謂性格悲劇。他的悲劇中，往往既有外部鬥爭，又有內心鬥爭。有時人物對內心鬥爭的投入，掩蓋了對外部衝突的興味。其悲劇的實質是：人的行動是悲劇的中心，也是災禍的主要原因，而這些行動，必須由行為者來負責：如果不讓他們負責，就無悲劇可言了。在這種悲劇理念中，主人公的瘋狂或死亡，就成了主人公對自己行為負責的一種方式或表現，它能引起觀眾正義感的滿足，因此，「瘋狂」在此就有了提升戲劇成為悲劇的意義。

李爾王的瘋狂，是他自己的過失的一個代價；泰門的瘋狂，同樣也與他不識人心、無判斷力的過失有關。奧賽羅沒有瘋狂，而是直接自殺死亡，這種「死亡」同樣也顯示出對他的過失行為負責的內涵。馬克白是一個反面人物，他的行為不是過失，而是蓄意犯罪。馬克白之所以能引起人們的憐憫，是因為他不像理查三世那樣，是一個徹頭徹尾兇殘的人。他還有軟弱，還有恐懼，

還會陷入瘋狂，還有人性的本質。因此，他的瘋狂包含著對他的殺人行為的報復，同樣，也能引起人們的憐憫，因而被提升為悲劇。

可以看出，「瘋狂」的形式，在莎士比亞的悲劇中具有非常重要的作用，它能拓展悲劇的空間，使悲劇中既容納著豐滿的人性層面，又容納著理性的社會批判層面；它又擔負著提升悲劇的功能，同時結合喜劇與悲劇因素，將一齣不像悲劇的戲劇轉化為悲劇。並且它還能將各種矛盾、對立的東西自然地連接融合在一起，使每一部戲劇都具有非常豐富與複雜的內容，因而後世產生了「說不盡的莎士比亞」這句名言。後來的作家儘管會產生一些新的看世界的視角，像晚於莎士比亞三百年的的蕭伯納，就十分為自己所具有而莎士比亞所沒有的現代眼光而驕傲，後人要超越莎士比亞的視角，找到新視角是不難的，但要真正超越莎士比亞的藝術，則是非常困難的，蕭伯納也並未能超越過去。

第 三 章

傳統小說

一、夏洛蒂・勃朗特：心理與現實的彼此越界

夏洛蒂・勃朗特（Charlotte Bronte）女士在人生旅程中，僅僅走完了三十九個春秋。其間，不幸，一個連著一個，接踵而至，襲擊著她，但夏洛蒂・勃朗特以自己超人的毅力，過人的才氣，寫下了十五冊傳奇故事，幾十首詩歌，四部長篇小說，獻給人類。其中，《教師》（*Professor,* 1846），《簡・愛》（*Jane Eyre,* 1847），《維萊特》（*Villette,* 1853），動人地記下了她纖敏的心靈被苦難生活扎下的痕跡。它們在維多利亞小說文雅的背景上，莊嚴而又與眾不同地矗立著。作品中的主人公非同凡響，「他們在文學上沒有親屬，不論是近親或遠親」。①二十世紀有位評論家慧眼識英才，看到了夏洛蒂自敘體小說獨特魅力，預言它們比當今一些不朽的女作家的作品將更長遠地流傳下去。②然而，長期以來，由於我們慣於用文學必須全方位反映現實的標準衡量作家，在這種統一恆定的價值尺度下，頗具獨家風味的自敘體小說，只得削足適履，因而在正史中落得個較低的地位。面對夏洛蒂・勃朗特自敘體小說引人入勝的藝術神功，經久不衰的常

---

① 愛彌兒・蒙泰居〈夏洛蒂・勃朗特〉，見《勃朗特姐妹研究》，中國社會科學出版社，1983 年，第 187 頁。
② 阿・查・史文朋〈簡論夏洛蒂・勃朗特〉，見《勃朗特姐妹研究》，中國社會科學出版社，1983 年，第 194 頁。

青藝術生命力，我們有必要重新審視夏洛蒂建構的獨特藝術世界，尋找適合其美學風格的價值尺度，對它進行更為準確的把握。心理與現實的彼此越界，或者說，「心態現實主義」，是對自敘體小說的獨特風格一種較為契合與貼切的概括。

所謂心態現實主義，我認為即指通過人物心靈的感覺，體驗，觀照客觀現實的方法。它以觀察中的感覺為媒介，架起了人物心靈與客觀外界之間的橋梁。感覺是一種碰撞，一種接觸，也是一種鐘擺，晃動於物界與心界之間。正如貨幣充當了商品與商品之間的媒介物一樣，感覺充當了心靈與現實外界之間的媒介。取此方法而為之的這類小說，既進入人物心理意識之內，又步入外部現實世界之中。當然，此處的社會現實也是經過了人物充分的主觀化與心理化的現實。我們只有沿著人物主觀視角與心態的變化，才能較全面地理解其所觀照的外部世界。夏洛蒂自敘體小說，在其人物的感覺兩側，並存著心界與物界兩個空間；或者說心理世界與客觀世界，因而自敘體小說呈現出雙重複式結構，或內容，或表現形式，都烙上了雙重色彩。

《教師》、《簡·愛》、《維萊特》分別以主人公威廉、簡·愛、露茜的人生歷程為題材，通過主人公「我」纖敏的感覺與外在世界溝通、交流；既展現了英國當時的社會現實，又揭示了「我」的心靈內蘊及其發展歷程。兩個並存的世界緊密聯繫，相互觸及、匯流交融：現實觸發人的感覺，而感覺又仍是客觀現實中的主觀形象。另一方面，兩個世界又兩相對照，構成反差強烈的相互對比：優美、細膩、纖敏動人的心理世界，與醜陋、殘酷、壓抑人性的現實世界格格不入；主觀的、絢麗多姿的、鉛灰色的荒原也能變成人間樂園的內心世界，與客觀的、單調呆板的、枯燥乏味的外在世界兩相徑庭，兩個世界既對峙又共存於夏洛蒂建構的藝術空間之中。在狹隘、煩悶和沒有變化的現實之中，感覺的變化、差異和多樣性成為一種享受。在心緒世界中，

意義與形式

現實的狹隘變成了廣闊，單調變成了豐富，沈悶和刻板變成了新奇和生動。因而自敘體小說的藝術魅力，與其說在於其所反映的現實世界的真實性與豐富性，不如說在於作品中人物的情篤意真、愛癡恨切的細膩感人的心理世界。尤其這些心理感覺是來自夏洛蒂那被苦難所慢慢碾碎的心靈，自然尤為一般人的感覺與體驗所不及。孤獨寂寞、憂鬱纏綿、喜怒哀樂等各種變幻莫測的情緒表達與描述，為夏洛蒂帶來了無窮無盡的藝術。

　　本節將從以下方面論述夏洛蒂自敘體小說心理與現實的彼此越界：心理世界紛繁複雜，散發著濃郁的主觀情調；與之並存的現實世界真實可信，具有強烈的客觀精神；表現手法與藝術形式的採用上匠心獨運，呈現出心態化傾向與客觀臨摹雙重色彩；並進而將之置於整個世界文學座標中，以現代化主義、浪漫主義、現實主義作參照來確定其自敘體小說的獨特風格。

1.「我」的世界、心理的世界

　　自敘體小說以主人公觀察中的感覺為紐帶，連接了心理世界與外在世界，「我」的心理世界成為自敘體小說中極其重要的組成部分，也是最能體現作家才氣、個性與風格的部分。夏洛蒂在此表現出她偉大的天賦，即一種力量，它迫使讀者的每一根神經，全部的注意力始終凝聚在「我」的感覺之中，它激起讀者的想像力一刻也不停地步步追蹤著「我」的觀察、發現、感受與體驗，屏住呼吸，一直到故事結束，其間絕無間隙讓我們品頭論足。《教師》、《簡・愛》、《維萊特》三部自敘體小說的主人公「我」的感受至喜至悲、變幻莫測，是一片紛繁複雜，斑駁陸離的情緒天地。小說既從橫向描述，展現了「我」的種種情緒體驗與感受：那種憧憬、嚮往、對愛的渴求；那種憂鬱、孤獨與深切的失望；艱難的掙扎；痛苦的反省；喃喃的傾訴；翻騰如濤的思緒與奔騰如瀑布的激情，構成了心靈樂章的交響曲。同時，這

些敏感的情緒，纖細而又浩繁，時而如涓涓細流，時而又如滔滔江濤，又從縱向展示了人物的情感軌跡與心路歷程，兩者襯托出人物性格的飽滿，是活脫脫的、有著常人種種優點與缺點的血肉豐滿的普通人，愛情使他們苦難的生活生輝。

(1)橫向的情緒網絡

　　面對夏洛蒂自敘體小說主人公情緒的大千世界，我將之大致分為表層情感與深層情感，用心理學術語來說，就是外傾情感與內傾情感。

　　所謂外傾情感也就是表層情感，主要指人在與他人發生聯繫時所產生的指向他人的情感。它取決於個人對外界環境的態度，指向客體，表現為個人對他人的情感傾向。這類情感在三部作品中都同樣地較為單純。總括起來，基本上只有愛與恨兩種情感主調。當然在這兩項之下，還可細分為喜歡、羨慕、崇拜與憤恨、厭惡、鄙視等相應的兩組情緒。小說主要用愛與恨將人物、情節連貫起來，因而人物關係也較為單純。

　　自敘體小說中情感熾熱灼人、激越奔放、如火如荼，人物愛得狂熱、恨得切齒。小說對愛的描寫尤為生動感人，將在後邊專題論述。

　　如果說自敘體小說中人物的外傾情感表現得較為單純的話，那麼，人物的內傾情感則顯得異常豐富。

　　所謂內傾情感，也就是人物自我的深層情感。這類情感往往是人物在各種心理需要得不到或得到滿足時在自身內部產生的內向情緒。它不具備導向別人的指向性。心理學家馬斯洛認為人的需要除最起碼的、也是最基本的第一層次的衣食住行的生存需要以外，還可依次劃分為安全需要、群屬親合需要、求知需要、尊重需要與自我實現的需要。我將遵循心理學上的需要層次說，來逐步揭開人物心緒變幻之謎。小說主人公正是在需要的滿足與未能滿足而造成的心理平衡與不平衡之中表現出情緒的不盡變幻。

安全需要不僅指安全的環境，恒定的秩序，躲避身體遭遇危險，而且也涵括無憂無慮，希求保護免於威脅等心理上的需要。夏洛蒂自敍體小説三位主人公中，簡・愛是孤女，露茜是棄兒，威廉父母早亡。他們最初都寄居於闊親戚家，寄人籬下的依附處境使他們心理上缺乏無憂無慮的感覺。尤其小簡・愛在舅母家，時時可能遭到表哥約翰的襲擊，舅母的嫌棄與打罵。在慈善學校，她挨凍受餓，還得提防各種無理的懲罰，甚至每天都可能染病身亡。種種危險與威脅，使簡・愛幼小的心靈超負荷載重，惶惶然度日艱難。威廉、露茜成年後離開親戚，雖然找到了一份工作，但也提心吊膽，恐被解雇。在此之前他們那種盲目漂泊的生活，更是茫茫然沒有著落。在沒有安全感的環境中，他們心頭時常縈繞著憂愁、困惑、迷惘、自卑等各種消極情緒。但一旦他們戰勝了危險、戰勝了威脅，對現實處境作出了猛烈反擊，那種自由感、勝利感又開始在他們心中擴張、升騰。譬如小簡・愛在痛斥里德太太之後所產生的輕鬆感，使她覺得「彷彿掙脱了一道無形的束縛，終於掙扎著來到了夢想不到的自由之中」。緊接著，稍稍冷靜下來的簡・愛卻又在享受她那勝利者的孤獨，猛烈快樂之後的沮喪。情緒瞬息萬變，都來自需要滿足與否造成的心理平衡或傾斜。

　　心理學家馬斯洛認為，人是一種社會動物，個體渴求與別人接觸，並和他人發生親密關係。因而在安全需要得到滿足的情況下，人便會產生一種群屬與親合的需求。這種需求，對自敍體小説中這幾位孤苦伶仃、從小缺少家庭溫暖的主人公來説，似乎注定只能處於饑渴狀態。形影孤單，隻身漂泊，是他們共同的經歷。在異國他鄉，無親無故，有誰又會過問、關心一下他們的命運呢？尤其整個社會對人的漠視，人與人之間感情的冷漠，專制制度對人性的否定，使那些闊親戚，甚至親弟兄，都異化為惟利是圖、至親不認的金錢奴才，這使得威廉、簡・愛、露茜完全喪

失了滿足親合需要的可能性。威廉、簡‧愛在兄弟或親戚家得到的除白眼、蔑視、譏諷、嘲笑之外，就只有挑剔、苛求、無端的指責與皮肉之苦。他們時而由於受壓抑而感到低人一等的自卑，時而又因倔強而表現出自視清高的孤傲。在遭歧視的處境中，他們的個性與才幹，不只是被忽略，甚至是受到最為蠻橫的否定與貶斥。憐愛、讚許甚至同情都與她們無緣，只有孤獨、寂寞、憂鬱、屈辱與之長相隨。無怪乎約翰表哥這般稱呼簡‧愛：「呸！陰鬱小姐！」

唯獨在求知領域，他們可以自由馳騁、心滿意足、躊躇滿志。威廉、簡‧愛、露茜似乎都有一種渴求知識的天性，嗜學而清苦是他們的共同特徵。威廉有著過人的才學，精通幾門外語，還能寫會算。簡‧愛的開篇描寫簡‧愛坐在窗臺上，一邊是書架，一邊則是玻璃窗外的冬日午後的景色。她在翻書頁的當兒，再眺望一下白茫茫的霧靄。他們熱愛自然、熱愛書籍，只有處於大自然的懷抱或潛心於書本之時，才獲得了一種暫時的解放。自然與書本中的審美活動，引領他們走向理想的港灣，無拘無束、悠然自得，從而忘卻了現實生活中一切煩惱。自然與書本甚至激發起他們的情緒，一切消極情緒悄然而逝，代之以各種輕鬆自在、愉快、自足的積極精神狀況。只有在這個時候，被桎梏、被壓抑的心靈，才獲得一點新鮮的氣息，體現出心靈的絕對自由。這種自由，使主人公生活的沈重感、壓抑心頭的重荷，暫時獲得解脫，因而尤其顯出他們的一份輕鬆，滿面愁雲方化為淡淡的笑意。

尊重需要，包括自尊和他尊兩個方面：自尊是指個人對自己的尊重，他尊是指別人對自己的尊重。作為人類比較高層次的一種需要，它被自敘體小說主人公視為理想的境界：滿足這種需要便是他們自我的實現，人生的極致。威廉、簡‧愛、露茜作為清寒窮酸的小知識份子，經濟地位、政治地位、社會地位低下，生

在資本主義勢利社會之中，他們無法逃脫受人輕視的命運。被人尊重，與人平等，對他們來說，幾乎成了一種奢求。在強烈的自尊心作用下，追求平等，受人尊重成了他們最大的願望。他們一直苦苦追求著平等地被尊重與被愛的境地。那種為愛遺忘、被人蔑視、受人嘲弄的痛苦，使他們惆悵、茫然，失落而自卑。同時自卑有時又轉化為強烈的自尊，當一旦尋找到相互平等、相互理解、相互尊重與心心相印的愛情，達到久已嚮往與企盼的理解境界，他們又被喜悅的火焰燒得容光煥發，興奮、甜蜜、幸福的激情恣肆蕩漾。顯然，尊重需要與自我實現的需要對簡·愛他們來說，不是截然分開的，而是融為一體的。他們長期忍耐著、期待著、努力著、盼望著，好像全部生活只不過是這個理想日子的預備期似的。如果沒有這個日子的照耀，所有這一切充滿忍耐、努力與期待的日子都會更加暗淡和不能忍受，這個理想的日子，威廉、簡·愛、露茜都等來了，儘管在露茜是來了又去了，但她畢竟也經歷了來時的歡樂。

夏洛蒂自敘體小說中內傾情感交錯雜揉，千變萬化。人物的感情像河流，不是靜止、筆直、單調的，而是流動、曲折、多層次的、矛盾的，是諸種因素的多樣統一。還有那些莫名的、無可言狀的情緒，那些達到了某種刻骨銘心體驗的只可意會的情緒，皆共存於情緒網絡之中，而且各種情緒相互轉化，如絕處逢生帶來的慶幸來自最深切的失望；樂極生悲所有的痛楚又源於最快活的狂歡，因而使本來就極為豐富的內傾情感世界更加複雜化。內傾情感與外傾情感組合交融，構成了夏洛蒂自敘體小說中感覺心理的立體空間。此空間中還存在一些社會情感，它們中有的已寓於內傾情感，尤其外傾情感中。具有完全獨立意義的社會情感，我將在下一部分涉及。

(2)縱向的心路歷程

隨著威廉、簡·愛、露茜的逐漸成熟，生活履歷的步步增

加，其心靈軌跡不斷得到延伸，心理歷程不斷得到展現，形成縱向的心路歷程。威廉、簡·愛、露茜的心理發展軌跡儘管有某些差別，但更多的是相似或相通。他們均處於孤苦無援的境地，都有一股被磨練出來的自強不息的精神，選擇了一條共同的途徑——個人奮鬥；共同的理想境界——過自食其力、自由自在、寧靜的、遠離塵囂的田園生活；追求相互理解、相互平等的恒久愛情，在愛情長駐的和諧而淡泊的婚姻中實現自己的理想。除了所經歷的難易程度，其結局的圓滿程度有差異之外，他們精神追求的軌跡與歷程基本可按以下三個階段來進行概括。

第一階段，自我意識的獲得與深化，在心靈的螢幕上顯現為自尊。

威廉、簡·愛、露茜身上強烈的自尊意識，與他們所處的政治、經濟地位是分不開的。面對親戚的虐待、富人的歧視所產生的強烈的屈辱感，面對巨大的黑暗的金錢萬能的世界所萌生的難以禦卻的壓抑感，「專制制度的唯一原則就是輕視人類，使人不成其為人。」③這群窮酸、瘦弱、矮小，相貌平平且無依無靠、無權無勢的小知識份子，首先成為被「輕視」的對象。社會的壓迫，使他們飽嘗了人世間不公平的辛酸，他們身上自然產生出自己憐惜、保護自己的本能，簡·愛說：「我關心我自己，我越孤獨，越是沒有朋友，越是沒有支援，我就越尊重我自己。」強烈的自我意識成為他們共同的性格特徵。對約翰的欺侮，小簡·愛高聲喊道：「殺人犯——虐待奴隸的人——羅馬皇帝。」這喊聲中飄揚出了濃烈的自尊氣息。面對隨之而來的約翰的拳頭，小簡·愛拚命與之搏鬥，發瘋似地與他對打，這本身更是對自我尊嚴的一種追求。隨著他們年齡的增長，自尊意識不斷強化、發展，進而體現為不可抗拒的獨立意識：不委屈求和、不趨炎附勢，不

③ 《馬克思恩格斯全集》第 1 卷，人民出版社，第 411 頁。

諂媚討好闊親戚，寧為玉碎，不為瓦全。威廉毅然地拒絕了舅父為他安排的毫無愛情的婚事，即便從此得罪闊親戚，也堅定地遵從自己的意志與個性。簡‧愛為自己所受的屈辱與非人的折磨而痛斥里德舅母，發洩心中的積怨，儘管她從此再無歸宿之處。露茜後來也不再客居於教母家，孤身出走，外出謀生。可見，自尊意識的深化，體現為堅定不移的獨立意志。

心路歷程的第二階段為自強不息，自我奮鬥，在心靈螢幕上顯現為「自強」與「自愛」。自強精神是威廉精神、簡‧愛精神、也是露茜精神。威廉在雇主——親如手足的哥哥的剝削與百般刁難之下，憤而出走，隻身飄洋過海，無視哥哥的闊綽，外出謀生，最後，通過亨斯通先生的引薦在布魯塞爾當了一名雇傭教師，過自食其力的生活。小簡‧愛在八歲時，就毅然離開唯一的親戚，來到遙遠的所謂「慈善學校」——這個「屠殺女孩堂」。小簡‧愛戰勝饑寒、戰勝疾病侵襲、戰勝虐待、戰勝孤獨，頑強地活了下來，最後在「慈善學校」掙得了一個教書的位置，擺脫了依附地位。露茜離開故鄉、漂泊異地，在維萊特城貝克夫人的學校裏當了教員。他們克服重重困難，冒著種種危險，獨立而頑強地進取，走向自立的人生。他們絕無低三下四、屈膝求榮之態，而是憑著自己的勞動、憑著自己的本領，掙得在生活中的一席之地。自強精神是他們獨立意識的邏輯而必然的發展。

自愛是威廉、簡‧愛、露茜的又一共同心性，它最為集中地體現為他們寧可走投無路，也不委曲求全。

威廉一旦識破女校董路特小姐玩弄感情的把戲，便不顧雇主地位的高高在上，憤而唾之，為了自愛，丟掉飯碗也在所不惜。尤其簡‧愛，儘管對羅切斯特愛入骨髓，最後也仍為了「自愛」離他而去，即便自己對羅切斯特思慕已久，卻也不願作為情婦與他廝守一塊。即便告別了羅切斯特感到心如死灰，即便離開羅切斯特的桑菲爾德莊園她便走投無路，簡‧愛仍然勇敢而果斷地跨

出了桑菲爾德大門，告別了她心目中的一切希望、一切幸福，換個角度說，也是一切生存條件，而走向茫茫的荒野……。這顯然是「自愛」「自重」在她心中發揮的威力，自強與自愛相輔相成，相得益彰。

心路歷程的最後階段是自我實現的境界，在心靈螢幕上表現為自足與自在。

痛苦的掙扎，熱誠的追求，何處是歸程，長亭連短亭。經歷人生的種種磨難，在孤獨憂鬱中，徘徊痛苦中，憂慮迷惘中，最終我們的主人公用自己的毅力、自己的才華，贏得了相互平等、相互尊重的愛，他們都找到了最知心的情侶，在愛情婚姻中實現了自我追求的理想，找到了精神的歸宿。黑格爾說：在愛情裏「精神的另一體並不是自然的軀體，而是具有精神性意識的另一主體，因此，精神是在它自己的領域裏由自己來實現自己」。④「雙方在這個充實的統一體裏才實現各自的自為存在，雙方都把各自的整個靈魂和世界納入到這種同一裏」。⑤自敘體小說主人公在愛情中獲得了自我實現，他們享受到了長期苦苦追求的自在、自為、自由。儘管威廉、簡‧愛、露茜的理想境界都是狹窄的：能有一筆過得去的財產，在遠離塵囂的恬靜、舒適的鄉村，過著溫馨的愛的家庭生活，也不管這種結局的安排是否合理，我們還是慶幸他們最後送走了一直伴隨他們的憂鬱、孤獨、迷惑、痛苦而心滿意足。

小說中三位主人公愛情的順利與結局的完美程度是呈遞減狀態的。如果說威廉沒有什麼障礙，比較順利地得到了弗蘭西斯，婚後生活也比較美滿的話，那麼，簡‧愛則帶有了許多遺憾，她經歷了生死磨難，最後才得到羅切斯特，然而此時的羅切斯特卻是一個雙目失明，面部被燒壞、腿腳不便的殘疾人。露茜則每下

④　黑格爾《美學》第 2 卷，商務書書館，1982 年，第 302 頁。
⑤　同④，第 326 頁。

愈況，如果說簡・愛與羅切斯特最後還能圍爐廝守，溫暖的爐火映照著他們，具有一定亮色的話，露茜的結局則顯得黯淡無光，儘管她與保羅相互表明心跡，已定終身，但也許保羅在從遙遠海外歸來的途中葬身於海上風暴之中，永不回還。露茜只能飲忍哀傷，默默地，無聲無息地了結餘生……。這體現出夏洛蒂本人認識的逐步深化，她已看到：人生並不都是有著大團圓結局的，悲劇不可避免。

(3)心靈的飽滿豐腴

橫向與縱向兩條線索不僅僅只是心靈情緒的表現，而且揭示了威廉、簡・愛、露茜的思想、感情、意志，展現了他們的行動、態度與氣質，構成了豐滿的性格。廣泛的興趣、多方面的才能等特徵，進一步豐富了他們心理活動的內容，推動其表現出個性的積極性。人物的性格美另一方面還得力於他們纖敏的心靈感觸。自敘體小說主人公正如休謨說過的一句話：「具有某種激情的敏感性，使他們對生活中的一切事件感受至深，使他們在遇到不幸和逆境時悲痛欲絕，同樣又使他們對每一樂事都興高采烈。這種性格的人無疑既享有更加痛切的悲傷，也享有更加生動的快樂……這種人敏銳地感到其他人所不能感到的快樂和痛苦」。⑥

正由於這種富於激情的性格，小說主人公的一顰一笑，一愁一怨都極容易打動讀者的心。黑格爾說：「能表現情致的個人心靈必須本身是豐滿的心靈，有展開它和表現它的本領。」⑦誰又能說夏洛蒂自敘體小說主人公心靈不豐滿呢？可是過去很長一段時間人們習慣於片面地把握威廉、簡・愛、露茜的個性心理，把他們紛繁大千的內心世界、感覺世界、複雜的個性心理歸結為一點──反抗，並將反抗性視為他們個性心理的全部，甚至被強調

---

⑥　休謨〈論趣味和激情的敏感性〉，轉引自《外國美學》，商務印書館，1985年，第1期。

⑦　黑格爾《美學》第1卷，商務印書館，1982年，第303頁。

到了如此程度，有人將簡·愛等女性形象稱之為「母豹」，將既柔弱、婉約、優美動人又自尊、剛毅，不肯屈從的完整而偉大的人性漫畫到了這種程度，完全無視於夏洛蒂自敘體小說主人公內心心理的豐滿與深厚，他們驚人的領悟力與感受力、超凡的想像與深層的內涵。他們身上那種強大的、熱情優美、震撼人心的情感力量所帶給人的情致與魅力都被抹煞。

　　劉易士在評價簡·愛時說，她是「一個有血有肉的生靈，有著凡人的種種弱點與常人的優點；一個女人，而不是一種模式」。[8]的確如此，夏洛蒂自敘體小說中的主人公不應被漫畫式地誇張強調其一方面而授之以「母豹」稱謂，他們完全可以得到與阿喀琉斯一樣的評價：「這是一個人，高貴人格的多方面性在這個人身上顯示出它的全部豐富性」。[9]夏洛蒂筆下的每一個人都是一個整體，本身就是一個世界，每個人都是豐滿而有生氣的活生生的人，決非什麼孤立性格特徵的寓言式抽象品。儘管人物的積極個性心理——自尊、自強、反抗是構成其主人公個性心理的重要側面，是性格發展中的一條重要線索，但僅用它卻是無法概括人物整個個性心理的深厚與豐滿的。

(4)愛情的心理世界

　　夏洛蒂三部自敘體小說，完全可以被稱為三部愛情小說，因為愛情主題貫穿始終。愛情是一種精神的東西，而非物質的東西。它是主體的屬性，而非客體的特徵。因而自敘體小說的愛情王國，自然也是一個心理的世界。對小說中一些情節因素，如果不從心理的角度說明，就顯得難以理解。換個角度解釋則顯得有幾分牽強附會。

---

⑧　喬·亨·劉易士：〈新近出版的法國和英國小說〉，見《勃朗特姐妹研究》，中國社會科學出版社，1983 年，123 頁。
⑨　黑格爾《美學》第 1 卷，商務印書館，1982 年，第 303 頁。

愛是永恒的主題，

愛是世界文學的主題，

愛更是婦女文學的主題。

　　自敘體小說從這個意義上可以說是專寫愛情故事的愛情小說。夏洛蒂筆下的愛情天地自有她獨特的風味，小說中愛情描寫的震撼人心的力量在世界文學中也是不多見的，所有描寫都是符合生活邏輯、符合愛情心理學的，那種驚天動地的愛、刻骨銘心的愛、至死不渝的愛，感天地、泣鬼神。如果我們立足於三對情侶共同的心理、共同的情趣、共同的感受，從心理學的角度去評說人物之間的真摯情感，那麼對他們的愛情便能作出順乎自然的最合理解釋。夏洛蒂‧勃朗特堪稱一位偉大的心理學家，她深刻而感人地揭示了幾對情人愛情心理的各種矛盾對立與二律背反。以簡‧愛與羅切斯特為例：

　　簡‧愛在愛情中的自我感覺：既是自尊自傲的 ←——→ 又是自卑自謙的；

　　簡‧愛對羅切斯特的態度：既是愛之至切的 ←——→ 又是怨之至深的；

　　簡‧愛的愛：既是狂熱、激烈、奔放的 ←——→ 又是冷靜、理智、抑制的，簡‧愛的出走是理智自制的最好例子。

　　愛情既賜給簡‧愛以無與倫比的快樂 ←——→ 愛情又帶給簡‧愛以攝取心靈般的痛苦；它既賦予簡‧愛以無限的希望 ←——→ 又帶給她死一般的絕望。

　　因而，夏洛蒂筆下愛既是喜的，又是悲的，即使最後他們的命運被安排了一個喜劇結局，卻也都帶上了悲劇的色彩，這便是夏洛蒂‧勃朗特的心靈辯證法。正如瓦西列夫在《情愛論》中所寫的那樣：「愛情是本能和思想，是瘋狂和理性，是自發性和自覺性，是一時的激動和道德修養，是感受的充實和思想的奔放，

是殘忍和慈悲，是饜足和饑渴，是淡泊和欲望，是煩惱和歡樂，是痛苦和快感，是光明和黑暗。愛情把人的種種體驗熔於一爐。」自敍體小說中的愛情正是如此複雜而矛盾。

對於愛情中的一些心理現象，簡・愛聽到的神秘怪誕的超自然呼喚，以及她的出走與回歸等，批評界作過很多解釋。人們界說簡・愛重新回到羅切斯特身邊是主人公自己妥協的表現，是她以前反抗的一個倒退。實際上，這只是說明回來的結果意味著什麼，而並未能解釋她為什麼走而又回這一矛盾本身。自然，心理的現象只能從心理的角度來解說，而且也只有從心理的角度才能得到最為恰切的解釋。

心理學家勒溫將心理衝突分為「趨向－趨向型衝突」、「回避－回避型衝突」、「趨向－回避型衝突」三類。簡・愛的出走與回歸正是屬於第三類衝突。所謂「趨向－趨向型衝突」指個人對自己持肯定態度的事物之間，能選擇其中之一時所產生的衝突；「回避－回避型衝突」指個體對自己持否定態度的兩事物，必擇其一時產生的衝突。而「趨向－回避型衝突」指在某一對象對一個人既具吸引力又具排斥力的場合下，在他內心中產生的衝突。羅切斯特對簡・愛具有強烈吸引力，但因他擁有一個瘋妻子從而又對簡・愛產生了一種排斥力。吸引力與排斥力的對立與矛盾，便構成了「趨向－回避型衝突」。簡・愛的出走，是排斥力作用的結果，簡・愛不願作為情婦存在，便毅然離去，逃避衝突，逃避失敗。

但這種衝突往往又不是通過逃避可以解決的，她盡可以暫時逃避，清除恐懼，但她內心仍然想趨向情境中討人喜歡的方面。也就是說她仍然愛慕羅切斯特，羅切斯特依然吸引著她。所以，在行動上簡・愛是回避了，內心的趨向卻更甚。她離開羅切斯特，離開這種衝突愈遠，她的趨向動機就愈加積極與活躍。所以，當她應諾了並無愛意的聖・約翰娶她為妻的要求之後，可以說回避已

達到了最遠的限度，趨向動機因此也達到最為活躍的程度。

因而愛羅切斯特，思念羅切斯特，渴望見到羅切斯特的趨向心理化為一股強烈的巨流，衝擊著簡·愛的心扉，並被作家描寫成一種心理外化現象，外化為一種聲音，這便是小說中「簡、簡、簡」的呼聲。這種呼聲，就是趨向、渴求心理的外射。如此強烈的趨向心理最後終於突破了回避心理的最後一道防線，吸引力大大超出排斥力，因而簡·愛從回避又導回到趨向，從出走又導向了回歸。可見簡·愛重新回到羅切斯特身邊並不是自然神力的感召，而是強烈趨向心理的推動，是無法抗拒，無法抵禦的激越愛情的驅使。小說中這些心理現象，這些既出走又回歸的矛盾對立，卻能在人物的情愛與心理中找到答案。出走與回歸，看似矛盾對立，實際並不盡然，「始終不一致才是始終一致的」，這種構思描寫完全符合心靈辯證法，同時也符合藝術的辯證法。這種只有從心理的角度才能作出恰切解釋的事實，又一次說明夏洛蒂自敘體小說具有心態特徵，其中擁有一個心理的世界。

2.現實的世界、客觀的世界

夏洛蒂自敘體小說中與感覺世界、心態世界同時並存的還有一個冷峻的、真實的現實世界。它與感覺世界那種生動、纖敏的情緒形成明顯的對照，它是枯燥、殘酷與醜惡的。著名勃朗特評論家劉易士曾指出，夏洛蒂小說「成功的秘訣——則在於它的現實性」。[10]夏洛蒂自己也談到創作這些小說的原則在於忠實於現實世界。她宣稱：「作家的第一職責，是忠實于真實與自然。」[11]

確實，夏洛蒂將我們引入了一個普通人的世界，現實而自然，她不像奧斯丁讓我們出入於貴族小姐與少爺的舞會和客廳，

---

[10]　喬·亨·劉易士〈《簡·愛》和《謝利》〉，見《勃朗特姐妹研究》，中國社會科學出版社，1983 年，第 145 頁。

[11]　楊靜遠譯《夏洛蒂·勃朗特書信》，三聯書店，1986 年，第 176 頁。

而把我們引到了中下層人物的拮据、苦難的人生中，讓我們與他們一起希求、失望、痛苦、掙扎。作家執著於嚴峻的真實性，展現給我們的也是真實世界的客觀現狀。喬治·史密斯認為夏洛蒂的小說：「幾乎每一頁都表現出作家敏銳的觀察力，其主要特徵是高度的真實感，畫面生動而醒目，彷彿是倫勃朗刻畫出來的，或薩爾瓦多·羅薩畫出來的。」[12]

(1)人物的栩栩如生

我們跟著夏洛蒂·勃朗特，不，我們跟著威廉、簡·愛、露茜三次步入了十九世紀英國社會。我們接觸了形形色色的人，經歷了各種各樣的事。里德舅母、約翰表兄、彭斯、羅切斯特、聖約翰、愛德華·克林斯沃斯、亨斯通先生、路特小姐、弗蘭西斯、格雷厄姆、波琳娜、范肖、保羅、貝克夫人等等一系列的人物，無一不是活生生地活躍在我們面前。首先，威廉、簡·愛、露茜三位主角的日常生活被作家十分真實而生動地描寫臨摹出來，正如夏洛蒂曾在一封給艾米莉的信上所寫，「私人教師除了在她該做的事這一方面以外，是沒有存在意義的，根本不被當作活的、有理性的人看待。」小說主人公正是這段感慨的形象化顯現，它們記錄了小知識份子在社會中的屈辱與辛酸。威廉、簡·愛、露茜的生活真切得叫人信服不已，主人公如此，那些次要人物，那些只勾畫出一個輪廓的人物，如布洛克赫斯特先生、譚波爾小姐、費爾法克斯太太、白蘭奇等等也無不生靈活現，留給我們以極深刻的印象。

這些人物都顯示出了與其身份地位相稱的特色和力量。布洛克赫斯特，身為勞渥德孤女學校的施主和官僚的傲慢、冷酷與毫無人性；譚波爾小姐身為勞渥德孤女學校的女校長空有一副慈善心腸，對女孩子們的悲慘處境的無能為力，自然也反襯出她對自

---

[12] 喬治·史密斯〈勃朗特姐妹〉（1837），見《勃朗特姐妹研究》，中國社會科學出版社，1983 年，第 192 頁。

已低下可憐地位的無能為力；還有白蘭奇的虛榮心、傲慢勁，小彭斯對上帝的一片至誠，烘托出一份惹人憐愛的童心……一切都恰合人物的身分與地位。他們著墨不多，卻感人至深，兼備著鮮明的個性與普遍的共性，構成了社會中各式各樣的典型。貝克夫人與路特小姐是雇主，也是壓迫者的典型。她們身為教育界人士，卻具有著企業家似的貪婪和粗暴的利己主義個性，她們身為社會的統治勢力，也是一股黑暗潛流，暗中操縱著其他人的命運。勤勞純樸的年輕女教師弗蘭西斯在寄宿學校裏受到無言的鄙視，並最終被女校董路特小姐找著藉口趕出了校門。

至於里德舅母，愛德華‧克林斯沃斯又屬於另一種類型。他們是被金錢所腐蝕，渾身散發著銅臭味的勢利階層，六親不認，虐待、嫌棄窮親戚甚至剝削親兄弟。威廉去投奔當廠主的哥哥愛德華‧克林斯沃斯，其兄給予他的是冷淡、白眼，最後雇傭他做勞累而又收入菲薄的工作，甚至揚言可隨時將他解雇，不斷威脅，以榨取更多利潤。羅切斯特、保羅‧埃曼紐爾似乎又是一種類型的人物，他倆有些相像，卻也同樣真實可信。身為生活中的失意者，貴族階級中的落難者，他們完全有可能對上層社會抱有敵意，看破紅塵，識透上層社會的虛榮與虛偽，因而與同一階級的人相比，他們能更多地理解受壓迫的階層，具備與雇傭教師簡‧愛、露茜產生愛情的可能性。

(2) 事件的真實動人

夏洛蒂自敘體小說的某些章節獨立出來本身就是一幅幅生動形象的生活圖畫。阿‧查‧史文朋曾說：「……我們的想像力，在另一個人的引導下，每走一步都感覺到：在一切事情上，甚至在我們耳聞目睹的事情上，情況就是如此，而且必然如此，而不會是另一個樣子；在既定的條件下，他們的感覺、思想和言談絕對必須並且一定曾經如此，而不是另一個樣子。」[13]有人甚至說過，夏洛蒂小說中對童年生活與心理的描寫可與狄更斯筆下的同

類描寫交相媲美。它們作為英國文學中的經典性篇章,被收入中學課本成為學生的必修課文。

　　勞渥德慈善小學的一段生活,對慈善學校的慘無人道作了最為直接、最為徹底的揭露。它本該是充滿童心的幻想與快意的場所,洋溢著兒童活潑生機的地方,卻是死水一塘,學校如同修道院一般沈寂,清規戒律壓抑與泯滅了孩子們美好的天性,他們如同身陷囚牢一般受管制與懲罰。他們受凍挨餓,饑腸轆轆地等著、盼著開飯時間的到來,但等來的卻是散發著怪味的、無法下咽的湯或粥。不僅如此,還會出現剪頭髮這樣的傷害自尊心的凌辱行為。環境骯髒、伙食又差,尤其不衛生,致使孩子們時常罹惡疾而夭折。與其說勞渥德是慈善學校,還不如說是殺人堂。

　　小説對小彭斯染病死亡過程的描寫,成為對黑暗社會發出的最為猛烈的抨擊。另外《簡·愛》中羅切斯特對放蕩生活的整段追憶,上流社會的虛偽,情場的角逐,骯髒的私生活,皆具有典型意義。《教師》中也有對被雇傭為哥哥的小職員威廉日常生活的描繪,單調、枯燥,在外機械地工作,回家冷冷清清。在布魯塞爾當上教員以後,他的住所的清寒破敗引人同情。《維萊特》中,貝克夫人偷看信件,從鎖眼裏暗中探察別人,無時無刻無處不在地監視他人的活動,公然地破壞露茜與保羅愛情的蠻橫行為,這些卑鄙的惡行敗德,都是現實生活中一個又一個的縮影。

　　三部小説中事件所發生的場景、人物所活動的環境也是當時實際生活中的現實環境。《教師》的背景大多是布魯塞爾,《維萊特》中維特萊特城實際上也是布魯塞爾,兩部小説中布魯塞爾風光的真實在當時就受到了普遍的讚揚。《簡·愛》中的荒原式背景,被公認為是夏洛蒂一家所在地——約克風光的真實寫照。「她熟知故鄉約克郡的種種景色:它有時陰雲密布,霪雨綿綿,

13　阿·查·史文朋〈簡論夏洛蒂·勃朗特〉,見《勃朗特姐妹研究》,中國社會科學出版社,1983 年,第 196 頁。

有時明月高懸，或陽光普照⋯⋯。」⑭《簡‧愛》將約克郡多變而美好的風光作了精彩的描繪。

(3)感覺的現實與真切

再需要一提的是夏洛蒂自敘體小說中的感覺世界。

感覺實際上是客觀世界的主觀形象，是客觀事物和現象的模寫和心靈化。自敘體小說中的感覺世界既有不同原型世界的一面，又根基於客觀現實世界之中。

即便作為主觀感受獨立存在，它們也是令人折服的，洋溢著強烈的感染力。錫德尼‧多貝爾說：「凡是記得自己童年的人，讀到小簡‧愛夜間乘車前往勞渥德去的一段，誰能不動感情？」⑮《簡‧愛》的開篇寫到小簡‧愛蒙冤受屈，被關在紅屋子裏所經歷的震懾靈魂的恐懼，贏得了多少讀者的同情哀憐之淚；桑菲爾德莊園那神秘的怪笑，帶給簡‧愛毛骨悚然的恐懼，感染了多少人心；露茜‧斯諾對閣樓裏陰影與火點產生的那種神經質的恐懼，傳導給了多少讀者。對於這一切感受，我們並不覺得這是作者在故弄玄虛，有意誇大，而覺得是在情理之中。即便簡‧愛對怪笑的恐懼勝過了馬克白面對班軻血污鬼魂時所具有的恐懼；即便露茜‧斯諾在維萊特度過假日孤獨的一天所感到的寂寞，遠比魯賓遜在荒島上放逐十年更為難耐，我們也不覺得是恣意誇大。因為同一性質、同一強度的刺激在不同的個體身上或同一個體不同的時刻會引起相當懸殊的心理反映。正如兩萬元的蝕本，帶給百萬富翁的懊惱決不會比放牛童丟失一件新布褂，所感到的懊惱更強烈一樣。紅屋子的恐怖，桑菲爾德沈寂中的怪笑，鬧鬼小閣樓中的黑影與火點，這些也許對男人構成不了刺激與威脅，對孤

⑭ T.格拉日丹斯卡婭〈勃朗特姐妹〉，見《勃朗特姐妹研究》，中國社會科學出版社，1983 年，第 460 頁。

⑮ 錫德尼‧多貝爾〈柯勒‧貝爾〉，見《勃朗特姐妹研究》，中國社會科學出版社，1983 年，第 157 頁。

獨的簡‧愛、柔弱的露茜的刺激就可能是難以承受的，甚至是不可想像的。因此，這些感受同樣也是真實的，讓讀者覺得它真切而感人。

(4)惡意詆毀，鐵的反證

我們已就作品本身，論述了自敘體小說中現實世界的存在，現在我們從小說出版時的情況進一步佐證。《簡‧愛》等小說出版時，總是引起軒然大波，拍手叫好者有之，跺腳大罵者有之。而那些惡意的攻訐與漫罵恰恰從反面說明夏洛蒂小說中現實性的強烈與尖銳，它的真實性與革命性深深地刺痛了統治階級衛道士。夏洛蒂自敘體小說中獨立的社會情感表現為：對資產階級教育狀況的揭露；對資產階級法律的辛辣諷刺；對壓抑人性的專制制度的鞭笞；對宗教的蔑視；對上流社會的嘲弄；以及對婦女平等的吶喊。所有這些深得進步人士的歡迎與讚揚。《簡‧愛》被譽為「家庭教師的大憲章」。

另一方面，它們卻也遭統治階級衛護人士的惡意攻擊。《簡‧愛》一出版，有人便聞到了其中濃烈的火藥味，到處撰文貶斥。《基督教醒世報》上發文指出，《簡‧愛》的「每一頁都燃燒著道德上的雅各賓主義，『不公平、不公平』──老是反覆念叨著這句對現狀和當權者不滿的疊句。在作者看來，一切美德都不過是偽裝的罪惡，一切宗教職業和行為都不過是粉飾的墓穴，一切自我克制都不過是更厲害的自私」。[16]《每季評論》中，伊麗莎白‧里格比撰文也對《簡‧愛》進行惡意詆毀：「整個說來，《簡‧愛》是一部突出的反基督教作品，從頭到尾，它對富人的舒適和窮人的貧困發出了喋喋不休的抱怨聲」，「書中有一種高傲的、無休無止堅持人的權利的斷言，不論在神諭或天意中，我們都找不到這樣做的根據」，並宣稱有「……在國內煽動

---

⑯　引自《勃朗特姐妹研究》，中國社會科學出版社，1983年，第96頁。

憲章運動和叛亂的精神和思想的色彩」。而這些攻擊性評論，恰恰從反面說明了夏洛蒂自敘體小說的現實意義與批判精神。自敘體小說的現實性、真實性、進步性、革命性，深為統治者不容的事實，是自敘體小說中存在一個嚴峻現實世界的鐵的反證。

馬克思說：「現代英國一批傑出的小說家，狄更斯、薩克雷、勃朗特女士和蓋斯凱爾夫人，他們在自己卓越的、描寫生動的書籍中向世界揭示政治和社會的真理，比一些職業政客、政治家和道德家加在一起所揭示的還要多」。[17]馬克思的論述再一次為自敘體小說中現實世界的真實性、廣闊性與豐富性提供了有力的證據。

3.有意味的創作手法與表現形式

夏洛蒂自敘體小說在各種藝術手法與藝術形式的採用上，都表現出一種共同意味，因而這些形式與手法本身成為「有意味的形式」。克萊夫・貝爾在《藝術論》中說：「一件藝術作品中的每一個形式，必須使它具有審美意味，每一個形式也必須成為有意味的整體的一個組成部分。」自敘體小說中藝術手法與表現形式的運用都具有心態化傾向。即：選擇最適合表現自我感受、心靈情緒為內容的表現手法與形式，它使形式與內容具有了一種血緣關係，使作品整體上呈現出一種心態現實主義風格。確實，並非每一種藝術形式都可以表現或體現這些旨趣，在夏洛蒂筆下，形式絕非聽命於偶然，心態世界的內容決定了手法與形式的心態傾向。

(1)第一人稱自敘

學者李歐梵先生說：「西方小說技巧，最強調的一點是：這個故事是誰講的，也就是誰是敘述者。」[18]敘述問題在西方有專

⑰　《馬克思恩格斯全集》第 10 卷，人民出版社，第 686 頁。
⑱　〈關於文學創作問題〉，見《編譯參考》，1980 年 11 期，第 69 頁。

門的敍述研究，一般將敍述角度劃分為「全知」、「第一人稱」、「第三人稱」三類。其實，敍述人稱本身並無優劣之分，卻必須根據小説本身來選用最切合表現內容的恰當人稱形式。夏洛蒂的《教師》、《簡‧愛》、《維萊特》都是以主人公情感體驗、心路歷程、心態世界為出發點的作品，所以，作者選用了主人公自己承擔敍述者的第一人稱自敍形式。《教師》中敍述者是威廉，《簡‧愛》中為簡‧愛，《維萊特》中為露茜。他們從親身閱歷者的眼光去觀察，以親身閱歷者的口吻去敍述一切，從而使作品帶有「我」的主觀色彩，作品呈現的心態色調濃重。這種形式的採用，使人物動作表現得尤為細緻，情感表現得尤為動人，造成了「印象的統一」，「獨特單純的效力」。顯然，自敍體小説運用這種敍事角度，要比第三人稱的客觀敍述或全知全能的全面敍述更能表現人物的感受與心態。

當然，這種表現手法並非夏洛蒂的專利。實際上它已被世界文學大師們廣為採用。在英國文學中，笛福就一直是使用第一人稱敍述方法的作家，狄更斯的《塊肉餘生記》，蓋斯凱爾夫人的《表親菲莉絲》、史蒂文生的《誘拐》等作品都是採用第一人稱敍述的佳作。略有差別的是它們並沒有讓敍述者佔有絕對中心的地位，因而犧牲了某些東西。如作家經常出來議論、指點、干預，而作家又與自敍主人公觀點有些分歧，這樣便使讀者與敍述人難得始終保持一致。而夏洛蒂自敍體小説中，讀者往往能與中心人物緊跟，與主人公平行並進，跟他一道理解他所處世界中的人與物，甚至沈浸到人物的情感與思緒之中，而絲毫沒留有間隙讓讀者考慮一下敍述主人公的感覺、看法是否正確。

另外，狄更斯的《塊肉餘生記》等小説中有些章節，敍述主人公退居到了極為次要的地位，僅僅只是一個觀察者。而夏洛蒂自敍體小説主人公始終不斷地、勝利地佔據著中心。在世界文學範圍內，有些批判現實主義大師也採用第一人稱寫下了一些有名

的自傳性小說。如托爾斯泰早期的作品，高爾基的自傳三部曲，另外，還有盧梭的《懺悔錄》等。夏洛蒂自敘體小說與這些小說有些什麼區別呢？後者的顯著特徵，它們的主題，恰好在於他們異乎尋常的客觀性。這是因為作家的「我」已高出於作品中的「我」，所以能含有批判意味地不斷評述與批判作品中的「我」的行為舉止。

作家具有高出於作品中「我」的見解與能力，來對過去的「我」的行為與「我」的生活進行剖析。可見，儘管同是自我敘述角度，視點也有內外之分。夏洛蒂自敘體小說的視點是內視點，而這些大師們採用的視點落在外界，從外部一個支點去看「我」的過去的生活。《懺悔錄》的作者盧梭站在一個高度，對過去我的所作所為進行了剖析與批判。作家已與作品中的「我」拉開了很大距離。小說通過「我」現在的內疚、懺悔和悛改洗刷過去的罪惡，達到心靈方面的和解，而夏洛蒂自敘體小說中人物的情感、態度與作家的情感態度是同水準的。作品不含有反思與理性的批評，主要是對內心感受、內在情緒的表現與宣洩。高爾基的三部曲又略有不同，它更多地著意描寫行動，夏洛蒂自敘體小說更重感受，因而與前者強烈的客觀性相比，則更帶主觀色彩。

此外，還有一批浪漫主義作家的作品或現實主義作家的浪漫主義作品，也採用了第一人稱敘述角度。如：梅里美的《嘉爾曼》，屠格涅夫的《初戀》，杜思妥也夫斯基的《窮人》（書信體），萊蒙托夫的《當代英雄》，還有歌德的《少年維特的煩惱》（日記體小說），它們在表現情緒與心理上，確實與自敘體小說具有相似之處。但從另一方面看，它們畢竟是浪漫性更強、心靈化色彩更重，不具備夏洛蒂自敘體小說中「現實世界」的廣闊性與豐富性。即便在反映現實生活稍多一點的《當代英雄》中，其最主要的現實性在於皮卻林這個形象，場景、事件等並不能構成典型環境、典型事件，更多是浪漫主義情調作背景。《少

年維特的煩惱》中，維特的軟弱不失之為德國社會現實中進步市民青年的特徵集中反映，但整個小説遵循的卻是浪漫主義原則，從背景、環境、細節等方面構成了與夏洛蒂自敍體小説的差別。

(2)內視點的視角

拉伯克在《小説技巧》中説：「我認為小説技巧上錯綜複雜的問題，全在於受視點的支配；即作者同故事之間的關係問題。」[19]小説的視點既是統一作品形象的樞紐，又是作家創作個性的體現。視點一般分為三種：內視點的寫法，即把觀察點和著眼點放在人物內心世界。第二種是外視點，敍述人從旁觀者的角度來報導故事的發生、發展等。他不顯示出具有洞察人物內心的能力，不分析人物的心理、思想和情感，他只像是一名記錄員，讓讀者自作結論。奧斯丁是這類作家中最為典型的一個。第三種是內視點與外視點結合的寫法，也即全知全能的視角。敍述人比任何人知道的都多，往往由作家自己承擔敍述人，他的眼睛無處不在，「既在人物之內，又在人物之外」，巴爾札克、托爾斯泰都是較多採取這種視角的作家。托爾斯泰的長篇歷史小説《戰爭與和平》正是這種敍述角度的具體運用，從人物內心到外部世界，從豪華都市到鄉村莊園，從貴族沙龍到硝煙戰場，可謂無所不在，無所不知，作者「全知」的敍事將它們連貫成篇。

夏洛蒂自敍體小説屬於內視點的視角。所謂內視點，指遵循小説中人物心理的、感情的邏輯，以主人公的意識活動、主觀感受為中心，來安排組織整個小説結構。它是內聚焦，將廣闊的社會背景、洋洋大千世界聚集到人物心靈的窗口，從這一點上來表現外界人物與客觀場景在人物主觀世界裏的反映與印象，把視點放在「我」的眼中，往往能細膩地反映出人物的內心體驗，心態流程以及對外在世界的各種纖敏感受。在《教師》、《簡・

---

⑲ 轉引自（日本）識田正秀《文藝學概論》，中國戲劇出版社，1985年。

愛》、《維萊特》中，視點都是威廉、簡·愛、露茜的心靈感受。作品中的現實也是經過了他們的眼睛，經過了他們感受與體驗的外界現實。夏洛蒂三部自敘體小說的這種內視點的採用，能最為深刻地表現主人公的情緒體驗，因而在視點選擇上，最能表現內容，是最適合內容的一種有效形式。

其實，視點與人稱並不完全相同，因為同為第一人稱敘述，視點可以落在形象的外部，也可以落在形象的內部。如都德的《最後一課》則是第一人稱外視點結構。在外視點敘述中，「我」的心理活動與外部世界的變化、與外界的動作，有著直接的因果關係，有別於夏洛蒂第一人稱的內視點寫法。

(3)多愁善感的人物

如果說「托爾斯泰在俄國農民階級中生根，高爾基在產業工人以及無地的農民當中生根」[20]的話，那麼夏洛蒂則是在小知識份子中生根。多愁善感的家庭教師是自敘體小說的主要描寫對象，露茜、簡·愛、威廉，一個勝似一個敏感，一個勝似一個憂鬱。與工人、農民等其他類型人物相比，他們確實更多地帶有感傷情調，也更宜於被展現心靈的豐滿、變幻莫測的情緒。人的情緒繁複的程度，情感生活的深沈程度，感受力的強弱，都與文化修養有著密切關係。莊稼漢或牧羊人自然難以帶有這麼多惆悵與茫然的情調，儘管文學史上也不乏表現農民感傷情調的先例，如卡拉姆辛的《可憐的麗莎》中的麗莎，但她的那些情緒更多的是作者外加上去的，儘管也是生動的，卻是比較單一的，只是癡迷地一味感傷絕望，遠遠不具備自敘體小說中這群小知識份子主人公瞬息萬變的萬千情緒，人物心靈得到了最為充分的表現。他們被置於多重困境中，或孤女或棄兒的身分；單薄瘦弱，其貌平平的姿色；一貧如洗，至窮至苦的經濟地位；無依無靠、寄人籬下

---

[20] 《盧卡契文學論文集》（二），中國社會科學出版社，1981年，第61頁。

的依附處境；多重窘境使人物的多重情緒得到表現。

斯賓諾莎說：「同時湊合起來以激起一個情感的原因愈多，則這個情感將必愈大，因為多數同時並存的原因較之少數原因更為有力。」[21]夏洛蒂自敍體小說其中兩部的主人公為女性，《教師》中的女性弗蘭西斯也是重點描寫對象。「愛情在女性身上特別顯得更美，因為女性把全部精神生活和現實生活都集中在愛情裏和推廣成為愛情，她只有在愛情裏才找到生命的支援力。」[22]自敍體小說中無論主人公的選擇或處境的設置都非常有利於表現人物心態與心靈豐滿。

(4)醜陋外貌的選擇

夏洛蒂賦予她筆下人物以醜陋外貌，從威廉、羅切斯特到保羅‧埃曼紐爾；從弗蘭西斯、簡‧愛到露茜無一例外地普普通通。女性相貌平平，男主角其貌不揚。這種審美意識可以說是作家對傳統文學觀的一個反叛。「十九世紀，對相互關聯的文學史及觀念形態賦予新方向這一點上，夏洛蒂‧勃朗特佔據著極為重要的地位。」[23]在此也表現出她的更新。夏洛蒂以前的英國文學作品中，男主角總是風流瀟灑，風度翩翩。女主角貴族小姐更是清一色的絕代佳人，楚楚動人，端坐在客廳裏含情脈脈地靜候求婚。作者也傾心描寫他們如何高雅與靜穆，自然談不上表現強烈的情感與個性。傳統觀念甚至將激情洋溢視為貴族小姐的有失體統，她們必須溫文爾雅。夏洛蒂筆下的主人公不再是典雅的貴族，只是中下層人物。他們較少受陳規俗禮、繁文縟節的束縛，更具活生生的生活氣息。因而表現手法也不宜於沿用古典的美與靜來表現，古典美人的表現方式不適合簡‧愛這種人物類型。

夏洛蒂採用她新的美學原則，將醜帶進了小說藝術，第一次

---

[21]　斯賓諾莎《倫理學》，商務印書館，1995年，第244頁。
[22]　黑格爾《美學》第1卷，商務印書館，1982年，第327頁。
[23]　*The Language of Truth*, ed. by Harriet Bjork, p.141.

描寫不美的女主人公與醜的男主角。當然，醜與表現情感、個性並無直接必然的聯繫。但羅丹在《藝術論》中關於醜的論述，揭示出它與人物情感的某種聯繫。他說：「自然中認為醜的，往往要比那認為美的更顯露出它的『性格』，因為內在真實在愁苦的病容上，比在正常健全的相貌上更加明顯地呈現出來。」在文學作品中，我們可以伏尼契筆下的牛虻為例，臉上帶著傷痕的牛虻肯定比白面書生的牛虻更能表現後期牛虻爭鬥的艱巨與其個性的力量。同理，普通而外貌平凡的羅切斯特與簡·愛也會比高貴白晰、典雅文靜的男女主人公，更能體現其人生的現實與奔放的激情。可見，夏洛蒂對其筆下人物平凡外貌的選擇，不僅對英國傳統文學中的觀念是一種突破，更重要的在於它極為契合表現窮愁潦倒的窮酸小人物在困境中的各種真實心態，表現多愁善感的小知識份子的主觀心緒，因而具有了心態意味。

(5)自然背景的建構

夏洛蒂筆下人物活動的環境，即作家選擇的背景，與作家生活環境有關。三部自敘體小說中有兩個主要背景，《教師》的前一部分與《簡·愛》的整個，基本是以英國北部約克郡為背景的。《教師》的後邊與《維萊特》整個，基本是以布魯塞爾為背景的。前一種背景為鄉村環境，帶有荒涼意味。有人曾專為此作過論述：「就背景而言，《簡·愛》簡直是一部寫鄉村生活的小說。書中連提都沒有提過倫敦的社交旺季，溫泉療養勝地，或者越野賽馬；沒有出現社交界的名流巨擘，沒有一筆勾畫過當時的美男子布魯梅爾或多爾塞伯爵，沒有公園的信步閑庭，沒有里奇蒙的宴會，沒有一絲時髦熱鬧場面的痕跡。書中每一件事都發生在鄉間。彷彿根本不存在客廳、溫泉勝地和倫敦的春季。」[24]至

————————————————

24　歐仁·福薩德〈簡愛，一部自傳〉，見《勃朗特姐妹研究》，中國社會科學出版社，1983年，第133頁。

於後一種背景——布魯塞爾，雖為城市，但作家並未著意用心寫城市。儘管露茜不時同教母一起去聽音樂會，參觀畫展，但她活動最多的地方是校園後的花園。威廉在簡陋環境中生活，與城市的豪華喧鬧格格不入。他一到布魯塞爾貝雷學校所在地比利時，就因從窗口看不到他所期待看到的花紅葉綠的園林而深深失望，卻又因有一棵靠牆大樹作了些補償而欣慰。在路特小姐那裏，他幾乎每天漫步花園，置身於自然中，並因此而顯得格外怡心悅性。《教師》還穿插了一些郊外風光，弗蘭西斯與威廉山頭墓地的邂逅相遇，林蔭道中的信步閑庭。可見，即便第二種背景為城市，也沒有離開對自然風景的關注。

一般説來，冷紅、荒畦、香花、古樹等自然景象更能激發人的情緒與想像力。人類作為自然的產兒，其情緒與大自然有種天然的聯繫。自敍體小説主人公孤獨憂鬱，尤愛沈湎於內心生活裏。那些惆悵情調，顯得和他們的荒山、風吹的荊棘、雲霧、山峰和陰暗的莊園協調一致，自然風光與自由心性十分合拍。只有通過這全部的地方色彩才能使我們完全瞭解他們內心種種情緒與感受到他們痛苦的心路歷程。黑格爾説：「要使外在世界顯現為他自己的外在界，就需要這兩方面有一種本質上的協調……在人物的一切心靈傾向裏，應該聽得出一種隱秘的和諧，一種主體與外在界雙方的共鳴使他們融合成一個整體。」[25]夏洛蒂筆下主人公與他們所處外在界達到了一種天然的融合。我們知道夏洛蒂是一個自然神論者，篤愛大自然。她筆下那些被壓抑得喘不過氣來，被逼得走投無路的人物，卻能在自然中獲得平靜與安詳。只要走進生氣灌注的大自然，他們便怡然自得，自由自在。簡·愛從桑菲爾德出走後無家可歸，被抛到山野，她的感覺是：「我望望天空，它很純淨，一顆仁慈的星星在溝道頂上閃爍著。露水降

---

[25] 黑格爾《美學》第 1 卷，商務印書館，1982 年，第 325 頁。

落，可是帶著慈祥的溫柔，沒有微風低語。在我看來，大自然似乎親切而寬厚。我認為儘管我無家可歸，她卻愛我。從人那兒只能指望懷疑、拋棄、侮辱的我，就懷著子女的愛依戀著她。至少今夜，我要成為她的客人——因為我是她的孩子，我的母親將不要錢，也不要代價，給我住宿。」可見，自然風光在自敘體小說中就像是一部完整的大機器上的一個極為重要的構件，共同建構了夏洛蒂自敘體小說的心態風格，對表現人物心靈產生結構性作用。

(6)景物的情緒化

夏洛蒂十分擅長造型和色彩，那些不可思議的自然景物的色調，彷彿是被這位女作家的直覺、直感塗抹了一下，呈現出粗礦、濃郁的美。濃墨重彩是她描寫風景的特徵。她筆下的自然景物，都成了小說中人物的感受對象，放出一種普通情感的聲響，具有了一種情致。同時它們又充當了主人公情緒的載體，成為外化人物情緒的實體。景物隨主人公心緒變化而呈千姿百態，從而既襯托出人物心境又豐富了作品情調。

《維萊特》結尾，是以自然力傳達情緒、暗示人物命運的典型片斷。「陰霾的天幕低垂——由西向駛來一艘遇難的船。亂雲飛渡、變成千奇百怪形狀。」對風暴氣氛的渲染，襯托出人物的驚恐與痛苦，凶多吉少的預報。在小說中，景物承擔了將抽象的情緒托之為形象化的具現，將心緒加以外化，並將內心世界進行對象化欣賞。小簡·愛眼裏的冬日孤獨饑餓的小知更鳥，正是她孤苦無援、寄人籬下憂鬱情感的對象化。以景寫情的方法，能使一些消極情緒與心理，通過自然風光這--自然間接媒介得到優美的表現。它使本來美的東西嵌上了一層美的色彩，使一些抽象的東西獲得了生動形象的表現。自然景物的引進，甚至還能使主人公與之構成一種審美關係。因為自敘體小說中景物描寫是運用人物透視法，即：景物總是通過人物的眼睛去透視的，而不是通過

作家的眼睛去透視的;它們是人物此時此地所看到的景物,而非作家此時此地所見的景物。人物從中產生出審美情感——人類情感中較高層次的情感,它既利於表現小說主人公敏感的心靈與豐富的內涵,也增添了作品的情調,加深了作品的美感效應。

自敘體小說中對景物的多重利用比比皆是,俯首即拾。如《簡‧愛》中的這段描繪:「明媚的仲夏照耀著英格蘭;天空如此明淨,太陽如此燦爛……彷彿有一群意大利天氣,像歡快的過路鳥從南方飛來,棲息在阿爾比恩的懸崖上。乾草已經收割過了;大路讓太陽曬得又白又硬,樹木鬱鬱蔥蔥,十分茂盛,樹籬和森林枝繁葉密,色澤濃重,和它們之間滿地陽光的明亮牧草地形成很好的對比。」這是簡‧愛眼中的桑菲爾德附近的鄉野。簡‧愛的多情而富有詩意的心靈,明快的心情與自然中這一切構成了優美的審美關係。多一層關係便為主人公心靈表現增添了一份豐滿,景物的情緒化使主人公的心緒得到優美的表現,為心態內容的表現助了一臂之力。

(7)凝重情調的熔鑄

夏洛蒂非常重視借其他載體表現人物複雜的情緒與心理。除自然之外,情調也是其中一種。所謂情調,是指情感作為一種情緒色彩,作為心理過程中的一種特殊性質的色調而表現出來。自敘體小說洋溢著十分濃郁的情調,它既為人物情緒所形成,同時又反過來自然地幫助人物表現情緒。並非每一部文學作品都具有情調,更不是每一部文學作品都具有凝重的情調。如奧斯丁作品呈現的便是輕鬆、愉快的情調。而夏洛蒂自敘體小說「沈鬱中帶有悲涼」的情調,既為人物悲慘的處境與憂鬱的性格所形成,又反過來幫助人物表現內心的孤獨,心靈的寂寞,世態的炎涼。所謂「沈鬱中帶有悲涼」的情調,在作品中主要體現為:人物心境的憂鬱與寂寞;環境的陰冷荒涼;人與故事本身的淒慘與不幸,結局中點染的悲涼色彩。由於上文對這幾點分別有過論述,因而

不再重複。

　　三部作品帶有相同情調，然而卻又有著一定差別，主要體現為程度上的差別。《教師》、《簡‧愛》、《維萊特》共有的「沈鬱中帶有悲涼」的情調依次由暖色調向冷色調發展，悲涼氣氛愈來愈濃。

　　如果説威廉一切較為順利，未曾經歷什麼大不了的痛苦的話，《簡‧愛》中簡‧愛則曾陷入絕境。她經歷了最為絕望的痛苦，體驗到了最典型意義上的樂極生悲，經歷了饑寒交迫、披星戴月的山林野外生活，甚至乞討以求生存。同樣，如果説簡‧愛畢竟曾經歷過最為快活、最為幸福的極樂境地，畢竟品嘗了只有像她那樣的多情女子才能達到而為一般人所不及的對愛情美滿的深切體驗，她的一生中畢竟有一段寧靜而幸福的時光的話；那麼，相形之下，露茜則抑鬱終身，淒慘色調更重。這些情調襯托了人物心境，優美地表現了人物情致，獨特地展現了人物的心緒天地，是為內容服務的。

(8)情節的單線索延伸

　　夏洛蒂自敍體小説的情節是以單個人物的人生經歷與變遷的單一行程構成的。三部自敍體小説分別以威廉、簡‧愛、露茜的生活史為線索，情節則由一個個環境中的生活片斷相加而成。譬如《教師》的情節，可根據威廉生活經歷劃分為小職員生活，小教員生活，與弗蘭西斯結婚後的家庭生活幾個片斷。《簡‧愛》由簡‧愛的四個階段的經歷構成：里德舅母家的寄居生活；勞渥德慈善學校時期的生活；桑菲爾德莊園的家庭教師生活；沼屋的生活。而各個階段中簡‧愛周圍的人物基本上互無聯繫，只與主人公進行單獨聯繫。譬如：里德舅母一家只與簡‧愛發生聯繫，而和後來與簡‧愛有關連的羅切斯特、聖‧約翰一家毫無往來，後者也只與簡‧愛單獨發生聯繫。不像莎士比亞、巴爾札克、托爾斯泰等作家的作品中往往採用的是多條線索平行發展，眾多人

物之間關係錯綜複雜，包容的社會內容異常廣泛。相比之下，前一種情節結構更適宜於自敘體小說表現單個人物的心路歷程與人生故事，因為多線索結構容易分散讀者對主人公命運的關注，作者也需面面照應。而線索單一的自敘體小說便於作者集中筆墨、專一地表現主人公的情感與心路歷程，既不分散作者的思想，也不分散讀者的注意力，無疑，自敘體小說對這種單一情節線索的運用，也不知不覺地使之成了表現內容的有意味形式。

(9)缺陷的反面觀

有些批評家指責夏洛蒂自敘體小說缺乏幽默輕鬆的情調，也有人說它情節不嚴緊、結構鬆散等等。我們從另一個角度來看這些缺陷，就發現這些恰恰說明了自敘體小說心態激情的風格。因為幽默的產生是需要距離的，柏格森在《笑的藝術》一書中專門論述了笑的產生，喜劇的產生，都需要有距離感。而自敘體小說中作家自我與作品中的「我」關係密切得幾無間隙。夏洛蒂是那樣如癡如醉地與筆下人物難解難分，完全沈醉於作品中主人公形象，往往都是作家的自傳性形象，無論威廉、簡・愛、或露茜，都是作家對自我的寫照。喬治・桑塔耶納曾指出：「我們對人們的同情愈少，對他們愚行的欣賞就愈細緻。諷刺的樂趣非常近似殘酷無情。我們所愛的人們的缺點和錯誤絕不會使我們感到愉快。事實上，我們絕不會喜歡從諷刺的眼光來看自己的人格，或者任何我們真正愛慕的人。」[26]顯然，夏洛蒂也不會採用幽默諷刺的筆調來描述她與她所愛慕的人的故事，情節的不嚴謹，也同樣是由於作者過於醉心於她所講述的事情，醉心於傾訴心中的積鬱，而忽視了情節連貫。這種忽視本身就凝聚著藝術家的情感。形式的粗糙，更顯示出富有激情的作家的「得意而忘形」。羅丹在《藝術論》中也說過「真正的藝術是忽視藝術」、「要點是感

㉖　桑塔耶那《美感》，中國社會科學出版社，1982年，第173　174頁。

動，是愛，是希望，顫慄，生活。」夏洛蒂自敘體小說外在情節鬆散，卻有氣韻，有情感，有內在的節奏。她的不講究藝術形式，只注重內容，也說明她不是奧斯丁那樣的冷靜、客觀地精雕細刻的作家，而是心態激情澎湃的重主觀情緒的作家，她的美原則正符合黑格爾的一句話：「藝術的真正職責就在於幫助人認識到心靈的最高旨趣」。[27]也有人指責她的自敘體小說超現實因素過多。從另一方面看，引入一些瘋魔或怪誕的超現實想像，的確能成為強化情感表現的有效手段。作品中的一切形式都是適合內容的形式，手法的選擇都與內容具有一種內在的關係，構成和諧的有機體是最為重要的。

以上，從九方面論述了自敘體小說表現手法，藝術技巧上的心態化傾向。不可忽視的是作品中還存在另一種表現方法，即為表現客觀外在世界而採用的客觀類比、素描等典型的現實主義手法。如對每個人物的外型、衣著都得來一番交代，主人公平凡外貌，總要受到純客觀描述，對細節的真實描寫，對典型環境、典型人物的精心刻畫。但所占比重並不多，沒有主觀情緒感染的純粹描寫則更少。況且中國文學界歷來是將夏洛蒂劃歸為批判現實主義作家，在這一方面論述的在同類作家的評述中，比較多見，在此從略。

4.在世界文學座標中

屠格涅夫說：「我認為，也在一切天才身上，重要的是我敢稱之為自己的東西的一種東西，重要的是生動的、特殊的個人所有的音調，這些音調在其他人的喉嚨裏是發不出來的。」[28]夏洛蒂自敘體小說，即便置於整個世界文學背景上，也是獨具一格

---

[27]　黑格爾《美學》第1卷，商務印書館，1982年，第17頁。
[28]　轉引（蘇）赫拉普欽科《作家的創作個性和文學的發展》，上海人民出版社，1977年，第28頁。

的。主觀感覺世界與客觀現實世界並存，心界激情與物界現實交滙。創作技巧上既有心態化傾向，又滲透著現實主義典型化手法，因而它在世界文學座標中是居於心態風格與現實主義風格的交叉重合地帶，從而具有多元性特徵。面對這一座複雜的藝術宮殿，人們往往從中看到不同的特徵，發掘出不同的東西，得出不同的結論，也確實是見仁見智、觀點雜陳。

由於「現實世界」是自敘體小說的重要組成部分，尤其重現實主義的文學史體系，使一些研究者對夏洛蒂自敘體小說作出了「批判現實主義作品」的選擇。西方的勃氏評論家劉易士等雖不曾如此定義，卻曾指出自敘體小說成功的秘訣在於它的現實性。

自敘體小說中感覺世界的活躍，尤其濃郁的主觀心態色彩，也使一些二十世紀勃氏研究者對它作出了主觀主義的界定。伍爾芙說過，夏洛蒂只寫「我愛、我恨、我痛苦」的主題，因而是主觀主義作家，塞西爾甚至認為夏洛蒂是喬伊斯等現代主義意識流小說家的鼻祖。

自敘體小說寫孤單的個人，這些個人又均屬浪漫型氣質的人物。人物憂鬱孤獨的靈魂，馳騁奔放的激情與豐富的想像力，作品中誇張的離奇情節，又使得一些評論界人士將夏洛蒂歸入浪漫主義陣營，認為自敘體小說是浪漫主義佳作。

這些不同甚至完全相反的界說，本身就說明自敘體小說多元建構特徵。表現客觀的一派與認為作品主觀的一派的對立並存，也佐證了自敘體小說中現實世界與心態世界的並存。因此，有必要將自敘體小說置於世界文學全景中，以現代主義、浪漫主義、傳統現實主義、心態小說等作為參照物，來進一步論述它的心態現實主義獨特風格。

(1)與現代主義文學特徵相參照

現實主義名目繁多，隨便羅列幾種就有古典現實主義、批判現實主義、自然主義現實主義、多邊現實主義、魔幻現實主義、

心理現實主義（指意識流作品），社會主義現實主義等等，無論其中的哪一種，應該說以反映現實為其共同特徵、主要特徵。我在本節意義上提出的「心態現實主義」也不例外。所以，我將力圖說明自敘體小說的實質是現實主義而非現代主義的。

自敘體小說中有許多表現主觀情緒的部分，在小說中也是至為重要的部分，但畢竟只是作為一個方面——心態世界而存在。而自敘體小說中自我情感、自我心理的描寫與現代派作家表現自我並不完全相同，甚至有很大差別。

自敘體小說主人公表現自我情緒、自我心理的主觀內容往往是以客觀為基礎，以「感物」為根柢的。如果沒有現實生活中的痛苦，沒有客觀外界的刺激，也就不能震盪心靈，因為自敘體小說中任何一種情緒都能從客觀現實中找到原因，都不是無緣無故地湧現。人物的消極情緒都是由他們所處的社會地位與外在的環境所致。儘管情感活動有著全人類共同的表現形式，但情感內容在不同人身上有著不同的傾向，也是受主體與客體關係的不同所決定的。以威廉、簡·愛、露茜的各種孤獨、憂鬱、自卑、惆悵等情緒為例，我們可以看出它們與客觀現實的直接聯繫。這群主人公的家境，決定了他們是沒有錢的下層人。無論政治地位、經濟地位、社會地位都十分低下，這種地位成了不可克服的障礙，成為一種注定的枷鎖，套在本身是自由的心靈上，他們一來到這個世界上就被剝奪了重新選擇的權力。「在這種不自由的情況下，就可能造成出身階級替個人所決定的地位與他的精神文化及其連帶的合理要求之間的衝突。」[29]如果奴隸只具有奴隸的才能，下層人只有下層人的能力，也就難以構成衝突。這便有點近似於列寧所說的那種「十足的奴隸」，即「不意識到自己的奴隸地位而過著默默無言、渾渾噩噩的奴隸生活的奴隸」，也就是只配做

---

[29] 黑格爾《美學》第 1 卷，商務印書館，1982 年，第 266 頁。

奴隸的奴隸，在此類人物身上自然不會產生衝突。

而自敘體小說主人公雖然地位低下，卻在教養、知識、能力，和思想方式、情感方式等方面超過了一般的人。如果按照他們精神方面的能力與實際才幹，則完全能跳過下層人受奴役受歧視的這堵天生而來的「牆」。但現實社會中金錢萬能，門閥觀念等使他們無法跳越過去。單槍匹馬、勢弱力薄的威廉、簡‧愛、露茜自然無法與整個社會頑固的法律與習俗抗衡，他們的抗爭是那樣地無足輕重，致使他們心中自然產生出沈重的壓抑感。這種永遠沒有希望獲勝的抗爭，是他們產生憂鬱孤獨、自卑等情緒的基礎。正如海涅所說：「多情善感是對於物質的失望，這種物質它本身並不充足，而在嚮往著美好的東西，嚮往著捉摸不定的情感。」[30]

意義與形式

可見，瞬息萬變的自敘體小說中主觀情緒與客觀現實有著直接而辯證的關係，這就決定了它從根本上有別於現代派文學。因為後者往往忽視客觀存在，推崇純主觀表現，與自敘體小說中具體理性情緒的表現不同，現代派文學重在非理性的發洩，也不需要具體事件的刺激，如《等待果陀》，人物兩個，無姓無名，均用代號，「哥哥」、「弟弟」。他倆在舞臺上語無倫次，動作荒誕，毫無道理，表現的是荒誕的抽象，沒有具體環境，不受任何局限的普遍情境下的絕對抽象物。

其次，自敘體小說反映的基本是一種情境的衝突。人與環境抗爭，人在為改變一出生就固定無法改變的處境作努力，為此自強不息。他們所處的環境也是一種具體可感的環境，現代派文學中的環境往往不是具體的社會環境，只是抽象的東西，一種具有象徵意味的抽象物。《等待果陀》幾乎沒有清晰環境可言，《變形記》也只寫了人變蟲的故事，讀者看不出故事發生在何時何

---

[30] 《盧卡契文學論文集》（二），中國社會科學出版社，1981年，第32頁。

地。這種抽象性顯然與自敘體小說中環境的具體性是相對立的，因而第二，環境在現代派文學中成為一種不可戰勝的異己力量，它是抽象的，不可捉摸的，所以人在環境面前感到軟弱、渺小、無能為力，從而導致了與簡・愛積極進取的樂觀精神相對照的悲觀主義。並且這種悲觀主義還不同於以往的悲觀主義，它是一種「世界悲哀」，對人類的絕望，《等待果陀》是表現這種世界悲哀的典範之作。

再次，自敘體小說中即便表現孤獨、痛苦哀傷、絕望的情緒，其意境總是很美的。陰森森的莊園或荒涼的山丘，都讓人感到美的生機，因為它們被注入進取主人公的勃勃生氣與優美的情感色調。任何索然寡味的地方在夏洛蒂自敘體小說中卻因為人的力量與情緒感染而有了靈性。自敘體小說「深味濃墨的悲涼」不致於使人心寒，描寫「寒凝的大地」也讓人看到「春華」發生。現代主義文學作品往往較少顧及意境，單從某些作品的標題《噁心》、《嘔吐》等便可略見一斑。現代派作品刻意追求一種怪誕、畸形的刺激，著意描寫那些怪、黑、亂、醜的形象。美麗的蒙娜麗莎被大畫家杜桑繪上了鬍鬚，有的現代派畫家甚至從垃圾中找得來骯髒美。

還有，自敘體小說根據人物性格本身的發展來描寫人物，人物的性格發展具有一種讓人信服的邏輯性，在抒發感情時，也講究節制，而現代主義文學原則是否定理性，倡導非理性的發洩，因而不必有嚴密的邏輯性，採取「拼湊法」（盧卡契語）、「剪接拼合」是現代主義的特徵之一，它忽視整體、忽視邏輯、重視意識主觀流動。盧卡契說，在喬伊斯筆下的主人公意識中「形象地表現了那種破碎性，那種間斷性，那種戛然而止和空空如也」。[31]我並非要在此比較誰優誰劣，我旨在強調兩者的不一致，

---

[31]　《盧卡契文學論文集》（二），中國社會科學出版社，1981年，第7頁。

從而說明了自敘體小說的本質特徵是現實主義的。

(2)與浪漫主義特徵相對照

有目共睹，夏洛蒂自敘體小說中表現出奔放的激情與豐富的想像力。有人甚至說過：「夏洛蒂在自己心中儲存的激情，足夠十個人的容量，足夠寫出充滿一個圖書館的小說。」[32]加之作者對大自然的青睞，更豐富了作品中浪漫主義因素。吉・凱・切斯特頓認為夏洛蒂的巨大貢獻在於通過最低的現實主義達到最高的浪漫主義。我認為正像一切現實主義作品中都包容有浪漫主義因素一樣，夏洛蒂自敘體小說中不乏浪漫主義因素也是不奇怪的。所以，我們不能就此判定她是浪漫主義作家。我們一旦進入作品的深層，對作品從整體上把握，而不作零星表層羅列的話，就會發現，儘管自敘體小說帶有浪漫主義色彩，但其實質的東西更多地仍屬現實主義。

意義與形式

黑格爾說：「浪漫型藝術的出發點是孤立主體的無限性」。[33]浪漫主義文學強調獨立主體，作品的主人公往往孤身一個，既沒有被置於社會聯繫之中，也沒有出身、來歷、生存環境等細緻的交代。具體從拜倫筆下的恰爾德・哈羅爾德到雨果《巴黎聖母院》中的吉普賽女郎愛斯梅哈爾達，都是如此。自敘體小說中的「我」儘管也孑然一身，形影孤單，然而並未被作家孤立起來，卻是讓他們活動在具體而真實的現實環境中，將他們置於廣泛的經濟、政治等各種社會聯繫中。威廉、簡・愛、露茜無一不是帶有歷史文化的積澱，又具有鮮明的時代感，被打上階級的烙印，留有現實社會痕跡的個體。將人置於社會聯繫中進行觀照的寫作方法，本身就是現實主義文學最為顯著的特徵。

馬克思說過：「人的本質是人的真正社會聯繫」、「人是一

㉜　轉引自阿尼克斯特《英國文學史綱》，人民文學出版社，1959 年。

㉝　黑格爾《美學》第 2 卷，商務印書館，1982 年，第 343 頁。

切社會關係的總和」。[34]列寧也一再強調：「為了確實認識一個對象，人們必須掌握和研究它的一切方面，一切聯繫和媒介」。[35]

夏洛蒂自敘體小說中的主人公正是這種「一定歷史條件和關係中的個人」，他們都被編入了社會關係的網絡。首先，他們被明確了所屬的社會階層，本身就反映出社會關係。作者進一步具體化，寫出主人公與路特小姐、貝克夫人、布洛克赫斯特等這類統治勢力的代表人物的衝突；也寫出了他們與闊親戚的決裂。不可否認，自敘體小說中所描寫的社會聯繫的廣泛性與托爾斯泰、巴爾札克等舉世聞名的現實主義大師對社會現實進行全方位掌握相比，顯得遜色不少，正因為如此，也決定了夏洛蒂不能成為巴爾札克那樣第一流的完全意義上的現實主義文學巨匠，但是，她具有了一些其他的因素，形成了自己的一種風格。

其次，自敘體小說主人公威廉、簡·愛、露茜的奮鬥歷程，是尋求自我解放的歷程。通過自我奮鬥實現自我理想，他們對自身解放的追求與人類社會歷史發展的方向是同一的，與現實中社會歷史進程是同步的，因而有著深刻的現實意義。馬克思說過：「任何一種解放都是把人的世界和人的關係還給人自己。」實現自己的本質，是人類生活的目的。自由作為人的目的，它的本質恰恰是一種永恒的手段，一種永不滿足的永不停息的追求。自由作為人的本質不是一個靜止的事實，而是一個人類的連續不斷地自我實現與自我創造的過程。自敘體小說主人公正是尋找自身解放的自我奮鬥典型。他們積極的個性、執著的追求，充分體現了先進的社會傾向與革命階級的進步要求，這是他們個性中最為本質的東西。他們的追求與人類歷史進程同一，因而也具有歷史的必然性。但歷史的必然要求往往又與現實生活中無法實現自我之

[34] 〈費爾巴哈論綱〉，《馬克思恩格斯選集》第 1 卷。
[35] 《列寧全集》第 8 卷。

間發生衝突」，[36]從而產生出悲劇，此乃小說主人公悲劇命運誕生的根源。值得注意的是，有些自敘體小說並沒有形成悲劇的結局。誠然，三部小說都散發著濃郁的悲涼情調，但最終被接上了光明的尾巴。能看到這種悲劇性衝突並表現這種衝突本身，體現了夏洛蒂掌握現實的現實主義思想高度，可給主人公悲涼的人生加上一個大團圓結局，又體現出作者思想的局限性。

再次，自敘體小說中存在著一個極為真實的「現實世界」，有人甚至將《簡·愛》的前半部與《教師》統稱為現實主義的。不管這種劃分正確與否，總之，人們也看到了其中現實的客觀描寫。它的環境真實、細節真實、人物的真實都一致獲得人們的好評。一切都通過主人公心靈的窗口得到展現。可見，自敘體小說中遵循的更多的是真實地反映現實的現實主義原則，而非浪漫主義的整體構思。

(3)與心態小說相對照

自敘體小說與心態小說有相似之處，卻又仍有差別。所謂「心態小說」主要是指意識流小說，它與夏洛蒂自敘體小說的主要區別在於：

首先，心態小說中心理時空特別大，相比之下，物理時空則尤其小，人物意識往往是在短暫的時間內馳騁到十分遙遠的過去與將來，物理世界中的一頃刻，心理世界卻可能是「故國八千里，風雲三十年」。換句話說，也就是「空間時間」上流動小，「心理時間」上流動大，它往往採取自由聯想的方式。自敘體小說中兩者差別不大，物理時間與心理時間跨度較接近且同步發展。它採取的不是自由聯想式的視點流動方式，而是戲劇式的場景變化方式。視點在縱向流動中，不時讓它在一個橫斷面上停留下來，展開現實生活中富有典型性的片斷，視點繼續縱向流動，

---

[36] 〈費爾巴哈論綱〉，《馬克思恩格斯選集》第1卷。

又在另一個橫斷面上停下，依時間先後順序發展。可見，心態小說以意識流動為線索，發展故事情節，而自敘體小說依然是依時間順序先後展開故事。

其次，由於心態小說物理時空極小，心理時空極大，因而思緒得以任意馳騁，造成物理世界中時序顛倒、雜揉。如伍爾芙《牆上的斑點》，一切都隨著情緒變化而變化，想到哪即寫到哪，情節的淡化為心態小說的一個重要特徵。而自敘體小說中情節線索非常明瞭：開端、發展、高潮、尾聲，項項皆備，為典型的傳統表現手法。

再次，心態小說中，一般對人物所在的客觀環境不夠重視，著墨很少，重視的只是心理環境。心理環境往往帶有不穩定狀態，變幻莫測。自敘體小說具有固定的客觀現實環境，人與環境關係密切，而且客觀環境中的各個構成要素具體而明確，注重現實的明確性與客觀的真實性。心態小說中現實環境比較簡單與模糊，有時就在一輛汽車上，或坐在客廳裏，思緒奔騰，不具備現實主義意義上的典型環境。

(4)與描摹生活的客觀現實主義對照

所謂客觀現實主義，主要是指採取外視角記錄員式地不帶任何情感傾向的客觀描寫現實類型，奧斯丁比較典型。這類作家特別理智與冷靜，不輕易流露情感色彩與心理傾向，採用的是實錄方式，追求的是妙肖自然。自敘體小說儘管也是反映現實的，卻融進了主觀的因素，加上了主人公心靈窗口這一媒介，從而主觀性濃烈，感受性更強，與前者相比，雖然同是反映現實，卻是一種心靈化了的現實，帶有心態色彩。前者是純再現，後者在再現的同時，融入了表現的活力。

客觀型現實主義作家往往不太重視自然景物，而夏洛蒂小說中人、社會、自然三管齊下，加深了作品的蘊藏量。這一特徵可

以說是在她之前的英國現實主義作家作品中從不曾見到過的。菲爾丁、奧斯丁等早期現實主義作家都重視寫人、人與人之間的關係或人與社會的內部聯繫，但卻不怎麼寫自然。偶爾有一點的話，也只是作為一種背景性的靜物出現的。笛福有所不同，在《魯賓遜漂流記》中，他寫下了人與自然的搏鬥。但這裏的自然，其一，與自敘體小說中的自然有很大的區別，自然是作為人的征服對象出現的，而自敘體小說中自然是作為人的親密朋友出現的。其二，《魯賓遜漂流記》描寫的故事發生在荒無人煙的孤島上，遠離了文明，遠離人類，因而在人、社會、自然三者中，又缺乏了社會的因素。夏洛蒂自敘體小說注重將人、自然、社會密切結合在一塊，自然不僅被利用來表現人、襯托人，有時也具有它的獨立意義，成為小說中與社會、與人並列的一種獨立因素。

與客觀現實主義作品相比，自敘體小說更多地突出了人，前者更重視現實客觀實在；自敘體小說更重人的心理，而前者更重人的行為；自敘體小說著重於社會心理的探索，從而達到反映社會現實的目的；而客觀現實主義作品更重人與人之間社會關係、經濟關係、社會習俗等的描寫，達到反映社會現實的目的。

以上四組對照，論述了夏洛蒂自敘體小說心態現實主義風格。我想再從語義上作點論述，即，為什麼「心態」又能與「現實主義」連在一塊，一個極為主觀，一個極為客觀，竟然能合在一塊，冠之以「心態現實主義」？其實，現實的疆域早就應該拓寬了，它不僅僅是客觀的物質世界，也是主觀的精神世界。社會生活既包括世事滄桑，也包括心態激變。既含有物質活動，也含有精神活動，而且物質生活水平的提高，將使人的精神世界、精神生活更加豐富，因而精神世界愈得到人們的重視，有識之士早就看到了這一點。德國的 P．德特梅林在《文藝學方法的心理分析》（1981）一書中認為：當被排斥的潛意識有了被認識的可能

性時，「精神過程就有了現實性，它使這些過程與外部世界現象有同等價值。」顯然，如果現實主義真實地反映不斷豐富發展的社會生活，心理生活就必須佔據一個重要的地位。夏洛蒂‧勃朗特自敘體小說正是把心態與現實相結合的典範之作。

對夏洛蒂自敘體小說提出心理與現實彼此越界的心態現實主義的界說，這不僅涉及如何評價夏洛蒂的問題，也涉及到怎樣理解現實主義的問題。其實現實主義並非鐵板一塊，但我們總有一種將現實主義作狹隘化理解的心理慣性。對自敘體小說心態現實主義風格的論述，可提供給我們又一正面例證。馬克思曾提出人類掌握世界的方式有幾種，其中藝術的掌握與哲學的掌握分明是兩種不同的方式，但我們在評論文藝作品時，往往喜歡用「反映論」套用到一切作品上，並加以最為機械的解釋。對於現實主義這一極為豐富的創作方法與遵循它寫下的作品，中國文學界習慣於將客觀臨摹現實的妙肖自然的作品才視為現實主義正宗。其實現實主義具有廣闊天地，有人說過，它甚至是一切生物學的基礎。此外，現實主義並非是一成不變的，它是一個運動變化的概念，它本身有一個歷史發展過程。僅「現實主義」一詞，隨歷史的發展，它的語義也隨之變遷從而形成了它自己的語義史。所以我們對現實主義的理解也不能故步自封。原始人精神生活、心理生活單薄，畫一些臨摹現實生活的狩獵圖，我們稱之為現實主義，那麼發展到現代社會，人們心理生活豐富了，自然它也是現實生活的重要構成部分，也成為現實主義文學描寫的重要對象，所以，心態現實主義完全可以成立。

另外，通過對自敘體小說心態現實主義風格的論述，也使我們看到文學中的現實主義、浪漫主義、現代主義等文學流派，大致可以分清，但在一部具體作品中卻是無法絕然分辨出各種因素，因為它們之間具有相通聯繫與重合的地方。我們不能在具體作品中一刀切，甚至定義此部分為現實主義，另一部分又為浪漫

主義等。他們在文學作品中是相互滲透與支持的。我們只能從整體上掌握作品，從整體上掌握作品的有機構成，而不為外在的所謂理論規條所牽制而割裂作品。

二、哈代的命運觀念在《黛絲姑娘》中的藝術化

托馬斯·哈代（Thomas Hardy）的威塞克斯小說，深刻地反映了英國農村在資本主義的滲透與侵襲下，農民階級的破產，宗法制社會結構的解體，以及在這一過程中鄉村人的悲劇命運。在他的這類「性格與環境」小說中，《黛絲姑娘》（*Tess of the D'Urbervilles*）是其中非常傑出的一部。

這部小說，特別地表現了女主人公黛絲的命運。黛絲——和諧地生活於宗法制田園生活中的美少女，很快就為新興資產階級的惡勢力所吞噬，被送上了斷頭臺，處以死刑。

一方面哈代客觀地表現了人物性格與環境的衝突，但同時，在對待黛絲的悲劇問題上，哈代又有著非常明顯的宿命論思想，因而黛絲的結局就有著宿命色彩。很多研究都提到哈代的宿命論思想受德國哲學家叔本華意志哲學的影響，在西方有人將《黛絲姑娘》看成是對叔本華哲學的一種戲劇化的演繹。[37]黛絲的悲劇，就像叔本華所強調的，悲劇不是人生的一部分，而是整個人生。在莎士比亞那裏，悲劇是由某一個不適當的行為引起的，這一個行為導致了悲劇，它使人生開始發生根本性改變，迅速走向悲劇。顯然，在莎士比亞的悲劇裏，悲劇只是人生的一部分，而在叔本華的悲觀主義哲學看來，整個人生本身就是一齣悲劇。因為生是一種原罪，生存是一種錯誤，死是一種解脫。黛絲就像千千萬萬個男男女女，從空空中來，受盡世間的悲苦滋味，然後又向

---

[37] Schopenhauer, *New Essays in Honor of His 200th Birthday*, ed. by Eric Von der Luft, p. 23.

空空中去。面對死刑，黛絲異常平靜，這與叔本華的悲觀哲學對哈代的影響有關，「死亡」並不是一種不好的事情，而是痛苦人生的一種解脫。整個人類是一齣絕大悲劇，而個人只是其中的匆匆過客，一切由命運主宰。

哈代的命運觀念，經過有效的藝術處理，融彙進作品整體之中，哈代的宿命思想的藝術設置，在小說中主要有以下幾種表現。

首先，哈代利用民間流行的一些古老民俗觀念來暗示命運，暗示一種超自然力的存在，在冥冥之中左右著人物的命運。

小說寫黛絲第一次去純瑞脊找亞雷家認親戚，回家時，亞雷給她的籃子裝滿了玫瑰花和草莓，胸前也插著玫瑰花，帽子上也插著玫瑰花。坐在車上，黛絲一低頭，冷不防叫胸前的一個玫瑰花刺兒扎了下。「黛絲也和布勒谷裏所有的鄉下人一樣，好作無稽的幻想，迷信預見吉凶的先兆；她覺得，叫玫瑰花扎了，是個不祥之兆，這是她那天頭一次覺出來的預兆。」

哈代的這種寫法，是有根據的，賽木爾·楚在《哈代評論傳》裏說：「哈代年輕的時候，威塞克斯還保存了許多迷信風俗，直到現在，還未全絕。預示吉凶先兆，為鄉下人永遠留意之事。鑰折鏡碎，為可怕凶兆。左耳鳴或喜鵲現，是要發生殺人案。黛絲叫玫瑰花扎了，便很不安。」

哈代在《黛絲姑娘》中多次描寫了這種預兆。又如：克萊與黛絲在教堂裏舉行婚禮後，準備駕馬車離開牛奶場的時候，忽然一聲雞鳴，打破了寂靜。老闆娘說：「過晌兒還有雞叫。」另一個工人說：「這可不吉祥。」過晌兒公雞叫，是英國鄉下人迷信為不吉利的事情，這也暗示著克萊與黛絲的婚姻是一樁不吉利的婚姻。

此外，哈代還多次直接在作品中表述他的一種輪迴思想，多次暗示或提到家族之內的善惡因果循環的存在。譬如，黛絲被亞

雷在迷路的森林中姦污之後，哈代就自己出來做了一些評點，「我們固然可以承認，現在這場災難裏，也許含有因果報應的成份在內。毫無疑問，黛絲‧德伯有些戴盔披甲的祖宗，戰鬥之後，乘興歸來，恣意行樂，曾更無情地把當日農民的女兒們同樣糟蹋過。不過祖宗的罪惡報應到兒孫的身上這種道德理論，雖然神學家們可以認為滿意，而按普通的人情看，卻不值得一笑，所以對於現在這件公案，絕對無補。」哈代不能斷然肯定這種輪迴一定存在，但他的這種述評，本身就表達了他的頭腦裏有這種意識的存在。

克里克老闆夫婦，給要離開牛奶場的克萊與黛絲提供了一輛大馬車，送他們去度蜜月。黛絲看著大馬車，有些心驚膽戰。她說：「這輛車彷彿我從前見過，彷彿跟它熟。」克萊說，在十六世紀或十七世紀，德伯家有一位祖宗，在自家用的大馬車裏，犯了一件嚇死人的罪，從那時起，德伯家的人，總是看見那輛車的樣子，再不就聽見那輛車的聲音。這件迷信事傳遍了全郡，因此，克萊斷定，黛絲是以前聽過這件事，因此，看到馬車產生聯想。但黛絲卻並不知道這個故事。後來克萊認為，這個故事怪陰森的，不願再說下去。這種神秘的插曲，對命定輪迴的觀念，也產生了一定的暗示作用。

哈代還將悲觀的思想注入黛絲的意識之中。黛絲與克萊在野外相遇，黛絲矇矓地表達了她「害怕活在世上」的思想。哈代描述道：「她用自己家鄉話裏的字眼，多少再加上一點達到了六年級所學的字眼，把這段心情，這段差不多可以說是屬於這個時代的心情——現代的痛苦，表達了出來。」黛絲說她自己與烏斯老人（指〈舊約‧約伯記〉中的約伯）同樣感覺到：「我寧願上吊，寧願死，不願生。我厭惡生命，我不願意永遠活。」還說：「知道了我也不過是老長老長的一列人中間的一個，發現了某一本舊書裏，也有一個正和我一樣的人，我將來也不過是把她扮演

的那個角色再扮演一遍，這有什麼用處？這只讓我難過。頂好別知道，你的本質和你以往作過的事，正和從前上千上萬的人一樣，也別知道，你將來的生活和要作的事，也要和上千上萬的人一樣。」「我後悔的是不該下生來看，不管在哪兒」。這些對人生的悲觀看法，正是使黛絲能平靜地面對死亡的一個重要原因，所以，臨刑前，她只是囑託克萊要娶她的妹妹麗莎·露。

哈代還通過對小說環境的描繪，融入一種命運觀念的意蘊。首先，哈代注重描繪環境的古老、悠久與傳統，這襯托出環境的一種恆久的品格與力量。「無數形如乳房的半圓形古塚，點綴在高原上面。」相比之下，每一個生活於其中的個人則顯得相對有限，這種背景的描繪是有利於表達哈代的命運觀念的。在描繪黛絲生活的布勒谷村時，除了表現它的地理地貌外，特別寫道：「這塊地方，不但地形方面富有情趣，歷史方面也頗有意味。」然後，以一個古老的傳說，說出這個地方的老地名叫「白鹿苑」，直到現在這個地方仍舊有古老的橡樹矮林與空心大樹等，可以看出當年那種情況的痕跡。哈代描繪這個地方的古老，「林苑已經一去不復返了，但是舊日林間樹下一些古風，卻仍然留存，有的改頭換面，有的另有化身。比如，五朔節的的舊風，以聯歡會形式出現。」

黛絲想找公婆，打聽克萊的情況，未能見面。回棱窟槐的途中，路過十字手的地方。「因為有一根石柱子，上面很粗糙地刻了一隻人手，豎在那兒，所以，這個地方才叫十字手，那根孤椿石柱，古怪、粗糙，不是附近一帶採石場裏岩層上面的產物。關於它（這個古物）的歷史、它的意義，一個人一樣說法。」後來，一個路人告訴黛絲說，那是一個不吉祥之物，很久以前，有個人犯了罪，被絞死在那裏。這種古物、殘跡，都負載著傳統的、文化的涵義，同時，它還被點染了一層超自然的神秘色彩，似乎它們已成為一種高於人類之上的神秘力量，預示著人的命

運。特別黛絲最後被抓獲之前，疲憊不堪的她，在曠野上的一群孤零零的石柱子組成的「懸石壇」上睡著的情景，更帶有一種命運的象徵。「懸石壇」似乎成了將黛絲獻給命運的祭壇。黛絲是從這個祭壇上被獻給命運之神的祭物。

鄉民的觀念，也是哈代所強調的。黛絲的母親常在她的口袋裏揣著一本磨破了的《命書大全》，這表現出時人對古老概念的崇尚。崇干牧師在告訴黛絲的父親傑克有關他家的真正身世時，他是考查過德伯氏的始祖，依據的是十五世紀的《紀功寺譜》、《度支檔冊》等典籍。

在對人物形象的處理上，哈代也同樣體現出了一定的為其命運觀念服務的傾向，這主要體現為，黛絲身上帶有一種一切順乎自然，或者說較為被動的傾向。如果，我們將黛絲與其他一些女性形象相比，就會覺得她缺少主體意識。她不具備作為小資產階級知識份子的簡·愛那樣的精神追求，也不像安娜那樣，是一個激情自我的形象。

黛絲似乎缺少豐厚的內心世界，典型地體現了女性形象的「空洞化」，她更多地是作為一個受動之物。自然美麗是她的外表，也是她的內涵，她就是一個「自然的女兒」。法國哲學家薩特說：「人確實是具有主體生命的設計者，而不是青苔、蘭花或花椰菜。」[38]然而，生長在農民家庭，從未走出過鄉村環境的黛絲，恰像生長在田野中的小草與野花，如果沒有人採擷，她則如同自生自滅的自然物，而一旦被人採擷，她的命運就為他人所決定、所主宰。

因此，與黛絲發生衝突的兩個男人決定了黛絲的命運。哈代將黛絲的命運，通過她與亞雷、與克萊之間的觀念衝突與災難性的事件體現出來。棱窟槐農場的機器化，工業化對農民殘酷的、

38　〔美〕W·考夫曼編《存在主義》，商務印書館，1987年，第305頁。
　　說明：《黛絲姑娘》所有引文均引自人民文學出版社1993年版本。

高強度的壓榨，農民階層的破產現狀，使掙扎中的黛絲找不到出路，走投無路的黛絲最後走向了她的命運不歸之途。

哈代在表現黛絲的命運時，是借助了現實社會中的種種關係。黛絲與克萊之間的衝突，是黛絲作為「自然的女兒」與克萊作為「不徹底的自然之子」之間的衝突。克萊厭惡城市生活與貴族的生活，嚮往鄉村的勞動與自由讀書的生活，他心靈的自然傾向，是他愛上黛絲的基礎；但克萊畢竟出生於牧師家庭，受過很好的教育，因此，他的內心深處潛在地存在著社會道德意識與社會價值標準，而不像黛絲，心中始終只有一個「自然」的標準。當他得知黛絲失身一事時，他的社會標準就出來發揮它的作用，黛絲也從他的虛幻理想化形象，而變成一個他不堪忍受的粗俗鄉下女人。亞雷是一個暴發戶的兒子，身上帶有新興資產階級的特徵，他缺少傳統的美德，甚至有著新興資產階級的惡行敗德，這與作為宗法制農村少女黛絲身上的道德純潔性是截然相反。作為一種商業化與工業化的產兒，他的反自然性與黛絲的自然性也是對立的，因此，黛絲是不可能愛上亞雷的，而且是比較敵視的。亞雷也是作為黛絲生活中的敵對力量出現的。與黛絲和克萊相比，亞雷又是強有力的，他是「有關力量的綜合體」。哈代借助現實之中人與人的觀念與實際的種種衝突，最後實現了他的命運觀念在黛絲身上的完成。

三、海明威短篇小說的戲劇變奏

海明威（Ernest Hemingway）的小說風格以簡潔而含蓄著稱，他提出了著名的「冰山理論」。他的小說語言被描述為電報式的語言。前者是以宏觀的文學創作為基點的，而後者是就語言方面而言的。那麼，對海明威小說的簡潔洗練風格，我想從另一途徑嘗試解讀，即從小說的結構上，來顯明海明威的小說理念與

小説風格。

短篇小説《弗朗西斯‧麥康伯短促的幸福生活》（*The Short Happy Life of Francis Macomber*，以下簡稱《幸福生活》）是海明威三十年代的作品。它是海明威的代表名篇之一。如果我們從小説的結構分析它，或者，更具體地説，從文學種類的滲透與交叉來透視小説結構的話，我們就會發現：《幸福生活》既是一篇短篇傑作，同時又是一個極好的戲劇劇本。

眾所周知，戲劇有一些不同於詩歌、散文、小説的獨有特徵，如：人物、場景、情節等高度集中，通過劇中人物的對話與行動展開情節等。而且戲劇的高度集中的要求，使它在緊湊等方面與小説的鬆散形成對照。然而，海明威的短篇小説《幸福生活》在結構上卻充分地具備了戲劇所有的特徵，獨特地呈現了海明威小説的簡潔藝術風格。

首先，從這篇小説的人物來看，它符合人物高度集中並且是「戲劇性人物」的原則。小説僅描寫了三個人，麥康伯夫婦和羅伯特‧威爾遜。這是一般的小説都不會出現的情形，因為小説以反映社會生活面的廣闊性而見長，通常表現的是一種相對複雜的生活與關係。他們三人之間的社會關係是：威爾遜是麥康伯與瑪格麗特夫婦雇用的職業獵師。他們的性格具有較大反差，足以引起波瀾、構成戲劇衝突。他們的行動有發展，情節衝突也有曲折。在小説開始的階段，從人物的對話與行動中，我們可以看出，麥康伯是一個沒有主見、沒有自信心的地地道道的懦夫：晚上睡覺聽到獅子在遠處的叫聲就嚇得膽顫心驚，早上去獵狩獅子，又嚇得逃跑了，這些都集中表現了麥康伯的主要性格——膽小、軟弱。而威爾遜的氣質與此相反，他具有獵人的勇敢、機智與精明。至於麥康伯的妻子瑪格麗特，作者並沒有正面寫她的性格特徵，而是從她對兩個男人的態度上側面體現出來：她瞧不起軟弱無能的丈夫但又要利用他的金錢，她公然在丈夫面前表現她

意義與形式

喜歡甚至崇拜果敢的威爾遜。

從中我們很快就能看到潛在的戲劇性衝突：社會關係與性格關係的不一致性，必將導致後一種關係對前一種關係的衝擊。那麼，小說發展的節奏如同戲劇一般快捷，衝擊的結果是社會關係發生的變化：麥康伯太太成為威爾遜的情婦；麥康伯在威爾遜面前的主人地位名存實亡；麥康伯明知妻子不貞，卻還要受制於她；麥康伯在世上最恨威爾遜卻又不得不討好、順從他。

但小說中的衝突再次發生逆轉，很快，通過麥康伯追趕野牛時一反常態，從懦夫變成了一個強者，使性格衝突又有了新的變化：麥康伯從那種常見的「五十歲還是一個大孩子」的美國人變成了真正的「成人」。麥康伯性格上的這種根本變化，引起了三個人感情上與態度上的變化：威爾遜「開始喜歡他」了，瑪格麗特變得對他的「輕蔑很難拿捏，她害怕著什麼」了。而這種性格和感情的變化，必然又要波及到他們現有的關係，引出新一輪的衝突。顯然，從威爾遜的「或許從此他可以不戴綠帽子了」的這種感覺，從他的「開始喜歡這個麥康伯了」的內心活動，我們可判斷出，他們將要實現真正意義上的主從關係了。瑪格麗特也不能再肆無忌憚地亂來而將改邪歸正了。

可惜這一切眼看要實現的關係，被瑪格麗特的槍聲化為烏有了。因為瑪格麗特意識到麥康伯沒有該死的恐懼了，她害怕對麥康伯的控制會受到威脅，所以她開槍打死了丈夫，結束了各種關係的衝突。上述人物及其關係的變化與發展都是頗具戲劇性的。

從情節看，《幸福生活》也具有戲劇的情節高度集中、簡約的特徵。小說只寫了麥康伯夫婦與威爾遜兩天內的打獵生活，線索單純顯明：開端、發展、高潮、尾聲，十分連貫、緊湊。如果說小說的開端是「端」出了麥康伯打獅子又被嚇跑這麼一件大大丟臉的事的話，那麼瑪格麗特將與麥康伯告吹並與威爾遜私通就是其發展，麥康伯無畏地打死野牛的性格突變和瑪格麗特將其槍

殺，結束了他的短暫幸福生活是全篇的高潮，然後急轉直下，瑪格麗特與威爾遜圍繞麥康伯的死的簡短對話則為尾聲。小說的這種情節線索簡約、主題十分鮮明的寫法，是非常符合戲劇理論的。清代戲劇家李笠翁説：「一本戲中，無數人名，究竟俱屬陪賓；原其初心，止為一人而設。即此一人之身，自始至終，離合悲歡，中具無限情由，無窮關目，究竟俱屬衍文；原其初心，又止為一事而設。此一人一事，即作傳奇之主腦也」。[39]顯然，海明威的這部小說是符合戲劇所要求的立主腦、去枝蔓的寫法的。

從結構看，《幸福生活》可以説是一種典型的戲劇結構。造成興趣和懸念，這是一切戲劇結構的核心與基礎。海明威的這篇小説能迅速讓人產生一種期待心理，並能使人保持這種期待心理到最終。《幸福生活》一開始就將能使觀眾全神貫注的主要因素端了出來：麥康伯去打獅子而被嚇得逃跑。它放棄一般小説往往具有的大量關於人物或環境的描寫，單刀直入，直接抓住讀者，吸引讀者思考：這會引起什麼後果呢？威爾遜作何感想？麥康伯自己的妻子又有何反應呢？所以，圍繞麥康伯的懦弱將會發生什麼，這是一個主要懸念。

然而，一齣戲，光有一個主要懸念是不夠的，還須有次要懸念才足以始終抓住觀眾的注意力。《幸福生活》也有很多次要懸念。譬如：威爾遜與獅子周旋時，勝負如何呢？麥康伯與妻子吵嘴，結果又怎樣呢？麥康伯知道妻子不貞時，又怎樣行動呢？麥康伯發生性格上的突變，瑪格麗特與威爾遜又有沒有變化呢？等等，這些都是附加在「全劇」主要懸念上的次要懸念。在《幸福生活》中，我們還能找到第三種純粹局部的、具體而微小的懸念因素，如：當威爾遜看到僕人好奇地看麥康伯，因而覺察到夥計知道了主人被獅子嚇跑一事時，使用土話喝斥他。麥康伯馬上

㊴ 李漁《閑情偶寄》，浙江古籍出版社，1985 年，第 7-8 頁。

問.:「你對他說什麼？」威爾遜在回答之前也給人造成一種懸念。又如，麥康伯半夜醒來發覺妻子從外面回帳篷時，問道；「妳到哪兒去了？」（事實上她與威爾遜鬼混去了），這種問話細節同樣產生懸念效果。[40]所以說，通過期待、興趣和懸念抓住讀者的注意力。《幸福生活》具備戲劇結構最基本和普通的特徵。

　　寫法上，這個短篇小說也極似戲劇寫法。它主要是採用人物對話的形式，作者始終沒有露面。小說中的人物都是從自己的語言和行動來表現自己的性格傾向。該篇小說有絕大部分篇幅是人物的對話，一部分篇幅是對人物動作行為的描寫，對人物外貌、環境與心理活動的描寫所占比例極少。那些極簡略的人物外貌描寫則相當於戲劇的人物表，環境描寫簡略得恰如戲劇的場景交代，而那一點點為數不多的心理活動描寫，一部分可作戲劇中的旁白，其他可作獨白處理。譬如，書中有幾處寫到威爾遜心想的是什麼什麼·說的卻又是什麼什麼，那麼想的部分用旁白，說的部分用對話就充分地表現出來了。總之，《幸福生活》整篇小說都不同於一般小說的寫法：沒有作者出來發議論，沒有深入的心理剖析，沒有大段大段的心理描寫，像其他小說那樣對人物或環境靜態描寫甚少，而基本符合戲劇的動態描寫的要求。尤其人物對話，也不像一般小說那樣大段大段，而是非常簡潔、明快、適宜於舞臺表演。另外，《幸福生活》場景也十分集中，除了帳篷之外，就是打獵的兩個戶外場面。

　　從戲劇衝突典型化方面看，《幸福生活》也很巧妙地處理好了戲劇衝突典型化所要求處理好的兩大關係：第一是偶然與必然的關係；第二是反映生活矛盾的深度與廣度的關係。第一種關係，主要體現在瑪格麗特槍殺丈夫這件事上。瑪格麗特坐在汽車

[40]　《海明威短篇小說選》，上海譯文出版社，第 223 頁。

裏觀看男人們打野牛，當野牛幾乎就要頂上麥康伯時，她用槍打中了她丈夫。這看似偶然，甚至還會讓人覺得也許她是朝野牛開槍搭救丈夫，而實際上卻包含著一種必然。而這種必然被威爾遜一語道破：「他本來也會離開妳的。」這種必然性在於，麥康伯由一個見獅子就逃跑的懦夫，變成了一個與野牛勇敢搏鬥的男子漢，從此瑪格麗特再也控制不住他了，那麼，他遲早會棄她而去的。所以，當她意識到這一層的時候，就扳響了手中的槍，這裏達到了一種典型的戲劇效果。第二種關係也處理得非常好。作者寫的只是一對夫妻與他們的雇傭獵師，在兩天內打獵的故事，卻深刻而廣泛地反映了現實社會的各種矛盾。所以《幸福生活》所反映的看似人物的性格矛盾，一般的家庭糾紛，實質上是整個社會矛盾的一種曲折的反映。

　　由上可見，《幸福生活》雖然是海明威的一篇短篇小説，但確實無須作太多的改動，就可以搬上舞臺。戲劇特徵與小説特徵在這裏高度融合，是一篇戲劇化的小説，它非常有力地體現出海明威簡潔明瞭與含蓄深沈相會通的藝術理念。從形式上，我們所看到的是洗練，而仔細去體悟，這只是浮出水面的冰山之一角，冰山的主體在水面之下，它需要讀者自己去將其勾畫與建構，這便是海明威，簡略的形式與深沈的內容，留給你去玩味！

第四章

現代小說

一、維吉尼亞・伍爾夫的理論宣言：〈現代小說〉

　　維吉尼亞・伍爾夫（Virginia Woolf, 1822-1941）的意識流小說試驗與其對現代小說的理論思考幾乎是同步發生的。一九一九年發表的〈現代小說〉（Modern Fiction），一九二三年的〈貝內特先生和布朗太太〉（Mr. Bennett and Mrs. Brown），是她的兩篇重要理論文章。後者被譽為意識流小說的宣言，成為了這一流派的旗幟。當然，從理論的角度看，它們還不是那樣地成熟與完善，但無論如何，讀者能從中體會到這位女作家對現代小說的那份誓不回頭的堅定信念，也能感受到她洞察到了傳統小說在新的歷史時期難以為繼的那份清醒與明智。無疑，這正是促使維吉尼亞・伍爾夫在小說創作的道路上另闢蹊徑、不歇地求新進取的強大內驅力。

　　維吉尼亞・伍爾夫倡導現代小說，意在對傳統小說觀念的顛覆。如果要提綱挈領地用一句話概括的話，可以說，現代小說從傳統小說的時間藝術轉換成為一種空間藝術。儘管她以現代小說觀念對抗傳統的文學陳規，但伍爾夫並不一味地厚今薄古，她能以一種歷史主義的客觀立場，強調現代小說與傳統小說的淵源關係，認為小說的「現代實踐，是在過去基礎上的某種改進」。對歷史上的作家，伍爾夫是充滿敬意的，她在文中盛讚了菲爾丁與簡・奧斯丁藝術風格的簡樸，謙遜地比較說：「我們並未比前人

寫得更高明，而只能這樣說：我們不斷地偶爾在這方面、偶爾在那方面稍有進展……我們沒有權利認為自己（即使是暫時性地）處於那種優越的地位。」①但維吉尼亞·伍爾夫又清醒地注意到，現代作家戰鬥的激烈程度（也就是當時幾位先驅者的戰鬥），要超過以往作家，伍爾夫指出個中原因在於，現代作家處於一個偉大的散文小說時代的開端。伍爾夫一方面看到了傳統小說與現代小說之間的聯繫，一方面又感到了兩者境遇的差異；一方面表達了對以往作家的敬意，另一方面更表現出對作為開拓者的現代作家先驅們的認同。

有所區分的是，維吉尼亞·伍爾夫對文學史上的作家懷著尊敬，但對現時英國文壇上仍然因襲傳統方式創作的作家，則堅決抵制與反對。在談到當時的三大現實主義風格的作家——赫伯特·喬治·威爾斯、阿諾德·貝內特與約翰·高爾斯華綏時，她情緒激昂，一改前邊的客觀、謙遜的態度而轉為「放肆」的攻擊，稱他們為「物質主義者」。威爾斯、貝內特與高爾斯華綏一直因襲著過去的現實主義的法則，他們被伍爾夫概括地稱為「愛德華時代的作家」。然而，對托馬斯·哈代與約瑟夫·康拉德，伍爾夫則表示了對他們的推崇與敬意，這主要是因為後兩位作家已突破了傳統現實主義的範式，吸取了一些現代思想觀念，做出了一些藝術上的探索，具備了一定的現代主義因素。

〈現代小說〉實際上是伍爾夫公開對三位「愛德華時代的作家」的質疑與發難。伍爾夫不無諷刺地給三位作家做出了這樣的定位：「曾經激起過不少希望，又不斷地令人失望。因此，我們主要是感謝他們向我們揭示了他們原來可能做到而沒有做到的事情，並且感謝他們指明了我們肯定不能做、然而也許同樣肯定不

---

① 《伍爾夫作品精粹》，李乃坤編選，河北教育出版社，1990年，第331頁。

想做的事情。」②這裏無疑顯示，伍爾夫認為三位大師的功勞僅僅在於他們具有反面教材的功能，能讓年輕作家引以為鑒，不再沿著過去的老路走下去：「英國小說最好還是（盡可能有禮地）背離他們，大步走開，即使走到沙漠裏去也不妨，而且離開得越快，就越有利於拯救英國小說的靈魂。」③因為伍爾夫認為，「他們寫了些無關緊要的事情，他們浪費了無比的技巧和無窮的精力，去使瑣屑的、暫時的東西變成貌似真實的、持久的東西。」④他們「為了證明作品故事情節確實逼真所花的大量勞動，不僅是浪費了精力，而且是把精力用錯了地方，以至於遮蔽了思想的光芒。」⑤這裏的批評指向他們僅關注瑣屑的物質層面的東西，伍爾夫也是因此稱他們為「物質主義」的。他們失卻的是思想的光芒，是靈魂，他們的心思用於效忠已經喪失了生命力的現實主義的套路。伍爾夫寫道：「作者似乎不是出於他的自由意志，而是在某種奴役他的、強大而專橫的暴君強制之下，給我們提供情節，提供喜劇、悲劇、愛情和樂趣，並且用一種可能性的氣氛給所有這一切都抹上香油，使它如此無懈可擊⋯⋯專橫暴君的旨意得到了貫徹，小說被炮製得恰到好處。」⑥伍爾夫認為，他們捨棄的是生活，拾得的是陳舊的規條，並且仍然堅持對規條的亦步亦趨為自己的目標。伍爾夫就此提出質疑：生活難道是這樣的嗎？小說非得如此不可嗎？

伍爾夫讓大家一起來審視生活的真實面貌，她寫道：「把一個普普通通的人物在普普通通的一天中的內心活動考察一下吧。心靈接納了成千上萬個印象——瑣屑的、奇異的、倏忽即逝的，或者用鋒利的鋼刀深深地銘刻在心頭的印象。它們來自四面八

② 《伍爾夫作品精粹》，李乃坤編選，河北教育出版社，1990年，第331頁。
③ 同②，第335-336頁。
④ 同②，第337頁。
⑤ 同②，第338頁。
⑥ 同②，第338頁。

方，就像不計其數的原子在不停地簇射；當這些原子墜落下來，構成了星期一或星期二的生活，其側重點就和以往不同；『重要的瞬間』不在於此而在於彼。」[7]伍爾夫提出一個「重要的瞬間」的概念，這一瞬間是指人內心的心理變化的瞬間，她認為它才是最應該被表現的，因為它比人物的年齡、外貌、性別和職業等外部特徵以及那些外部事件更為重要。之所以這樣，是因為生活本身所決定的。

伍爾夫提出了她的生活本質新概念：「生活並不是一副勻稱的裝備好的眼鏡，生活是一圈明亮的光環，生活是與我們的意識相始終的、包圍著我們的一個半透明的封套。」既然生活的本質如此，那麼表現這種本質的生活就成為了文學家的責任：「把這種變化多端、不可名狀、難以界說的內在精神——不論它可能顯得多麼反常和複雜——用文字表達出來，並且盡可能少羼入一些外部雜質，這難道不是小說家的任務嗎？」[8]而且在表現的方式上，要盡可能地忠實於這種生活的本質，也就是忠實於心理的真實，擯棄過去那種關注外部事件的題材決定論的思路，應該從細小的生活，從「瞬間」去捕捉生活的真正內容、真實內容。「讓我們按照那些原子紛紛墜落到人們心靈上的順序把它們記錄下來；讓我們來追蹤這種模式，每一個情景或細節都會在思想意識中留下痕跡；讓我們不要想當然地認為，在公認的重大事件中比通常以為渺小的事情中含有更為豐富與充實的生活。」[9]

這裏也是伍爾夫對傳統觀念的一個重要反駁。不再從外部事件、從大的事件中找題材，那些並不是生活的真實與本質。事實上，整個意識流小說，甚至可以說整個現代小說在這一點上都發生了逆轉——從重大轉入平淡，從外部轉入內部，從事件轉入內

⑦　《伍爾夫作品精粹》，李乃坤 編選，河北教育出版社，1990 年，第 338 頁。
⑧　同⑦，第 338 頁。
⑨　同⑦，第 339 頁。

心，這些與伍爾夫等人的搖旗吶喊是分不開的。

上述這些反撥，既是伍爾夫的現代小說宣言，也是對現代小說規範的建構。她認為以詹姆斯‧喬伊斯為代表的幾位青年作家正在艱苦地進行這種實踐，稱他們是與貝內特等「物質主義者」相對的「精神主義者」，他們是開路先鋒，他們樹起了新的路標。「與我稱之為物質主義者的那些人相反，喬伊斯先生是精神主義者。他不惜任何代價來揭示內心火焰的閃光，那種內心的火焰所傳遞的訊息在頭腦中一閃而過，為了把它們記載保存下來，喬伊斯先生鼓足勇氣，把似乎是外來的偶然因素統統揚棄，不論它是可能性、連貫性、還是諸如此類的路標，許多世代以來，當讀者需要想像他摸不到、看不見的東西時，這種路標就成了支撐其想像力的支柱。」[10]很顯然，喬伊斯就是伍爾夫所認定與推崇的現代作家，他所勾勒的現代小說的圖景也是伍爾夫所嚮往的。

伍爾夫在界定現代作家與現代作品時，她尋求了一個參照，那便是俄國小說。她認為現代小說比較接近俄國文學精神。因為在關注人的靈魂，關注人的內心這一點上，現代小說與俄國小說是相通的。在隨後發表的〈貝內特先生和布朗太太〉一文中，伍爾夫指出現代小說家們與愛德華時代的作家截然不同。愛德華時代的作家屬於傳統的作家陣營，他們「發展了一套適合他們的目的的小說技巧，他們締造了工具、建立了規範以達到自己的目的。但是他們的工具不是我們的工具，他們的目的不是我們的目的。對於我們，這些規範是毀滅，這些工具是死亡。」[11]伍爾夫看出愛德華時代的作家處於窮途末路，傳統範式也是窮途末路，再往那上邊走只能是「毀滅」與「死亡」。可見，伍爾夫是力戒傳統小說套路，「讓一代人的工具到下一代人的手裏變成廢物，是個多麼嚴重的問題」。

---

⑩ 《伍爾夫作品精粹》，李乃坤 編選，河北教育出版社，1990 年，第 340 頁。
⑪ 同⑩，第 356 頁。

但新的規範又還未建立與健全，這正是喬治時代的作家窘困的處境。在這種處境下，許多人還想或者還在依賴老的範式，伍爾夫認為，這注定是失敗。她例舉了福斯特與勞倫斯，因為他們早期沒有堅決扔掉這些工具而是想利用它們，因此而毀壞了他們的早期著作。但最終作家們自己的那份創造力是那樣地壓倒一切，「於是拆毀的工作開始了。於是在我們的周圍，在詩歌、小說、傳記，甚至在報章雜誌和散文之中，我們到處聽到土崩瓦解、倒塌、毀滅的聲音。這是喬治時代的基本音調——應該說是一種悲哀的聲音，如果回想昔日的和諧，想起莎士比亞和密爾頓和濟慈，甚至奧斯丁和薩克雷和狄更斯。」[12]

伍爾夫在緬懷與感傷這種拆毀的同時，在要遺忘掉莎士比亞等昔日的和諧的不悅之中，她又清醒地認識到毀滅中孕育著新生，死亡的悲哀中所推出的是新生命的苗壯，因此，她接著又充滿樂觀情調地寫道：「但我並不因此悲觀反而信心百倍。因為我認為，每當一種規範由於白髮蒼蒼的老年或枯黃的青年，而不再是溝通作者與讀者間的媒介，倒反而成為絆腳石與障礙的時候，這種情況是必不可免的。目前我們不是遭受藝術的衰落，而正是苦於沒有一套作者與讀者共同接受的行為規範作為建立更引人入勝的友誼序幕。」[13]可以看出，伍爾夫非常清醒，她真正焦慮與關注的是眼前的現代小說規範的初創與建立的艱難。

她看到喬伊斯與艾略特的創作實踐，所表現出來的氣魄與膽略，他們為了從根本上摧毀文學世界的老根基與規範，甚至會指向文法與句法的領域。在他們那裏，文法被破壞了，句法也煙消雲散。在語言上，他們更是表現出引人注目的偏激。伍爾夫認為喬伊斯的猥褻與艾略特的晦澀，都是故意謀劃的。他們都是真誠到不顧一切，勇氣大得驚人的人。他們對於社會上的老規矩和禮

---

⑫　《伍爾夫作品精粹》，李乃坤 編選，河北教育出版社，1990 年，第 359-360 頁。
⑬　同⑫，第 360 頁。

節，是多麼不能容忍。他們的行為所表現出來的，就像一個人在忍無可忍之中，為了呼吸而打破窗子。由於這種艱難，顯然在當時還不能期待誕生完滿的藝術品，因此，人們只好坐視這季度裏的失敗和破碎的東西。「我們要想到，當這樣多的力氣都花費在尋找說出真理的方式時，真理本身到達我們身邊時必定是憔悴疲憊而混亂不堪的。尤利西斯⑭、維多利亞女王⑮、普魯弗洛克先生⑯，這只是舉布朗太太最近使之聞名的幾個名字而已──在得到拯救時已經有些面色蒼白頭髮蓬亂了。」從這裏可以看出，伍爾夫並不認為這幾位現代小說家所創作出來的東西是十全十美的，艱難的開拓與不成熟的成果是連在一起的。

一方面，伍爾夫感歎道：「說實話，我真的嚮往那些老規矩，並且羨慕我們祖先的逍遙自在，他們不是在半空中瘋狂般地飛轉而是在陰涼裏著看書消磨時間。」⑰另一方面，伍爾夫也認識到新興的現代小說還達不到過去傳統的經典小說那樣的完美程度。她在回想起昔日的詩人莎士比亞和密爾頓等人之後寫道：「如果想起當年的語言，和自由的鷹飛翔的高度，再看看今天那隻同樣地捕獲了、脫毛了、聲音沙啞的鷹吧。」⑱伍爾夫心目中的傳統經典小說之鷹是一隻自由之鷹、高翔之鷹，而今日之新生的小說，同樣也是飛鷹，不過還見不到其矯健的身姿，還只是「脫毛了的、聲音沙啞的鷹」。伍爾夫意識到，新創的現代小說的不成熟與經典的傳統小說的完美是不可同日而語的。

伍爾夫最後呼籲讀者為現代小說這項良好的事業助一臂之力，暫時容忍一下它們的不成熟，容忍一下那些即興的、晦澀的、片斷的和失敗的東西。她大膽地預測現代小說的前景說：

---

⑭ 尤利西斯是詹姆斯·喬伊斯《尤利西斯》中的人物。
⑮ 維多利亞女王，為斯特拉契的《維多利亞女王傳》中的人物。
⑯ 普魯弗洛克先生，為艾略特《普魯弗洛克的情歌》中的主人公。
⑰ 《伍爾夫作品精粹》，李乃坤 編選，河北教育出版社，1990 年，第 361 頁。
⑱ 同⑰，第 360 頁。

「讓我做一個最後的和冒失得出奇的預言——我們正踏在英國文學的一個偉大時期的邊緣上。」伍爾夫對文學發展趨勢與未來走向的判斷上是頗具智慧與高屋建瓴的，對古代作家的肯定評價也是客觀公允的。尤其難能可貴的是，她能理智、客觀地看待她同類型的作家——一批現代作家的不足，給現代作家的定位也是令人心悅誠服的。同時，她還非常清醒地認識到現代作家暫時的困難，呼籲老一輩作家容忍新生文學形式與規範的不成熟甚至失敗。除了在〈現代小說〉中，伍爾夫提出現代小說與傳統小說的關係問題，現代小說與俄國小說的參照問題，現代小說的現狀，以及現代小說的基礎。伍爾夫在〈貝內特先生和布朗太太〉一文中，還對小說中的「人物」到底是指什麼，「真實性」問題的實質又是什麼等文學理論問題進行了頗具新意的探討。可以看出，伍爾夫的理論思維是非常全面而又十分深刻的。她在理論上的建樹是不容被忽視的，在其引領下，現代小說開闢出了一片全新的視域。今天我們回過頭去看，參照後現代文本，它們又將要成為人類文化中新的經典，成為人類文化與文學發展的豐富性與多樣性的一種標本與樣式。

二、意識的變線出征：《邱園記事》與《牆上的斑點》

維吉尼亞・伍爾夫早期的兩個著名短篇小說《邱園記事》（ *Kew Gardens* ）與《牆上的斑點》（ *The Mark on the Wall* ）是她的現代小說最早的實驗之作，也可以看作是伍爾夫對其理論的實踐，或者說從創作上對其理論所做的詮釋。兩部小說在所表現的心理內容與其藝術形式之間都具有新的建構，同時也是非常成功的建構。

伍爾夫在一篇文章裏說：「一部好小說不需要有情節；不需

要有幸福結局；不需要寫善良的可敬的人們；一點也不需要和我們所知道的生活相像。」[19]《邱園記事》與《牆上的斑點》都是這種無頭無尾的、著重於人生的「重要的瞬間」的小說。小說中對人物的年齡、外貌、性別和職業等特徵完全缺乏交代，而真正所關注的是人物在一個特定的時間與空間之點上飄忽不定、稍縱即逝的思緒與浮想，瞬間的印象感覺與沈思冥想成為了小說中舉足輕重的內容，這種瞬間之所以重要，是因為它包含著人物那一刻對世界的真實反應，熔鑄了人物對人生真諦的感悟。小說所展示的這種「重要的瞬間」，往往十分短暫的而又鋪陳開去，加上小說既無情節，又無人物的行動，因此很像是一個個「片斷」組成，具有散文化的風格，因為小說是通過人物因這一瞬間而生發無數複雜的印象、感覺、回憶與浮想而組織連貫起來的。

《邱園記事》篇幅不長，並沒有記事，它沒有記錄人們遊玩邱園，諸如划船、看花之類，事實上和盤托出的更多的是人們頭腦中的思緒，只是借邱園中的花壇這一特定的時間中的地點來展開，以它為依託、為軸心放射開去。儘管小說中各部分之間，更準確地說，是一個內容到另一個內容之間，還有些過渡，讀慣了傳統小說的人還較易於接受，但它絕對不是傳統類型的小說，而是一篇全新的現代實驗小說，它很像一篇美麗的散文。

首先，它的內容是散文化的，而非敘事型的。小說不由事件構成而由印象組成，這些印象而且還是零散的，不規則的、無條理的、朦朦朧朧的。就像作者在〈現代小說〉一文中所說的：「把一個普普通通的人物在普普通通的一天中的內心活動考察一下吧。」《邱園記事》就是普通人在普通的一天中，其心靈所接納的各種印象，它們來自四面八方。《邱園記事》中的人物接納的印象是雙重的。一重是作家的視野，他作為隱藏的人，接納花

---

⑲ 見《愛德華時刻》，塞繆爾·海因斯著，勞特利奇和基根·保羅出版社，倫敦，1972年，第32頁。

壇裏多種自然花草樹木的印象，同時也接納對各種走近花壇的人，不同年齡、不同關係的人之間的談話內容的印象、行為舉止的印象，以及對周圍的環境、氣候、聲音的印象及其相互連接到一起，所形成的一種交互的印象。同時，作品中還呈現出其中人物自身心頭的各種印象，對往事的印象，對自己見聞的印象等等，所有人物現實中的印象與內心深處銘記的過去的印象，構成了他們的生活本身，「當這些原子墜落下來，構成了星期一或星期二的生活。」伍爾夫如是說。

很顯然，伍爾夫在此確認了「意識」（也包括潛意識）在文學中的身分與中心地位，建立了它的同一性與整合性，這種原則的確立，自然就會使「重大事件」更具重大意義的文學觀念與「典型」論的觀點在伍爾夫這裏發生逆轉。伍爾夫認為細節與瑣屑更能體現人物的心理世界與生活的內容，上文中已經提到了她的主張，「讓我們按照那些原子紛紛墜落到人們心靈上的順序把它們記錄下來；讓我們來追蹤這種模式，每一個情景或細節都會在思想意識中留下痕跡；讓我們不要想當然地認為，在公認的重大事件中比通常以為渺小的事情中含有更為豐富充實的生活。」

《邱園記事》符合上述文學本質的理念，在表達方式上，它採取的也是切合這種理念的散點透視。

傳統小說一般都是有開頭，有結局的，一切都是在朝著某一方向發展的，沒有最終的結局，也會有暫時的結局，甚至還會在預示著未來的結局。傳統小說的內容往往呈現出非常有序的狀態，人們描繪著事態的發生、發展，還構想著它的結局，一切都顯得合乎秩序，合乎常規。這些都是與人們在心目中認定的社會秩序、社會發展方向有關係的。作家所有創作的事件只是這個理性的、有序的發展鏈上的一個環節。然而，二十世紀初的一場世界大戰，打掉了人們對社會理性的信念，非理性的哲學思潮迅速興起。各類自然科學的研究成果，也使人們開始懷疑自己對世界

的所謂清晰的認識與對其發展軌跡的設定的合理性。社會的急劇變化，價值觀念與生活本身的多元化，使社會本身、價值觀念本身都缺乏穩定性。不再有合理的、規則的社會發展的軌跡的設定，自然地就不會有開始與結局。沒有理性的秩序，自然也就不會有恒定的信念。一切都變成了無序的、混亂的、無意義的。生活中不容易有堅定的信念與恒定的追求，一切都在快速變化中，剩下的只能是一大堆心靈的印象，作為生活的真真實實的内容。這是現代生活的内容，也是現代生活的真實，所以，伍爾夫認為，上一代所使用的那一套規範與秩序到這一代手中變成了廢物，甚至是絆腳石，是毫不誇張的事實。現代小說應運而生，也是一種必然，伍爾夫注定要戰勝貝内特，同樣成了一種歷史的必然。

《邱園記事》以四對互不相識與相關的人物，漫不經心地逛花壇的片段，非常充分地表現了現代生活的無序、現代社會發展無法預測的困惑，其主要的基調是人與人、人與世界的不可知與隔膜。

如果説，第一對夫婦，各自想著自己的心事，給人的是一種「同床異夢」的隔膜感的話；第二對登場的男人，年齡大的説個不停，年輕的男人緘默不語，最後年輕威廉的臉上那種冷漠自若的表情也慢慢變得愈來愈嚴峻了。這種隔膜、冷漠與嚴峻，體現的是人與人之間的無法溝通與交流。

第三對走過來的是中產階級婦女，她們對前邊老頭兒的舉止摸不著頭腦，同樣襯托出現代人之間的不可理喻、不可理解。而她們兩人之間的談話，更是像囈語一般，誰都聽不懂，更預示著現代人注定是孤獨的，因為人無法了解除別人的思想與外界的真實。

第四對妙齡青年，則把這種不可知推向了極致。「什麼叫『那』呀？你這『那』字，意思指啥呀？」作者感歎「誰説得定

這些話裏不是藏著萬丈深崖呢？誰說得定這麗日之下，背面坡上不是一片冰雪地呢？」因為一切都變得不可知，一切都變得捉摸不定。因此，伍爾夫《邱園記事》四個片段的內容之間看似互不相干，差異很大，其實是協調和諧的，它們共同建構了現代社會的生活背景與生存現狀。

小說結尾寫道：「一雙雙一對對，從花壇旁不斷過去」，「一層又一層青綠色的霧靄，漸漸把他們裹了起來，起初還看得見他們的形體，色彩分明，可是隨後形體和色彩就全都消失於青綠色的大氣裏了。」這裏也象徵性地寓示著一盤散沙的現代社會缺乏道德感、榮譽感與崇高使命，人很難留下什麼非凡的成就與榮譽，人如同匆匆過客，孤獨的、空虛的過客。他們本身也沒有道德感、榮譽感與崇高感的內涵。

在〈現代小說〉中，伍爾夫寫道：「雖然我們深深地敬仰高爾斯華綏先生的正直和仁慈，在他的作品中，我們也還是找不到我們所尋求的東西。」實質上，伍爾夫在這裏之所以對高爾斯華綏的「正直」與「仁慈」略帶嘲弄的意味，是因為現代社會中已難覓「道德」與「仁慈」，它們更多地隸屬於傳統的社會，如果一味地堅持與堅守它們，只能成為脫離生活的一種一廂情願，或是失去內核的一種空殼。因此，伍爾夫感歎地寫道：「我們也還是找不到我們所尋求的東西」，即找不到現代生活本質的內容，難怪伍爾夫是那麼地不滿意這些健在的、堅守著「仁慈」與「正直」等傳統觀念與傳統藝術規範的現實主義作家，並對他們作出了毫不留情的鞭撻。伍爾夫自然會認為，她的一篇《邱園記事》，其中的那些瑣屑與平淡，也會比高爾斯華綏的「正直」與「仁慈」有價值得多，因為它們更接近生活與生活的真實。

《邱園記事》的散點結構符合現代讀者的趣味。這篇小說採用的四對人物相對獨立而又互相連接的拼湊結構。每一對人物自身的對話與動作就負載著一定的內容，而互相的毗鄰、連接，相

互的作用與影響，又會產生出新的載體，載負著更多的內涵與意義。讀者不僅能從每一對人物的言行本身讀出生活與感情，還能從整體上去感受作品的氛圍與作者的旨趣，甚至也能從各部分連接毗鄰的夾縫中，從邊緣去建構自己的體驗與想像。這種現代結構的小說，用接受美學的理論來看，它留有比傳統結構的小說多得多的空白點，讀者參與其中的餘地也擴展了許多，因此，接受美學稱，現代小說中，「隱在讀者」異常活躍，這些在《邱園記事》中顯然都是存在的。讀者有了較多的自主權，他能寬鬆地遊移於各部分之外，走進花壇，不時地去觀察蝸牛，去看青蟲，或是觀賞自然景色，或是深入每對人物的內心去窺視他們的思想與情感，也可以漫不經心地停留在每組人物初登場與剛退場的邊緣地帶放鬆一下自己的注意力。

另外，邱園記事除了對人對事的印象外，作者描述的對花壇的印象、對自然的印象更充分地表現了意識流小說的心靈色彩。伍爾夫在此對花壇內的花草樹葉與光和影的複合美的、細緻入微的描繪是極為出色，難得有能與之奪美的描繪。

如果說《邱園記事》是採取四對人物散點透視描述的話，那麼《牆上的斑點》則從頭到尾以一個人思緒的散點漫遊為內容，它通常被認為是伍爾夫第一篇純正的意識流小說。

小說圍繞著牆上的一個斑點展開，更確切地說，是圍繞著作家對這個斑點的思緒展開，因為斑點本身實在沒有什麼，它只是「一塊圓形的小跡印，在雪白的牆壁上呈暗黑色，在壁爐上方約六、七英寸的地方。」而「我們的思緒是多麼容易一哄而上，簇擁著一件新鮮事物，像一群螞蟻狂熱地擡一根稻草一樣，擡了一會，又把它扔在那裏……。」隨著「我」將之設想為釘子的印痕或是花瓣或小裂紋等，思緒隨之馳騁、轉換，最後，喧嘩的生活、戰爭的殘酷使漫遊的思緒被拉回到現實的日常情景中，種種

設想的遊戲與不同軌跡漫遊的虛境終於被打破了，哦，現實地去看那個真實的斑點，原來是一隻蝸牛。

《牆上的斑點》是作為一部純正的意識流代表作享譽世界文壇。它以一種全新的面貌出現，隨即就以其全新的面貌征服了讀者，征服了世界。

正因為它的新穎、它對傳統的反動，讓批評介面對它的啞然失語，找不到評論的語彙與概念。即使在今天，它的那份紛亂與雜揉，飄忽意識的無定向、無軌跡，仍然使人感到歸納與概括的困難。

美國心理學家威廉·詹姆斯《心理學原理》一書中指出：「意識本身並不表現為一些割裂的片斷。像『鎖鏈』或是『列車』這樣一些字眼並不能恰當地描述它最初所表現的狀態。它並不是什麼被聯結起來的東西；它是在流動著的。『河』或『流』，乃是最足以逼真地描述它的比喻。此後我們在談到它的時候，就把它稱之為思想流、意識流或主觀生活流。」[20]詹姆斯認為，意識是個人所屬有的，各人有各人的意識，從而構成不同的內心世界；意識是常變的，每一種心理狀態不會重複出現；意識是川流不息，連續不斷的。伍爾夫等作家接受了詹姆斯的觀念，放棄了對社會生活的物質活動與人類意識的理性層面的描寫，而轉向不受理性控制的潛意識。

當然，只描繪混沌未開的下意識活動，作品的面貌勢必混亂不堪，使讀者的理性無從把握。於是伍爾夫還是借助一點點的物質作支點，來穿綴無意識的散金碎玉，這個支點在《牆上的斑點》中也就是牆上的那個斑點。它是作為組織無意識的線索。現象實體——斑點只是精神實體——無邊無際的漫遊——的配角。敘述者幾次都從思緒漫遊的終端又回到斑點，再重新依新的設想

⑳ 《現代西方心理學主要派別》，遼寧人民出版社，1982 年，第 139 頁。

出征，一會如同進入了夢境，一會夢境突然隱逝，頃刻再轉入沈沈的睡意，幾個往復的軌跡，成了這篇小説所能掌握得到的脈絡。而無意識活動則在這條功能線上像脱韁的野馬馳騁。敍述者「我」的每一次思緒的漫遊無軌跡可循，有時讓人感到如同幻覺般天馬行空，跳躍式地向前躍進，一件事與一件事之間，一個對象與另一個對象之間，既無必然的聯繫，也無偶然的關連，甚至也不提供必要的過渡。它基本上撇開了現實中客觀存在物與外在的東西，除了偶爾回到斑點這一依託物之外，幾乎完全任人物的意識自在地、任意地、無需限制也無需依附地做著純精神性的流動。

伍爾夫讓讀者看到，人主觀意識的寶藏有多麼豐富，將牆上的斑點作一個稍微不同的假設，就會引出無窮多的互不相同的繽紛的思緒，正如伍爾夫所説的千萬個印象像原子一樣落入心頭。矯枉必須過正，女作家對此大概有所領悟，她對人物精神世界的強力推行，對客觀外在因素大刀闊斧的棄絕，使她將人物的意識的動感與美感表現到了極致，這份真實、這份過人的勇氣，不能不令讀者折服，不能不讓批評家們認可。因此，它一舉奠定了現代小説在英國的地位。英國現代小説能迅速地佔據自己的一席之地，基本上沒有與傳統勢力作過多的拉鋸戰，與《牆上的斑點》等實驗小説的成功開創是不無關係的。幾個年輕人能快速而又成功地顛覆自古希臘以來長達兩千多年的「模仿説」、「鏡子説」等正統的文學觀念與文學規條，應該説，《牆上的斑點》作為意識流小説第一炮的打響，也是功不可沒的。

《牆上的斑點》反掉的是傳統小説的時間性，純粹在精神、意識上建立空間，所以，它也是一部典型的現代空間小説。如果説《邱園記事》還具有一些敍事時間方面因素的話，那麼《牆上的斑點》在時間上只剩下一個點，即敍述者「我」在火爐前看著牆上的一個小黑斑的瞬間，小説在時間與空間上都是狹促的，與

傳統的敘事小說完全對立，僅在心理空間上延伸與發展。隨著敘述者將斑點假設為不同的東西，「我」的思緒的自由發展與想像的共同作用，建構起幾個並置的心理空間，它們互不相同又互相毗鄰，各個空間都有自己的主色彩，同時內部又包涵著無數的印象與感覺的細節，思想與感受的碎片。這裏沒有完整的故事，也沒有喜劇性、悲劇性、愛情事件以及符合公認格式的災難結局，敘述者「我」的意識成了小說的絕對中心與絕對權威，它任意地傾瀉、流動。從細節上看，有的小節似乎並無深刻的涵義，從印象上看，有的顯得是那樣地不經意，然而，所有跳躍所形成的一種整體感，則能產生效應，它能牽動讀者的思緒，引發讀者的情感。思緒飄忽的那份輕靈，似真似幻的那份意境，漫不經心中包含的執著，綿裏藏針的那份尖銳，遠離世俗的精神世界的那份純淨，都不能不令人驚歎！

　　《牆上的斑點》是一篇拓荒之作，無規可循，無矩可蹈。我以為，與傳統小說比起來，它更大的難度還在於其純精神性。應該說，講故事或編故事並不太難，何況還有多少代前人可以參照與借鑒。描摹現實也相對便於駕馭，因為畢竟有生活作藍本，畢竟有人物作原型。而純意識與純精神的東西，則看不見摸不著，無從效仿，也無所憑附，應該說，現代小說在難度上是要勝於傳統小說的，難怪伍爾夫曾表白過自己對祖先在陰涼裏拿着書消磨時間的逍遙自在的豔羨。她的這篇小說，沒有情節，沒有人物，沒有環境，除了偶然三言兩語提到實在的物體之外，全部為第一人稱作者的囈語、白日夢。

　　它的成功來自它的雜揉。我相信，一般的人或許還能當上傳統作家，但很難勝任意識流這樣類型的作家。因為它的雜揉，需要作家有豐富的積累與多方面的才能，而不止是單方面的才能。如傳統的敘述才能，也就是講故事的才能，或結構才能，也就是組織材料的才能，或思想的深刻，或題材的獨特，這些單方面的

才能，都有可能樹立起一個傳統作家。然而，這些在現代作家那裏都變得不太重要了。意識流作家不關心敘事，也不關心所謂題材，他只關注人物的精神、人物的意識與人物的心靈印象。而純精神性世界的建構必須以破碎、以雜揉來完成。這種雜揉完全脫離外部事件，因而需要作家多方面的功力。在《牆上的斑點》中，隨著敘事者「我」意識的流動，既雜揉進了作者淵博的知識與文化，又雜揉進了作家對世界、對人生的領悟與對社會的認識，如對男權等社會秩序的反感，還雜揉進作者對自然景色，如由一棵樹所聯想風景的體驗。如果只存留著某一方面，都會導致一種單調。單向的思路，可以產生一定的邏輯性與清晰性，但不能形成一種無主導性的真正雜糅的意識流風格。

伍爾夫對於歷史、對於文化都有很好的修養，關於古塚與白骨的想像，英國人偏愛憂傷的說法，對尊卑序列的社會秩序的嘲諷，對寧靜廣袤的自然世界的憧憬，都依仗的是作家本人的那份文化底蘊與認知力。從星期日午後的散步，星期日的午餐，想到一定的規矩，再想到標準的制定，男人的標準，惠特克的尊卑序列表，足見女作家於細微處見真諦，對社會的本質有著深刻的洞悉。

在小說的後邊部分，女作家對一棵樹以及樹的相關景色的那份體驗性的、細膩、準確而生動的描繪，滿載著作家本人那份愉悅歡快的心情，又是那樣富於感染力，讓人心醉。如果作家沒有這些能力，沒有豐富的積累與自己的見識，意識何以流動，又怎能流動。作家多方面的知識與修養，作家的內涵，才真正是使意識得以流動的河床。因此，我認為，意識流不是人們通常所認為的那樣，只是一種技巧，只是一種敘述視角上的花樣翻新，它是非常需要超常的各方面的功力的，既需知識文化的，又需思想觀念的，還需情感體驗的，當然也離不開文學藝術的感悟力與智慧。同樣可以說，讀意識流小說，讀現代小說也需要讀者具備多方面的功力，否則的話，難以讀懂，至少是讀不出它的韻味與深

意來。

還需指出的是，儘管意識的流動是任意的，無規範的，但是，並不等於說作家本人也是非理性的。相反，在伍爾夫的每篇意識流小說中，我們都能通過無序的意識，從潛意識中，找到作家的理性指涉。《牆上的斑點》裏，我們能深切地感到，作為敘述者的作家本人，她從女性的弱勢立場，從一種孤獨的個體人的社會邊緣狀態，對社會組織形態提出的質疑。首先她質疑了規矩的合理性，進一步指向規矩背後的規矩制定者——男人，他們所代表的真正標準的東西。「男性的觀點支配著我們的生活，是它制定了標準，訂出了惠特克的尊卑序列表。」在小說的結尾部分，凌亂的思緒中：「一棵樹？」「一條河？」「丘陵草原地帶？」「盛開水仙原野？」等這些思緒中，又突然冒出了「惠特克尊卑序列表」。這種不經意的潛意識的冒出，非常突出地表明，它已經成為了作者內心難以排遣的對社會標準化制度不滿的情結。從潛意識與無意識中，冒出了這種理性指涉，無疑比理性說理的效果更為強烈，批判意味更濃，它使社會組織形態的這種冷酷的男性霸權，對其他性別階層的漠視，對被強制執行對象的壓迫，被帶有幾分痛感地揭示出來，展示給人們。

所以說，意識流小說，它不止是一種技巧，也不止是一種形式的翻新與多樣化，而且，它也包涵著深刻的內容，以及內容與形式的融合之中，所表現的內容。在社會批判意義上，自然它永遠不及巴爾札克等批判現實主義作家作品來得直接，因為批判現實主義是在理性層面上的針鋒相對，而作為非理性思潮下的意識流小說，其中的理性指涉與社會批判，往往是非直接的、隱喻性的，注重建立其與人物感覺層面的聯繫，因此，我將它稱之為帶有痛感的綿裏藏針的風格。

《牆上的斑點》讓人們看到的是小說的新概念、新圖式：這就是小說，這就是意識流小說，這就是現代小說。

三、生命的隧道挖掘：《達羅威夫人》

《達羅威夫人》（*Mrs. Dalloway*）是意識流小說的偉大代表作，也是伍爾夫自己最滿意的小說，它為伍爾夫贏得了最廣泛的聲譽，但她自己認為，它仍然是一種實驗，她運用了她的「隧道挖掘法」。在最初構思這部小說的時候，伍爾夫的創作意向還比較單一。她說：「在這本書裏我要進行精神異常和自殺的研究，並同時通過健康者和精神病患者的眼睛來看待這一世界──類似這樣的內容。」[21]但在寫作過程中，伍爾夫突破了這一設定，使小說的內容複雜得令她自己也感到難以駕馭起來。她寫道：「在這本書裏，我要表達的觀念多極了，可謂文思泉湧。我要描述生與死、理智與瘋狂；我要批判當今的社會制度，揭示其動態，而且是最本質的動態……」[22]她本人的這一描述與《達羅威夫人》的內容實際狀況是頗為一致的。

伍爾夫創作《達羅威夫人》始於一九二三年夏天，一九二二－一九二三年間，她常常頻繁地提到她的年齡──她已年屆四十──對時間的流逝極其敏感：「我感到時間飛跑得像電影院裏的電影速度。……我用我的筆刺探它。」[23]她更深切地體驗到人生的跨度與不同的人生階段所提供的機會。她將四十－四十一歲看作一個選擇的年齡：要嘛揚鞭催馬，加速前進；要嘛放鬆自己，做一點算一點。伍爾夫在這個年齡上對時間的敏銳感受，直接反映到小說《達羅威夫人》裏。四十歲是不惑之年。四十歲是開始對人生的過程產生強烈感受的年齡，是最能領悟人生的年齡，能看到青春的過去、生命的激情，也能遙望到生命的終點，開始能

㉑　《伍爾夫日記選》，戴紅珍等譯，百花文藝出版社，1997 年，第 46 頁。

㉒　Quentin Bell, *Virginia Woolf*, Vol. 2 , p. 99.

㉓　Lyndall Gordon, *Virginia Woolf, A Writer's Life*, Oxford University Press, 1984, p. 178.

理解死亡。時間概念，特別是生命的有限的、短暫的過程意識會不知不覺地爬進四十歲的人的頭腦裏。總之，四十歲之後的人，會對時間變得愈來愈敏感。四十歲出頭的伍爾夫如此，而她的女主人公達羅威夫人也同樣具有時間感。達羅威夫人在她五十出頭的年齡回首往事、思考人生、思索死亡。作品中有多次出現倫敦的大本鐘餘音震顫的敲擊聲，六聲敲擊，出現在史密斯的自殺之後，又以十二下的敲擊出現在克拉麗莎醒來時。人物的意識流動穿越時間鐘點，如同穿越隧道，因此，這部小說在第一稿的時候，伍爾夫將它取名為《時光》（*The Hour*）。在創作《達羅威夫人》時，伍爾夫正在讀法國作家普魯斯特的作品。普魯斯特是當代作家中最為伍爾夫所推崇的一位，他的那種時間感，對伍爾夫是有影響的。

　　《達羅威夫人》由三部分構成，第一部分寫克拉麗莎·達羅威夫人為佈置家庭晚會而上街買花。一路上，漫步倫敦街頭的她思緒紛飛，内心獨白如同行雲流水。第二部分寫一個精神病人賽普蒂默斯·沃倫·史密斯的内心世界。最後，在克拉麗莎的晚宴上，傳來賽普蒂默斯的自殺為連接點，完成了小説兩個部分的合攏與嫁接。

　　小説的第一部分，克拉麗莎·達羅威為了準備晚宴，上街買花。戶外的清新空氣，美麗早晨的氛圍，使她不禁心曠神怡，浮想聯翩。一路上她想起年方十八，情竇初開之時與戀人彼得·沃爾什的舊情；回憶起三十年前的一個寧靜的早晨，自己推開布林頓別墅的那扇落地窗，室外的鳥語花香、空氣的沁人心脾也如今日一樣。隨後，又為她所熟悉的邦德街的景象所吸引，她的思緒隨著外界映入眼簾的物象變化，快速變化轉換。一路洋洋灑灑的思緒，跨越三十年的時間；既有對過去人與事的回想，也有對眼前所見所聞的觸景生情，歷來它被公認為是意識流小説的極品片斷。它的長度已達到整部小說篇幅的四分之一，思緒之紛揚，讓

人感到就像電影的蒙太奇，使人眼花撩亂、目不暇接。在小說中，達羅威夫人眼睛所接納的對象，或感受所指向的對象，或思緒所縈繞的對象不斷處於快速的轉換之中。如果以文字方式來估算的話，多則三、五行，少則一、兩句話便會實現一次思緒指向的變化。有時甚至一句話就是一種轉換，譬如：

「六月的氣息吹拂得花木枝葉繁茂。平姆里科㉔的母親們在給孩子餵奶。電訊不斷從艦隊街㉕送往海軍部。鬧哄哄的阿靈頓街和皮卡迪利大街，似乎把公園裏的空氣都熏暖了，樹葉灼熱而閃爍，飄浮在克拉麗莎喜愛的神聖而活力充沛的浪潮上。跳舞、騎馬，她全都挺喜歡。

她和彼得分別了好像幾百年。……」

像這樣一句話便是一個鏡頭，一個場景的跳躍，使達羅威夫人的思緒像被抖落下來的塵埃一樣零亂而繁多。任何一種對小說情節的復述與歸納，注定是掛一漏萬、遠遠不可企及原義的。女主人公永不停歇的感受、印象、聯想和回憶，充分展現了人物意識流奔瀉的澎湃活力與人類無與倫比的豐富精神世界與內心生活。它痛快淋漓地表現了文學的主觀性與精神性的特質，是現代作家摒棄對外部世界的關注、深入人物內心深處的文學主張的一次生動而真實的寫真。法國著名傳記作家安德烈·莫洛亞在他的《伍爾夫評傳》一書中評價《達羅威夫人》時指出，伍爾夫的小說既非社會小說，也非主題小說。她不關注社會問題，也不圍繞某一個主題進行創作，構成她的小說的內容與主旨，表層與深層、顯義與隱義的，全是一樣東西，即人物紛揚繁雜的心理印象。對空氣清新的感受之切，竟然可以使她的整個精神面貌發生改變，快樂得像一隻小鳥，儘管當時的達羅威夫人已年屆五十。三十年前的戀人彼得的很多事都淡忘了，千萬樁往事早已煙消雲

㉔　平姆里科：倫敦東南部地區。

㉕　艦隊街：倫敦街名，為新聞界與報館等集中的地方。

散，倒是他的話還叫她記住，還有他的眼睛、他的小刀、他的微笑，以及他的壞脾氣。空氣清新的真切感受究竟是什麼，無法說清，只是女主人公的一種醉意矇矓；昔日戀愛的千萬椿往事早已煙消雲散，剩下的只有一點意念依稀可見，一切都是印象式的。大街上的車流、公園裏的人流、街頭的店舖、飛機的轟鳴，都是現實中的具體和真實。它們那樣快速地在達羅威夫人的眼前閃過，在她的意識裏甚至都沒來得及停留就被掠過，因而可見不可辯，成為一種印象式的景觀。女主人公的每一個感受，每一縷思緒，每一種見解，都是點到為止，然後被迅速置換，留給讀者的同樣只是一種蜻蜓點水似的印象。人物的一個思緒在意識的流程中被翻轉出來，又很快被另一個意識覆蓋掉。加之達羅威夫人的意識流動的時間跨度長達三十年，經過時間的塗沫，常常不甚清晰。在達羅威夫人的腦海中，生活之流、意識之流與時間之流糾纏於一體、翻轉於一體、錯綜複雜、難理頭緒。它給人的感受不是強烈的衝擊，而是淡遠的、矇矓的印象，深邃而幽香，因為在這裏，現實被虛化了。伍爾夫的意識流小說的這種表現風格，有柏格森的直覺理論為前提；有美國心理學家威廉‧詹姆斯的心理學和奧地利心理學家西格蒙德‧佛洛伊德的「精神分析學」為依據；有普魯斯特、喬伊斯、艾略特的當代創作為參照，甚至還有印象主義的藝術畫派的感召，這些綜合的背景造就了伍爾夫及《達羅威夫人》這樣的華章。但是，我們也不得不承認，根本的決定性因素是伍爾夫本人獨特的藝術個性。如果一個作家只是為維護一種理論而做，她絕對做不到這樣的爐火純青。應該說，伍爾夫天生就是一位意識流作家，她選擇意識流風格的創作，並成為其中的一名急先鋒是其藝術個性使然。伍爾夫之所以選擇心靈，放棄外界作為描述的重點，其一是因為，她認為現實是一種表象，不值得信任；其二是因為，她承認自己不長於寫實。她曾在一九二三年的日記中寫道：「我並不擁有『寫真』的天賦，現

198
意義與形式

實不可信任，太虛偽了，因此，在某種程度上我故意虛化現實。」㉖她還認為，寫自己所喜歡的風格，能全面地發揮自己的能量，她接著寫道：「我現在又寫小説了，我感到所有的潛能都以最熾烈的方式爆發了出來。」㉗小説從達羅威夫人部分到賽普蒂默斯部分的連接，是在花店裏實現的。達羅威夫人與皮姆小姐順著花罐，精心選花朵的合拍，形成一種信任的波浪，她任憑浪潮把自己浸没，以征服對女兒的家庭教師基爾曼的憎恨之心。正在這時，街上傳來「砰」的一聲響聲，隨著「天哪，那些汽車真糟糕」的驚歎，伍爾夫順著皮姆小姐的視線，將窗外的世界、將窗外的人物引進小説之中。作者以街上汽車發出的巨響使花店中的達羅威夫人和公園人群中的賽普蒂默斯・沃倫・史密斯同時吃了一驚，順勢將《達羅威夫人》中的第二個主人公引了出場。與他相關的還有他的意大利妻子，他的精神病醫生等。小説從此開始轉入第二個部分——賽普蒂默斯・沃倫・史密斯的世界。

小説的第二部分表現了伍爾夫的一個重要理念：她要以一個不正常、不健全的人的眼光去看待與審視這個世界。賽普蒂默斯・沃倫・史密斯是從歐戰的炮火中下來的士兵，他深受刺激，加上憤世嫉俗而精神失常，最後自殺。這種設計，實際上與伍爾夫本人患有精神疾病有關係。伍爾夫一方面表現了精神病人眼中的外部世界；另一方面，她也讓我們看到精神病人的心理世界與精神病人在現實中的那種絕望處境。

在《達羅威夫人》所涉及的人物中，甚至包括她的其他意識流作品所涉及的人物中，伍爾夫幾乎很少有花筆墨去描繪一下人物的長相與外貌特徵的。然而，她對賽普蒂默斯則可以說顯得尤為偏愛，破例地描繪起他的外貌來。她讓讀者清楚地知道，賽普蒂默斯大約三十上下，長著個鷹鉤鼻子，臉色蒼白，穿著舊大衣

㉖　《伍爾夫日記選》，戴紅珍等譯，百花文藝出版社，1997 年，第 51 頁。
㉗　同㉖，第 52 頁。

和棕色鞋子，淡褐色的眼睛裏閃現畏懼的神色，連陌生人見了這種眼光也會感到畏懼。

　　布魯爾先生知道史密斯出了什麼事。他對史密斯曾有慈父般的感情，並預言他前程遠大，「只要他保持身體健康」。歐洲大戰的魔爪伸向了他，賽普蒂默斯加入了第一批自願入伍者的行列。他到法國作戰，為了拯救英國。最後一批炮彈也沒擊中他。他經歷了友情、歐洲戰爭、死亡，得到晉升，年齡不滿三十。他活下來了，預料得不錯，和平降臨時，他與在義大利所住的一家旅店老闆的小女兒盧克麗西婭訂了婚。

　　死者已埋葬，停戰協定已簽定，他卻被一種突如其來的恐怖所籠罩。他同時還發現自己喪失了感受能力。他能推理、能閱讀、能算賬，那麼，肯定是社會出了差錯——以致他喪失了感覺力。搭乘火車回到英國時，賽普蒂默斯凝望窗外的英格蘭大地：興許世界本身是毫無意義的吧。他有一種負罪感，他犯了這樁罪過，形影不離的戰友埃文斯陣亡時，他滿不在乎，那便是他最大的罪過，為此，人性已判處他死刑，讓他失去感覺。在這種矛盾之中、苦惱之中，他終於不能再支撐，完全病倒了。婦女們在街上看到他便會發抖。他的失衡，與他自認有罪有關係。

　　他被提升要職，人們為他感到驕傲，他與妻子麗西婭搬進一所令人羨慕的宅子裏。然而，在這裏，他再次翻閱莎士比亞的《安東尼和克莉奧佩特拉》，少年時代對語言的陶醉消失得無影無蹤。那些蘊涵於華麗詞藻之中的啓示，如今已被賽普蒂默斯所識破。一代人在偽裝下傳給下一代人的秘密訊息，無非是憎恨、仇恨、絕望。夫妻倆去觀光倫敦塔時，麗西婭說，一定要有一個像賽普蒂默斯的兒子。而賽普蒂默斯心裏則想，不能讓孩子在這樣一個世界上出生，不能讓痛苦永久持續。他得出的結論是「人既無善意，也無信念，除了追求眼前更多的歡樂之外，沒有仁慈之心，這就是真相。」

作者對歐洲戰爭結束之後的英國社會秩序進行了剖析與揭露。她讓人看看這個社會秩序的決定者與執行者威廉·布雷德肖之流的真正內涵是什麼，同時也讓人看看這個社會秩序的被動接受者或被執行者賽普蒂默斯及其妻子麗西婭是多麼地讓人同情，儘管麗西婭是那樣地善良、忍耐，富於自我犧牲，儘管賽普蒂默斯是那樣地被公認有才華、聰敏過人，被看好「前程遠大」，並且也曾勇敢地去為英國作戰，還獲得了十字勳章。善良、才華、功勞在布雷德肖爵士與名醫的雙重身分的權威面前顯得那麼蒼白。他們向布雷德肖報告病情，並反映病人當時的狀況，布雷德肖不僅充耳不聞，反而會說，「這是個法律問題」，以此將主觀意志壓制病人，使他乖乖地到自己開的療養院去，以使自己的金牆增高，而他不過一星期才光顧療養院一次。

或許是伍爾夫本人常犯精神病，在與各類精神病醫生打交道的過程中，對醫生的權威，甚至是高高在上的淫威，以及病人的束手被擒，等待判決的受動狀況的體驗刻骨銘心，因此，她通過賽普蒂默斯這個患者，通過他與霍姆斯大夫和布雷德肖大夫的幾次診治過程，特別是他們之間的談話，來呈現一種統治與被統治、判決與被執行的關係。

「賽普蒂默斯·沃倫·史密斯」，「這個人類最崇高的人，他是面對法官的罪人，綁在審判席上。」兩位或「儀表堂堂」，或名聲極大的醫生，他們簡直連任何聽一下病人病情的願望都沒有，他們的診斷完全出於自己的主觀臆想，甚至出於對自己經濟利益的考慮。霍姆斯大夫的診斷是，賽普蒂默斯什麼病也沒有。他每次來出診，除了打趣賽普蒂默斯一番，似乎還對賽普蒂默斯嬌小的妻子頗有興趣。相反，德高望重、銀絲滿頭的布雷德肖爵士，則認為賽普蒂默斯病得非常嚴重，而給的藥方是，他必須離開妻子、離開親人，到他所開的鄉下療養院去絕對休息。

當賽普蒂默斯想說出自己內心的負罪感，說出自己人性的犯

罪時（麗西婭認為他什麼過錯也沒有，有的只是一大堆的榮譽），布雷德肖打斷他，並善意地規勸他：「盡可能少考慮你自己」，「一切都託付給我吧」，接著打發他倆走了。

這一幕又一幕的診治，讓人最深切地感到最有發言權的病人與親屬，被作為權威的醫生，剝奪了話語權。所有人都必須遵循威廉爵士的命令：躺在床上喝牛奶，休息期間不會見朋友，不看書，不通訊息。

「威廉·布雷德肖爵士不僅自己功成名就，也使英國日益昌盛；正是像他之類的人在英國隔離瘋子，禁止生育，懲罰絕望情緒，使不穩健的人不能傳播他們的觀點，直到他們也接受他的平穩感——如果病人是男子，就得接受他的觀念，如果是女子，就接受布雷德肖夫人的觀念。」

可以看出，伍爾夫將醫生對病人的這種絕對權威，已引申到了英國的社會關係之中。布雷德肖之流是整個社會規則的制定者與執行者，甚至還是強制執行者。而賽普蒂默斯則是被動的受動者，甚至被剝奪了話語權。在布雷德肖那掛著圖畫、陳設著貴重家具的診所裏候診的病人們，在毛玻璃反射的日光下，瞭解自己所犯錯誤的嚴重性，蜷縮在扶手椅裏，看著布雷德肖揮舞手臂地對病人的執行。賽普蒂默斯感到「威廉爵士完全能控制自己的行動，而病人則不能。」這說明上層人，社會規則的制定者們是自由的，能控制一切的；而被執行者們則不能掌握自己的命運。「就在診所內，有些軟弱的病人經受不住，放聲啼哭，低頭屈服；另一些人，天知道他們受了什麼過於瘋狂的刺激，竟然當面辱罵威廉爵士是個可惡的騙子。」

這也象徵性地說明，在社會統治與被統治的關係中，有的人會接受與屈服於威廉爵士之流的統治，有的人則會有所反抗。但威廉爵士們會以他們的平穩觀念去平息這一切。他首先運用的手段是感化，是讓人卑躬屈膝。萬一失敗，則還有警察與社會力量

支援他。從經濟利益看,威廉爵士之流「合法」地攫取社會財富。他的住宅門前停的那輛灰色的高級轎車,車身低、功率高,車身的嵌板上刻著他姓名的縮寫,它本身就是財富的象徵。當賽普蒂默斯與麗西婭離開他的診所,走到街上時,賽普蒂默斯說:光是保養那輛汽車就得耗費不少錢吧。當然,威廉‧布雷德肖爵士有的是錢過奢侈的生活,夫人穿著鴕鳥毛的裝飾畫像就掛在壁爐之上的牆上,而布雷德肖先生的收入呢,一年差不多有一萬二千英磅。病人責問道,生活並沒有給予這些恩惠給他們,威廉爵士含蓄地表示贊同。這就是英國社會的秩序:統治者可以為所欲為,而下層人連基本的話語權都被剝奪了,只能順服地接受統治者的統治,成為他們繼續斂財的對象。不管他們是多麼不義與不仁,也不管賽普蒂默斯本人是多麼有才華,他的妻子是多麼善良,這就是英國社會的秩序。儘管正義與真實在賽普蒂默斯一邊,但你只能注定為布雷德肖之流窒息至死,逼上絕境。

想想布雷德肖在漫不經心地、居高臨下地向賽普蒂默斯詢問情況時,布魯爾先生舉薦賽普蒂默斯有發展前途的信就躺在桌上,它顯得多麼具有悲劇意味。在威廉爵士那裏,他說話的權利,起碼平等的尊重都被漠視,威廉爵士還居然看著布魯爾先生那封躺在桌上的信說:「你還有遠大的前程哩」,「前途無量嘛」。這種冷漠的語調包涵著多麼大的倨傲啊!

作為女人,伍爾夫人處於一個弱勢群體,她沒有去學校接受教育的權利,更不可能有到社會上去說話的權利(在她成名前是這樣)。作為一個精神病人,她更體會到受動性的含義,醫生會將自己的意志強加到病人身上。這樣雙重的身分、雙重的體驗,使伍爾夫看社會秩序的不合理性,比別人看得更為透徹,對社會給予弱勢群體的壓制體會得尤其深刻。因此,她獨特而又成功地寫出了布雷德肖之類的權威與賽普蒂默斯之間的關係。這種關係正是英國戰後社會的一種本質關係。伍爾夫在闡述《達羅威夫

人》的主題思想時，談到自己要表達的觀念極多，其中重要的一個主題是，批判當今的社會制度，揭示其動態，而且是最本質的動態。我想，霍姆斯最後直接導致賽普蒂默斯跳樓自殺，所構成的這種生死衝突，大概就是伍爾夫認為的英國社會制度最本質的動態吧！

這部小說在藝術的表現形式上，也是別具一格的，它帶有一種印象主義的風格。如所描繪，「維吉尼亞‧伍爾夫在按照後印象主義的目標創造著她的小說。她從羅傑‧弗賴那裏獲得了對它的理解，即，現代藝術不應追求對形式的模仿，而應創造形式。」[28]伍爾夫在創作《達羅威夫人》時，一直在探索新的形式。「在去年八月之前，我一直在摸索著前進。我花了一年的時間才探索出了我那種所謂的隧道挖掘法。即在我需要追溯往事時，就採用點滴回憶的辦法。到目前為止，這是我最主要的發現。」[29]人物意識流的韻律流經時間就如同穿越隧道，大本鐘的撞擊，正像一篇起伏跌宕的韻律散文中的一個句子末尾的句號。

伍爾夫不僅表現了人物抖落出來的如零亂塵埃般的細碎意識，而且還配上時間的韻律。那麼，她的這種隧道挖掘的目的，是要挖掘出人物背後的東西，這是伍爾夫所強調的，「她要挖掘出她人物背後的『洞穴』，……她選取的是更成熟一些的人，有著記憶的負擔，他們自己能夠探索女主人與退伍兵的公眾印象背後的『洞』的連接。」[30]這是伍爾夫的創作意圖，她也成功地實現了她的創作思想。讀者看到了布雷德肖背後的社會，讀者也強烈地感受到了賽普蒂默斯的自殺與布雷德肖之流的關係，讀者也體會到了達羅威夫人那熱鬧的生活之流、意識之流不斷地以時間之流襯托之後，所凸現出人物的心之孤寂與生存之焦慮，也就是

28 Lyndall Gordon, *Virginia Woolf, A Writer's Life*, Oxford University Press, 1984, p.193.

29 《伍爾夫日記選》，戴紅珍等譯，百花文藝出版社，1997年，第54頁。

30 同[28]，p. 189.

作者揭示出了達羅威夫人虛榮的、繁華的生活表象下所掩藏的老與死的緊逼的恐懼心態，達羅威夫人經常獨自從內心深處感受到了這種緊逼。倫敦鐘樓上大本鐘的撞擊聲，聲聲撞出了她的焦慮與憂煩，只是她自己說不太清楚就是了。正是她對生與死的焦慮，實現了她與賽普蒂默斯之間的連接，實際上，也實現了與所有人的連接，因為，這是所有人所必須面臨的問題。

伍爾夫的隧道挖掘法所要挖掘的是人物背後人類普遍的問題，社會普遍的問題，她關注的不再是人物性格本身，而是人的處境、人的難題。其小說中始終存在著對人生的追問。《達羅威夫人》中的人物都有非常強烈的時間意識，倫敦的鐘聲不時會在小說中回盪。這種時間意識與人生的短暫直接粘合起來。「伍爾夫的小說有其豐富的各種各樣的過去。每個人都珍藏著一種不同的歷史，不同的小說將這些過去與現在連接，主要通過記憶來指向往事。」[31]通過對時間的體驗，伍爾夫始終表現出對生與死的困惑與不解。她本人一生中具有太多的死亡印象，死亡對於她是一個終身的不解之謎。大自然周而復始、時間的恒久綿延，而人生短暫、生死不定，這常常是伍爾夫小說中的一種潛在的質料，或深入人物隱蔽的內心深處，或作為一種潛在背景暗含於小說之中，成為一種捉摸不定的情感，有時它又在小說中隱隱約約充當人物意識流動的一個時間平臺，有力地呈現出伍爾夫小說意識流的人生維度。

這些特質，應該說與整個西方世界的現實局面也是有所關聯的。第一次世界大戰，傾塌了整個資本主義的傳統信仰與價值尺度，改變了整個資本主義世界，一切處於混亂之中，使人感到人生無常，那種無依無靠，不知從何而來，不知要到哪裡去的飄移感，正是在這種時間的維度上發生的。意識流小說在西方二十世

---

[31]　Elizabeth Abel: *Virginia Woolf and the Fictions of Psychoanalysis*, The University of Chicago Press, 1989, p. 1.

紀的大語境中產生並迅速成熟，與這一重要的社會背景是分不開的。所以，伍爾夫關注的是人自身的生存焦慮與困惑，而不再重視性格等。她說：「簡言之，我要以某種態度來研究文學，以期回答關於我們自身的一些問題。人物將僅僅是觀點的化身，不惜代價地躲開性格描寫。」[32]

躲開性格描寫的伍爾夫，在《達羅威夫人》中，側重的是對人物的感覺的寫意。感覺第一次作為自身獨立的主題而被伍爾夫置於前景，即作為內容而非形式。現實的印象已不再是原本的現實，往往已被變成意象的感覺媒體，各種感覺之間的互相連接與轉換，使感覺系統構成了一個大的語境。而且轉換與連接的方式都是相互有別的。比如，有愛普特所描繪的這種：「外部客體，無論如何，能變成一個人物自己情感的象徵，它們因此而成為投射人物感情的一種渠道，或為他們提供一種聚焦」。[33]達羅威夫人的心理世界與賽普蒂默斯內心世界兩部分的連接，就是通過兩者同時聽到一輛汽車的爆炸聲和利用同時看到天上正在作飛行表演的飛機這樣的客觀對象來實現的。

伍爾夫對感覺系統的描述，既是資本主義現實世界的產物，也是對資本主義現實的反抗，同時還是對這個社會所做的一種烏托邦的補償。因為古老沿襲的做事方式，包括曾一度是社會關係真正的或具體的形式的文學制度與敘事範式，都已被市場的腐蝕性影響所摧毀，在資本主義重組過程中系統地破碎化。資本主義正在不斷走向理性化（韋伯語）或者說物化（盧卡契語），人們的精神世界愈加走向分裂。那麼現實的破碎也就孕育了文學敘述的破碎，因為原材料最先的破碎保證了敘述的自由嬉戲，從而促成了前景和背景之間的相對獨立性，促成了敘事時刻相當不同

㉜ 《伍爾夫日記選》，戴紅珍等譯，百花文藝出版社，1997 年，第 53-54 頁。

㉝ T. E. Apter: *Virginia Woolf: A Study of Her Novels*, The Macmillan press LTD., 1979, pp77-78.

的、甚至存有根本差異的材料的共存。

同時，伍爾夫的感覺世界，又是作為對物化的申辯和抗議而出現的。感性認識活動在用科學標準量化的時代，幾乎無路可走，在市場經濟的計量、度量、利潤等占主導的金錢交易中則幾乎沒有任何交換價值。感性認識這種得不到利用的剩餘能量在伍爾夫等作家的藝術中得到重組，一定程度上脫離社會的交換秩序，而具有一定的半自律性。意識流小說這種印象主義的風格拋棄了功利性與操作性，把感知活動與感覺細節的感知綜合作為自身的目的。這種新的審美化策略試圖根據作為半自律性的感知活動，對世界及其資料加以重新編碼或重寫，這種半自律性本身就是對社會物化現實的觀照與對抗。

之所以說，伍爾夫的意識流小說還是對資本主義物化現實的一種烏托邦式的補償，是由於它們終歸是使用同一種語言來描述這些相當不同的客體或一個客體的不同層面，我們至少能在方法上恢復物化社會中已經失去的統一性，並表明社會總體性相距遙遠的各種因素最終都是同一個歷史進程的組成部分，從中我們至少可以在想像上經歷理性化或物化的反面和否定，因而它也為資本主義發展過程中所損失的一切構成一種烏托邦的補償。這些損失包括：在市場體制化過程中傳統的位置、感覺的位置。看上去完全無足輕重的細節與感覺變成了完整的傷感效果，超越在功利的現實之上。在這個意義上，感知就是歷史的新經驗。感覺也有其歷史，這一人所共知的思想，如馬克思在《經濟學─哲學手稿》所說，是我們自身歷史性的一個里程碑。

《達羅威夫人》對意識的描繪直接進入人物的無意識領域，最典型的無意識描繪體現在精神病患者賽普蒂默斯的身上。伍爾夫自己有精神病，這也許正是她塑造這樣一個精神病患者的原因。她描繪賽普蒂默斯內心的混亂與無序。對其他人物也有無意識的感性印象接納的描繪。佛洛伊德「無意識」理論的出現，改

變了人類對自身認識的歷史，結束了以理性為中心的、對世界的目的論的主導思路，因而「無意識」理論瓦解了以往的以人的理性為世界中心的整個世界觀與思維傳統，因而也就形成了「解中心」與「無中心」的局面，造成了人類認識構架的崩塌，而意識流小說的產生與敘述範式應時而成為時代的主流，關注細節、邊緣人、以及無意識視域就成為新的歷史語境與西方背景。

如佛洛伊德所說，在一定條件下，無意識系統會過渡成有意識系統，伍爾夫的小說成功地連接了這兩個界面。通過賽普蒂默斯與兩位精神病醫生——霍姆斯大夫和威廉·布雷德肖醫生的看病過程與經歷，通過兩者截然相反的診斷，也通過布雷德肖這樣的社會支柱的住所與豪華汽車的印象，小說的描繪從人物內心的無意識狀態過渡到對社會秩序與社會關係的理性質疑，揭示出威廉爵士之流與病人之間的統治與屈從的關係。

伍爾夫挖掘出了人類歷史上一個不被重視的領域——瘋癲向理性的抗議激情。理性長久地對瘋癲維持著自己的父親形象，它用暴力和懲罰駕馭瘋癲，降服瘋癲，瘋癲則需要藐視理性的權威、權力的淫威。伍爾夫大膽地借賽普蒂默斯表達了這種藐視，深刻地揭示了像布雷德肖這樣的醫學權威的背後，實際上還有警察以及其他社會機構與社會力量在支援他們，這是社會的真正本質狀態，伍爾夫從瘋癲透視了這樣一種本質，並試圖以瘋癲顛覆理性的漫長而隱秘的道德禁錮與權威壓迫。

《達羅威夫人》的結構也有一定的創意，小說將整個人物及其行為限定在一個地點——倫敦；同時人物活動的時間限定在一天，更準確地說，是從上午九點到午夜時分，約十五個小時之間。有人認為這部小說是由兩個半個合起來構成的。一半是關於一位議員的太太，五十出頭的達羅威夫人一天內的活動及其意識流動；另一半是關於戰爭中因受刺激而患精神病的賽普蒂默斯。伍爾夫曾擔心評論者們會對兩者之間沒有明顯的連接作重點攻

擊，然而事實證明，這兩者實現了成功的連接。布雷德肖先生因賽普蒂默斯自殺一事而導致他赴達羅威夫人的晚宴遲到，他因此向達羅威夫人道歉，這只是一種表面的連接，真正的聯繫是在賽普蒂默斯與克拉麗莎的性格之間。當達羅威夫人猛不丁地聽到一個青年自殺了，她覺得身歷其境似的，不知怎的，感到自己和他像得很——那自殺的年輕人。她甚至對布雷德肖這樣的大醫生，也會有與賽普蒂默斯同樣的想法。「一位大醫師，但在她心目中，他是隱蔽的惡的化身，毫無七情六欲，卻對女人極其彬彬有禮，又會幹出莫名奇妙的、令人髮指的事——扼殺靈魂，正是這點——假如那青年去看威廉爵士，而他以特有的力量，用暗示逼迫病人的心靈，那青年會不會說（此刻她覺得他會說的）：活不下去了，人們逼得他活不下去了，就是像那醫生之流的人。」

由賽普蒂默斯的自殺，引起達羅威夫人一連串的關於生與死的聯想，對生與死的焦慮，本身也是達羅威夫人內心的一個結。她生性的敏感，從賽普蒂默斯事件去思考人生有沒有意義。「那青年把生命拋掉了。人們繼續活下去。他們將變為老人。」兩個主人公之間遙相呼應。不曾謀面的主人公的相通，實現了小說的完美結構。

同時，小說結構的完美還得力於小說內部有多種內在對照、相映因素，儘管表面看來人物的意識是天馬行空的，無軌跡可循的。正是小說內在的「健全的與不健全的；公眾性的與私人化的；白天的與黑夜的，現在的與過去的對照與對襯，使《達羅威夫人》成為一種平衡的藝術，這一精美的平衡為其嚴格的時間與空間的設定所框定。」㉞

《達羅威夫人》深遠的詩意想像是非常豐富的。它關於美的、關於恐懼的那種詩意化處理，都是輕鬆自如的。詩意往往在

209

第四章 現代小說

㉞　Lyndall Gordon , *Virginia Woolf, A Writer's Life*, Oxford University Press, 1984, p. 192.

敍述的急速流動中自然地出現，它們像火焰一樣。在它們落下時，爆發出一陣又一陣不同的彩星。這種詩意來自於伍爾夫情感的豐沛。在她的一生中，她對她所留下過深深的人生印跡的地方充滿著情感。康沃爾海濱、泰倫屋與倫敦，都是她永遠縈繞於心的場景。《達羅威夫人》是對她心目中的倫敦場景的一個大寫真。色彩豐富的大都市的攪擾與喧鬧，都流諸伍爾夫的筆端：皇家與帝國政治的浪漫豪華，社交季節的大型聚會；倫敦英國議院塔上的大鐘如此莊嚴地撞擊鐘點的聲音；聖·保羅教堂高貴的寧靜；葉茂的公園裏歡笑的孩子們與松鼠群；商店的櫥窗裏百花盛開；交通擁堵的街道川流不息的活力。這些場景，女作家是如此熟悉，每一個場景都能挑起她的情緒、她的想像力。所以，《達羅威夫人》在對倫敦街景的描寫中，不僅顯示了非常熟悉的情形，而且是很有詩意的，人物能掌握住倫敦的脈搏，它的節奏，它的氣息。

有人認為伍爾夫的創作對喬伊斯有所借鑒，伍爾夫說過：「我現在所做的也許沒有比喬伊斯先生做得更出色。」[35]伍爾夫的類比肯定是指意識流小說類型方面的，但也被人認為是《達羅威夫人》與《尤利西斯》的結構上的，因為這兩部作品不約而同地將人物街頭的經歷作為小說的線索。但在表現街景方面，我認為《達羅威夫人》比《尤利西斯》有更多的詩情畫意，它體現的是女性所特有的細膩感，以及伍爾夫對外景印象化處理、心靈化處理的天才能力。

四、家傳的印象化：《到燈塔去》

《到燈塔去》（*To the Lighthouse*）是維吉尼亞·伍爾夫首次

㉟ Robert Kiely, *Beyond Egotism*, Massachusetts, Harvard University Press, 1980 , p.1.

講述一段歷史，或一段故事的作品。不過她的講法也很獨特，被認為很有象徵性，寓意豐富。但從伍爾夫最初的創作意圖來說，她只想寫出自己心目中的父親與母親的形象。她甚至感到去世多年的父親與母親的亡魂一直在脅迫著她。伍爾夫日記對此有所記載：「這部作品不會太長，將寫出父親的全部性格；還有母親的性格；還有聖·伊文斯島；還有童年；以及我通常寫入書中的一切東西──生與死，等等，但是，中心是父親的性格……。」⑯伍爾夫對她非常熟悉的家庭生活的寫作，自然如她自己說的那樣，「掛在心頭的果實就在那裏，伸手可及。」⑰因而她才會以前所未有的速度，迅速成篇。她曾在日記中提到，她發現《到燈塔去》從她的筆尖自如而急速地流淌出來，「終於能以我一生中最快的速度、最無拘無束地進行著創作，比任何作品都寫得快速而淋漓酣暢──超過以往的二十倍。」⑱

《到燈塔去》結構上分為三部。第一部的標題為〈窗〉。第二部〈歲月流逝〉，是第一部與第三部之間的一個補白與交代，只有二十五頁，篇幅約占全書的十分之一。它簡略地勾勒十年之中，拉姆齊先生一家所經歷的變化。並且將十年的時間壓縮在一夜之間，大自然是場景，節奏像夢一樣，它像是一段被加速的幻影。作品簡單地，甚至有時只是在括弧裏簡短地提到，拉姆齊夫人在一個夜晚突然去世了；一個兒子已在戰爭中失去了青春的生命；一個如花似玉的女兒也因難產而離別了這個世界。僅存的拉姆齊先生也日漸衰老，別墅在大自然的侵蝕中破敗，而拉姆齊先生的家庭也顯得風光不再。第三部，直接與第一部相呼應。在一個早晨，戰爭過去多年之後，倖存者們又一次聚集到久已廢置的度假房子裏。拉姆齊先生帶著自己的孩子，完成了十年前到燈塔

⑯　《伍爾夫日記選》，百花文藝出版社，1997 年，第 71 頁。

⑰　*A Writer's Diary*, ed. by Leonard Woolf, Hogarth Press, London , 1953, p. 76.

⑱　同⑯。

去的計劃，兒子在最後的一刻，才意識到自己與父親的聯繫與某種相似，真正原諒了父親，也理解了父親。女主人公拉姆齊夫人已離開人世，活躍在第三部的主要人物是女畫家、老姑娘莉麗，她回首往事，想像著拉姆齊夫人的過去，設想著她倘若健在，會如何面對她構想的那些事實，莉麗情緒激動地畫完了她十年前的那幅畫。

應該說，《牆上的斑點》與《達羅威夫人》在結構上都是擴散或輻射型的，人物的心理意識無限地向外散播，它們是無中心的；而《到燈塔去》則恰恰相反，它是聚焦型的，將一切視線集中到小說中的兩個中心人物。這種明確的中心的存在，必然使藝術的表達方式相對帶有指向性。單一的敘述始終圍繞著這個中心，這是傳統作品的敘述方式。伍爾夫所做的突破是，對這種需要指向與集中的中心模式，在敘述上予以打破、形成斷層，造成敘述的轉換。這可以說是在敘述上形成一種雜揉，不是意識流動上的雜揉。這是伍爾夫對她前幾部小說的新的變異。相比較來看，如果說，《牆上的斑點》著重表現的是人物的意識流動的話，《達羅威夫人》在此基礎上，增強了對人物感覺層面的寫意，同時也強化了作品中的理性指涉，甚至會有在小說的結尾處，作家自己抑制不住，跳出來抨擊的情形出現。而《到燈塔去》最重要的藝術手段，則是人物的視角轉換，並且出人意料地塑造出了完整的人物形象——拉姆齊先生與拉姆齊太太，這對於意識流小說的淡化人物來說，是一個回歸抑或是一個突破？

拉姆齊先生與拉姆齊太太是小說的中心，他們是伍爾夫按父母的形象塑造的，代表的是兩種不同的精神。拉姆齊夫人代表著浪漫、情感與感性世界，體現著偶然的美的因素；而拉姆齊先生則體現著道德價值與知識構成，代表著嚴謹與探索真理的執著追求，代表著理性世界。拉姆齊夫人與拉姆齊先生的精神世界是對立的，同時又是互補的，共同組合成一個完整的精神世界。女畫

意義與形式

家莉麗在她的那幅十年所完成的畫裏，一直在尋求著兩者的完美結合，也代表著伍爾夫本人對父母關係的審視。

小說將對父母的矛盾情感以一種印象式的方式流溢出來，寫出了女作家心頭對父母的愧疚。「在《到燈塔去》中，伍爾夫找到了一種解決自己心頭已存在的矛盾方式。」[39]它不是重在敍述家庭的事件，當然，還是借助事件；不是重在精心地刻畫人物的性格，當然，也以多種印象雜揉出了人物的性格。通過不同人物的視角將這些微妙變化的印象與感覺組合起來，便完成了一個個完整的人物形象。因此，伍爾夫所找到的表現方式，不是以事件為中心，而是以感覺為中心；不是敍述家史式的，而是印象紛呈式的。他人的感覺與印象，抓住了主人公心理的某一個層面或某一個特徵，或内心的困惑與執著的追求，或理性的固執抑或感性的溫馨，因而人物呈現出來的是鮮活的精神生命。

拉姆齊夫人擁有的是直覺與情感。她的直覺對事物具有直觀的穿透力，能突破事實與邏輯的制約，超越與提升自己。「燈塔」在她的眼裏，彷彿有著它的平靜、安詳與永恒的特質。她凝視燈塔時，會感到自己與它的聯繫、與世界的聯繫、與他人的聯繫，在這種直感中，她能使自己得到昇華。

「她時常坐著觀望，手中拿著針線活，直到她自己變成了她所觀望的東西——比如說那燈光。望著，望著，縈繞在她心中的一些細小的想法也時常會隨著那燈光而昇華……。」正因為她對美有深刻的體驗，她的直感時常將自己與自然、與世界連接，使她具有一種美的情感與清純的情趣：「『噢，多美！』她面對一望無際的蔚藍色海洋；那灰白色的燈塔·矗立在遠處朦朧的煙光霧色之中；在右邊，目光所及之處，是那披覆著野草的綠色沙

39　James King, *Virginia Woolf*, W. W. Norton & Company, 1995, p. 385.
　　說明：所有《達羅威夫人》《到燈塔去》的引文均引自《達羅衛夫人·到燈塔去》，孫梁譯，上海譯文出版社，1988年版。

丘，它在海水的激蕩之下，漸漸崩塌，形成一道道柔和、低回的皺折，那夾帶泥沙的海水，好像不停地向著杳無人煙的仙鄉夢國奔流。」

拉姆齊夫人不僅有著敏銳的直感與豐厚的情感，而且她還懷有一顆博大的同情心。她對來家裏與他們一起度假的那些青年男子，愛護備至。事實上，拉姆齊一家並不富裕，她得設法維持一家八個孩子的開支，而且來度假的客人數量之多，別墅裏都住不下。拉姆齊夫人一邊憂慮著家裏的經濟問題：「修理費用要五十磅呢。」但另一方面，她不願提錢的問題來煩擾丈夫，同時還不讓孩子們對他們的客人說話有任何不恭敬的地方。她常常帶著同情心與愛心去探望窮人。她曾走進坐著哀悼者的房間，人們在她面前涕泣漣漣。男子們，還有婦女們，向她傾訴各種各樣的心事，他們讓自己和她一起得到一種坦率純樸的安慰。拉姆齊夫人忍辱負重，她以愛去溫暖他人，來建立人與人之間和諧美好的關係。因此，哪裡出現拉姆齊夫人，哪裡就有一片和諧、寧靜、安詳的光輝。

拉姆齊夫人的直感與善於體悟他人心境的敏感，使她特別能與自己的孩子們心心相印。她會耐心地撫慰孩子，即使現實會令人失望，她也會讓這種失望來得緩慢一些，來得輕柔一些，以免孩子們傷心。相反，拉姆齊先生在到燈塔去的問題上，則只強調否定性的事實，完全無視孩子的感受，對孩子的情感漠視到近乎殘酷的程度，因而在六歲兒子的心中引起了對他極端的仇恨。孩子們與母親有著一種密切的關係，母親對他們也愛護備至，甚至不願他們長大。而與父親之間，孩子們則抱有一種敵視的感情。他們經常不願他闖入他們母子的關係之中。拉姆齊夫人對丈夫則是敬仰、崇拜的：「再沒有比他更受她尊敬的人了，」「她覺得自己還不配給他繫鞋帶。」拉姆齊夫人要忍受拉姆齊先生暴躁的脾氣與他那份所謂失敗感的折磨。拉姆齊先生不斷地從拉姆齊夫

人那裏索要同情，這是因為已有的成就不能滿足他自己的期望而生出一種自我哀憐。拉姆齊夫人則源源不斷地給他安慰，她將一切都慷慨大方地獻給了對方，最後被消耗殆盡。她非常的疲勞，像盛開之後的殘花一般，因為她承受著許多精神上的負擔，她往往不敢告訴丈夫事實的真相，例如，溫室屋頂的修理費用，也許會達到五十英鎊；關於他的著作的實際情況，她也不敢提，恐怕他又有顧慮；此外還有一些日常生活的小事，也得躲躲閃閃地隱藏起來。

拉姆齊夫人具有火炬般光彩照人的美，她把這美的火炬帶到她所進入的任何一個房間。她受人讚賞，被人愛慕。「但她像個孩子似地絲毫也沒意識到自己的美貌。」在生活中，她充滿著生命的活力，體內的能量不斷轉化為一股強大的精神力量，化為愛的甘露，然而她的愛中，又體現出一種讓人就範的強制力，這個溫柔的女人身上，又表現出專橫的操縱、頤指氣使的傾向。「她是所向披靡、不可抗拒的。」「拉姆齊夫人最後總能夠隨心所欲。」她對周圍的人施展一種魔力，只要她心中盼望，最後總能如願以償，這是莉麗眼中的拉姆齊夫人。

透視視角的不斷轉換，使拉姆齊夫人的形象最終被全面建構出來。

兒子詹姆斯認為她要比父親強一萬倍；接著是塔斯萊先生，他一貫受人冷待，卻在拉姆齊夫人的獨具慧眼下，被高度賞識。在丈夫拉姆齊先生的眼中，她具有驚人的美，冷峻的美。在班克斯的眼裏，拉姆齊夫人無疑是最可愛的人，也許是最好的人，他對拉姆齊夫人注視的目光中流露出一種狂熱的陶醉，而這種陶醉，其分量相當於十來個年輕人的愛情，還是一種經過蒸餾和過濾不含雜質的愛情。只有通過同為女人的女畫家莉麗的眼光，才看出拉姆齊夫人身上的一些弱點，看出她隱蔽的專橫與頤指氣使。

拉姆齊夫人一直在小說中處於一個中心的位置，即使去世

了，也在莉麗思想中占據一個重要的席位。她被表現為缺乏考慮而自作主張，有著做媒的渴望，好支配人，然而又微妙地臣服於她的丈夫；持續地活動著，忙著孩子的與自己的一些事務。但她在休息的間歇，或靜態的時刻，散發著圍繞她的寧靜平和與直覺理解的光環。拉姆齊夫人與周圍的事物之間，如燈塔、樹木、河流、花朵都有一種生命的聯繫，它們與她的直感息息相通。她是一個創造者，帶著她自己特別的天賦。她的傑作是晚宴的聚餐，她成為了取得秩序與美的人類心靈的一個象徵，對抗著黑暗而喧鬧的力量。

拉姆齊先生則完全沈浸於另一種意境——知識的世界。他是一個自我主義的怪物，從他周圍的一切人那裏要求正面的支持與讚賞，雖然秘密地為失敗感所縈繞。他被孩子們認為是暴君，但為一些追隨者衷心崇拜。他的精神勞動，以字母表來比喻，多少有點幽默色彩。當他腳步沈重地繞著花園轉悠的時候，要讓人不發笑是不可能的。他大眼圓睜，喃喃自語或帶著深厚的自憐。你不可能不尊敬他，一種詩意的東西縈繞著主人公，縈繞著這篇小說。

在作品中，對父親的視角也具有多重設置，第一個是拉姆齊先生六歲的兒子詹姆斯看父親的視角。詹姆斯對父親的生硬是不能接受的。母親應允他，明天天晴的話，就去燈塔。而父親卻出來斬釘截鐵地斷言：「明日天氣不會好。」甚至對兒子冷冰冰地宣佈：「不能去燈塔。」他永遠只根據事實說話，對任何事實都頂禮膜拜，理性的原則高於一切。作為一名哲學家，他試圖憑藉理性與邏輯來解釋和處理世上的所有事情。他所忠誠的、所堅持的原則，使他不會考慮人與人之間的情感因素。因此，他也根本就無視孩子們的情感需要與人性要求，更不知道他的所作所為對一個六歲孩子的幼小心靈有多大的傷害。六歲的詹姆斯當時想，手邊要有任何致命兇器的話，都要直搗他父親的心窩。拉姆齊先

生甚至認為妻子的撫慰，假設明天有天晴的可能性，都是一種做作與無端的浪費時間與情感。因為「他不會弄虛作假，他從不歪曲事實；從來不會把一句刺耳的話說得婉轉一點，去敷衍討好任何人。」

雖然安德魯不能理解拉姆齊先生，拉姆齊先生自有知音，這就是他的崇拜者，班克斯先生就是其中的一個。在他的眼裏，「拉姆齊先生是四十歲以前達到事業高峰的那些人中的一個。」但在莉麗眼中，拉姆齊先生心眼兒小，自私，虛榮，個人主義。他被寵壞了，他是個暴君，他把拉姆齊夫人折磨得要死。在拉姆齊夫人眼裏，一方面，他「如此令人吃驚地絲毫不顧別人的感情而去追求真實，如此任性、粗暴地扯下薄薄的文明面紗，」另一方面，她更多地擁有著對他的景仰。

他有一個卓越的腦袋，他的成就，如果按二十六個字母排序的話，已達到了 Q。在整個英國，幾乎沒有人曾經達到過 Q，他向 R 衝刺，堅持不懈。「他具有優秀的素質，這會使他在越過千里冰封、萬籟俱寂的北極地區的一次孤獨探險遠征中成為領隊、嚮導和顧問。」那麼，拉姆齊先生自己對自己的看法，則從他的焦慮中體現出來：在一代人之中，也許只有一個人能到達 Z。他終生都在擔心自己的聲譽能維持多久，在歷史上會不會有地位。當他自己得不到答案，想到腳下踢到的一顆石子，也會比莎士比亞活得久一些時，他就更為自己在歷史上的持久聲譽是否能存留而焦慮。儘管查爾斯・塔斯萊也認為他是當代最偉大的形而上學家，確實很有聲望，但萊斯利還需要更多的東西，需要名聲與地位的歷史持久性。

當拉姆齊先生不能肯定自己將得到這種持久性時，他就重複地說自己是個失敗者，因而需要同情並不斷向他人索取同情，即需要別人對他進行肯定、獻上讚美。他的妻子常常得忍受他的這種索取，並遷就於他。後來，拉姆齊夫人去世了，小說轉入第三

部，拉姆齊先生帶著孩子們與朋友莉麗又回到海邊別墅，這時拉姆齊先生哀聲歎氣地向莉麗索取同情、安慰或保證，遭到了莉麗的堅決抵制。

莉麗寧願去讚美他的皮鞋漂亮，也不給他一點同情。此處實際上所表現的，是伍爾夫本人曾與姊弟一起，在母親去世與姐姐斯蒂娜去世之後，對父親索要同情的抵制。在拉姆齊先生帶著兒子詹姆斯與女兒凱姆已出發去燈塔以後，莉麗又是那麼後悔，自己沒有表達出對拉姆齊先生的同情。這裏所表現的則是，伍爾夫在父親死後，自己對父親的後悔與愧疚，她說她多麼想告訴父親，她是多麼愛他呀！莉麗對拉姆齊先生的先抵制後愧疚的心理就是伍爾夫對父親前後心理的真實寫照。而兒子詹姆斯最後到達燈塔的時刻，終於從內心與父親達成和解，這反映的也是伍爾夫自己隨著年齡的增大，更多地理解了自己的父親，在父親身上看到了自己的影子。

我們怎能說伍爾夫本人四十歲的焦慮就不是萊斯利當年的焦慮呢？我們怎能肯定伍爾夫每部作品寫完時的那份心理緊張導致發病，與萊斯利當年需要別人肯定、需要別人的同情就有本質的區別呢？《到燈塔去》寫出了伍爾夫對父母、尤其是對父親的那份心理負擔，她確實找到了最好的表達方式將之表達了出來。視角的多重轉換，自然地表達了人物性格的方方面面，也涵蓋了伍爾夫本人不同階段對父母的認識與理解的變化。讀者通過將不同人物對拉姆齊夫婦的不同印象雜揉起來，便形成了男女主人公的完整形象，同時又體驗了不同人物各自的心理。再加上時間的處理，十幾年的跨度，夾雜著兩代人的死亡，更滲透著關於生活與人類關係的意義之謎的哲理意蘊。因此，伍爾夫以她的這種視角轉換，加上對時間的處理，創造出來的這部小說可能是她的最具幻象性的、最完美的小說詩。伍爾夫在寫作這種關係時已放置了她父母的靈魂。如果說拉姆齊夫婦的形象是伍爾夫父母的形象的

話，那麼莉麗的形象則是伍爾夫本人的形象。伍爾夫當年創作《到燈塔去》時，與作品中莉麗的年齡相仿，都是四十多歲。伍爾夫在自己成熟的年齡，再去審視自己的父母，會比當孩子時，對父母的判斷有很大不同，尤其是對於老父親。伍爾夫曾在寫作之初，是想以母親為中心的，結果，寫作完成之後，父親成了一個中心。她本人也承認，她喜歡父親勝過母親，終生都為「那個老傢伙──我的父親」所縈繞。小時候，她認為父親是個暴君；後來，隨著自己的成熟，她明白了為什麼父親對他的同代人及朋友那樣有吸引力。到伍爾夫人生將近結束的時候，她仍從兩個角度去看她的父親：作為一個孩子，是責備的；作為一個五十八歲的婦女，是理解的。伍爾夫在不同階段對父親的認識，貫徹到《到燈塔去》之中，就成了不同的人物設置，不同人物的視角轉換。

這種敘述的打亂與轉換，被置於一種時間的處理之中，置於三塊時間段所構成的生活空間中。三段時空則形成了家庭的歷史，人生的記憶。伍爾夫在時間處理這一點上，也表現了它的印象式風格。尤其對第二部分，伍爾夫將它處理為幻影，這無疑體現了作家的新穎藝術手段，同時也強化了家傳的淡然的印象式風格，當然，這一處理也極為有利於集中寫出拉姆齊先生與拉姆齊太太的整體形象。視角轉換本身，也是對時間的一種擺脫。

伍爾夫在這篇小說中的敘述節奏與詩意的想像，通過穿插著大海與天空的各式各樣的美，燈塔的那種遠距離誘惑來呈現，使這部小說流溢著一種感性美。燈塔本身也是一種詩意的象徵，但沒有人能說清楚，其象徵意義究竟是什麼，儘管有著各種猜測與各樣的闡釋。它像一個謎，整部小說也像是對人生意義之謎的一個探問。

《到燈塔去》在一個全新的平臺上，實現了表現手法與作品內容的完美結合。通過視角的多重轉換，來組織與呈現人物性格

不同的側面，完成人物的整體形象。它没有惟一的敘述人，而不斷更替的敘述人與敘述口吻以及敘述風格，無疑都增加了作品的豐富性，從而也烘托出家庭生活熙熙攘攘的生活真實。在敘述上，可以說，它與《牆上的斑點》形成兩個極端。不過後者不是在敘述上，而是在意識的紛呈方面，實現了它自身的豐富。

五、「破碎」與整體：《聲音與憤怒》的歷史感的重構

威廉・福克納（William Faulkner）在其小說《紀念愛米麗的一朵玫瑰》的開篇不無傷感地寫道：「愛米麗・格裏爾森小姐過世了，……一個紀念碑倒下了。」[40] 事實上，福克納在美國文學史上也築起了一座歷史的豐碑，這並不是喻指他在美國文學史上的歷史地位，而是指他以愛米麗等人物形象建構了一座美國南方歷史的紀念碑。這座紀念碑不會隨愛米麗的過世而倒塌，也不會因格裏爾森等望族的衰敗而傾斜，它將永遠矗立。因為，它建立在美國南方歷史之上，同時又超越了具體的歷史，指向文化傳統與經濟技術進步之間，即文化與文明之間的永恒衝突。

美國是一個新型的國家，因而美國文學很長一段時間裏都顯得缺乏歷史意識，作家們關注的往往是社會的高速發展帶給人物的升遷與發跡，也就是所謂美國夢。德萊塞的《嘉莉妹妹》就描寫了主人公一夜之間的成功，傑克・倫敦的《馬丁・伊登》也表現了人物通過自我奮鬥而實現的飛黃騰達。美國文學中多數作品都缺乏時間跨度，歐・亨利的《麥琪的禮物》等，帶給讀者一種瞬間對照的震驚；馬克・吐温的《敗壞了赫德萊堡的人》展現的是一袋金幣的突如其來在人們中所引發的反應，前者類似一個場

40　H.R. 斯通貝克編《福克納中短篇小説選》，中國文聯出版公司，1985年，第99頁。

景的虛擬，後者更似一個玩笑的翻版，兩者的表情達意如同短平快一般快捷、輕鬆。惟獨福克納帶給世界一份沈重、一份深沈，因為他寫出了年輕美國的滄桑。應該説，在某種意義上，福克納提攜了整個美國文學，使它可以與有著悠久歷史的歐洲、與古老的東方竟比歷史，當然不是在年代久遠上竟比皺紋與積垢，而是竟比一種歷史的意識與情懷。如果説福克納關於家鄉約克納帕塌法的所有小説建構了一座紀念碑的話，《聲音與憤怒》（ *The Sound and the Fury* ）則是其中最重要的一塊基石。它典型地體現了福克納獨特的歷史意識，歐文‧豪説，它「記錄著一個家族的衰落與一個社會的消亡。這裏，不是在別的地方而是在作品中，福克納從一種歷史的透視來對待約克納帕塌法，但是幾乎沒有真正講述或表現歷史。」又説，「或許關於這部著名的小説的最顯著的事實，是從嚴格地限定於一個單個家庭的故事中所為生出來的豐富的歷史感。」[41]這種不直接寫歷史又表現出強烈歷史感的創意是十分獨特的，福克納通過人物心理的「破碎」來打碎歷史，再將其連貫、結構，以印象式的風格，呈現出人物形象的完整性及其所蘊涵的歷史感。因此可以説，《聲音與憤怒》的歷史感是通過碎片化與完整性的對立、轉換與統一建構起來的。

◆

　　首先，《聲音與憤怒》打碎了時間，建立起來的是空間結構。小説由班吉、昆丁、傑生的心理空間與迪爾西部分並列構成。空間並置的藝術更多屬於現代藝術。戈特弗裏特‧本使用過一個比喻，他説新型的空間小説是「像一個桔子一樣來建構的，一個桔子由數目為多的瓣、水果的單個斷片、薄片組成。它們都相互緊挨著（毗鄰——萊辛的術語），具有同等的價值……但是

---

[41]　Irving Howem, *William Faulkner: A Critical Study*, New York: vintage books, 1952, p. 46.

它們並不向外趨向空間，而是趨向於中間，趨向於白色堅韌的莖……這個堅韌的莖是表型，是存在——除此以外，別無他物，各部分之間是沒有任何別的關係的。」[42]如果說班吉、昆丁、傑生與黑人女傭迪爾西四部分，是桔子的瓣的話，那麼，康普生家的女兒凱蒂，這一沒有實際出場的人物，則是桔瓣所趨向的莖，三弟兄的意念與敘述，像三個獨立的房間，分別單向地圍繞著凱蒂。

　　小說中三弟兄對凱蒂的圍繞，不是一種現實的圍繞，而主要是一種意念的關係，即中心人物凱蒂沒有出場，她分別存在於她的三個弟兄的意念之中，這為人物心理的碎片化呈現，提供了最為有效的場所。而且，這種意念關係，在昆丁與班吉那裏，都不是在理性層面建構的，而是在潛意識或無意識層面上完成的，潛意識本身又是模糊與斷裂的，這便雙重地決定了人物心理的「破碎」特徵，還與《聲音與憤怒》中的人物班吉、昆丁的自然心理狀態甚至生理特徵有極大的關係。

　　從兒童時代起，凱蒂的蹤跡就一直以碎片或孤立的言詞形式保留與儲存在昆丁的潛意識的深處。昆丁對凱蒂的意向指涉，在直觀上說是「空」的，即都是純粹從他的心理想象產生的，因而它們同時又是昆丁自己的影子，他無法擺脫。作為一名大學生，昆丁的思維異常活躍，糾葛於精神層面，他是病態的心靈中最病態的之一。昆丁沈溺於自己灰色心境之內，像一個精神恍惚地飄蕩于現實生活之外的夢遊者。兒時的每一個場景，後來與凱蒂、與達爾頓‧艾司密、與赫伯特‧海德之間曾發生過的衝突性對話與衝突性的場景，在昆丁的心裏都籠罩在忍冬的香味——花香中最悲哀的一種——之中，忍冬的香味一陣濃似一陣地襲來，甚至他感到天上密密地下著忍冬的香味，令他窒息。昆丁擁有的是一

⑫　約瑟夫‧弗蘭克等《現代小說中的空間形式》，北京大學出版社，1991年，第142頁。

顆完全破碎的心！昆丁的心理破碎，主要以敘述言詞破碎的形式出現。言詞破碎的形式，造就了福克納的語言風格，即長句子，有時由同一短語反復組構，中間不加標點。這是因為昆丁的心理破碎，突破了正常理性敘述語言的邏輯與規範的疆界之結果，因為昆丁內心所使用的語言，是他個人潛意識裏的言語，而不是家庭與社會的語言。羅蘭・巴特曾將古典的敘述話語與代數聯繫起來看，認為這種話語，如同一個方程裏某個要素的價值，嚴格地由它和其他要素的關係來決定。他認為還存在語言的另一意義類型的表現方式，它依賴於句法的不連續性起作用，個體的語言能夠在一定的情況下獨立於言辭向前運動，並且喚起外在於自身的現實。句法越是僵化，就越是限制了個體言語意指的可能性。這就是巴特所描繪的語言的垂直性、不透明性和深刻性圖景。實際上，後一種語言意義的產生方式，正是指的福克納的這種反文法的寫作方式。

　　由於潛意識的碎片不能建立起一個實在的、充分的主體，昆丁作為主體是有缺失的，他顯得缺乏現實的根基。他好像總是在別處，在關於凱蒂過去的某一場景裏。昆丁沒有辦法談論自我，他的自我，就是論述他者，也就是論述凱蒂，因為自我不是他自身，談論自我也就不可能。昆丁與凱蒂沒有面對面，他倆的關係一直由一種「空缺」作為中介，昆丁一直忍受「空缺充斥自身」的那種焦慮。他的主體性不再是二維平面上的某一點，而是處於三維的螺線上的某個位置：解構、分裂、流浪、沒有定所。或者說，他的心是飄忽的，當然凱蒂是他的意識與意義的場所，但只是逗留的場所，凱蒂不能給他以實際支撐，不能成為他心靈的居所。一顆遊蕩的心、破碎的心，以內心獨白的言語的碎片化來表現，這就是小說中昆丁部分的格調。

　　如果說，對凱蒂這個意向對像，昆丁的意向行為在直觀上是「空」的，以單純的想像建構的話，那麼，班吉的意向行為則帶

有「實」的色彩，即表現為他的意向指涉總是配以實物直觀。三十三歲的班吉是一個白癡，智力停留於三歲的水平，應該說，他不具備存儲大量的過去情境中的言詞的能力。他對凱蒂的聯想，必須靠外界給他一種實際的、直接的刺激來觸發。比如，球場上的小童的一個與「凱蒂」發音相同的語彙，他聽到了，就會聯想到姊姊凱蒂，而引發劇烈的哭鬧。凱蒂的拖鞋，似乎對班吉有著睹物如見人的暗示性，成為班吉的意識中，關於凱蒂的最重要的實物，能對他產生安撫作用。班吉的感覺，具體說是視覺、嗅覺發揮著根本性作用。昆丁與凱蒂的關係，主要以言詞的方式來體現，班吉與凱蒂的關係，更多以身體方面的指涉來體現，如班吉總能嗅到凱蒂身上的樹的香味。凱蒂失身的那個晚上，靈敏的嗅覺使班吉有所覺察，他因此大嚷大鬧，將凱蒂推向浴室，讓她去沖洗。他的這種反應也成為昆丁、傑生對凱蒂做出判斷的依據。但是，班吉完全沒有時間概念，沒有當下意識，歐文·豪對此做了如下描繪：「班吉不會行動，不會說話，不會反應，他的唯一功能是不帶任何評論地直接導向過去」。[43]「在康普生家的所有人中只有班吉能夠粘著於過去，只有他沒有在意識的經驗中遭受痛苦。」[44]一個不具有時間差異感的人，內心必然處於混沌狀態，混沌意味著混亂、破碎、缺乏連貫性。班吉隱隱約約的、破碎的、斷裂的感覺與印象，常常靠外部存在的偶然刺激引發，讀者將之串連起來、彙集起來，才呈現為一種指向凱蒂的連續性，這是從班吉那裏唯一可尋覓到的一點意義的蹤跡。應該說，班吉部分具有更大的混亂與無序，他甚至會在頭腦裏將祖母的葬禮與凱蒂的婚禮混合在一起，將悼亡歌與婚慶曲攪作一團。因而福克納對班吉內心世界的描繪，自然最為深入地表現了人物的無意識層

---

[43]　Irving Howe, *William Faulkner: A Critical Study*, New York: vintage books, 1952, p.159.
[44]　同[43]，p.158.

面。如果說，昆丁部分的敘述，更多是句法上的無序的話，班吉部分，則更進一步表現為時間上的顛倒與事件上的混淆。在此，必須依賴于讀者的組織與重建，讀者緊張地參與其中的建構活動，約隱約現的事件才能被連貫組合，時間的順序、事態的因果脈絡才可能被理出頭緒。班吉的心理意識，超出了「破碎」，是斷裂、混亂與雜亂無章，甚至一片混沌，這當然是一種更大程度的「破碎」。

《聲音與憤怒》一方面將意識流小說的特徵用到了極致，另一方面，又在回避意識流小說時間的狹促上有所突破。在結構上，《聲音與憤怒》有多個時間點的設置，昆丁部分發生在一九一〇年六月二日，班吉、傑生、迪爾西三部分分別是一九二八年四月七日、四月六日、四月八日。這些日期是小說四章的標題。作品中人物的意識又經常遊移到一八九八年、一九〇五年等家庭大事發生的時間點，這說明人物的意識流動不是任意的、隨想式的漫遊，而有一定時間與事件的規定性與指涉性。正是這種規定與指向性，形成了時間跨度與歷史感，所有人物的意識一起構成了一八九八－一九二八年三十年間的家庭歷史。對人物自身而言，人物意識流的指向是不同的，指向人物各自具有的、不同的心病或心理死結，從中襯托出人物不同的個性特徵。而且，各自的指涉方式也互不相同，班吉部分充滿混亂的無意識的印象，敘述是斷裂的。而昆丁部分的敘述帶有夢遊的特徵，同時點綴著反諷與象徵。歐文・豪認為「康普生太太告知凱蒂的粗野的情人，讓他將昆丁作為他的兄弟，『一個小兄弟』，便是一個足夠的反諷。」[45]至於象徵，在小說中表現為一種艾略特的「客觀對應物」式的，斯通伯格描繪說：「艾略特先生的公式，雖然被表述為一種審美原則，卻以顯著的精確性描繪了福克納人物的個人心理，

45　Irving Howe, *William Faulkner: A Critical Study*, New York: vintage books, 1952, p.167.

他們的客觀對應物，在提供『完全精確的外部對應情感』上，架起了真實與事實之間的橋梁」，「福克納的藝術人物大都是在私人象徵的層面上作為的，他們親手做的事組成了可見的客體，來對外部世界表明他們內心的真實」。㊻這是對《聲音與憤怒》中的象徵的準確概括。傑生部分最具現實感，敘述較為連貫、清晰，其中也穿插有一些平行情節的暗喻。如凱蒂與男友在後院約會，而小昆丁與雜技團的演員同樣在後院約會，似乎有著某種輪迴或者說暗示出家族的一種命運。

◆

　　從福克納對意識流小說的突破，可以看出他的銳意變革精神。有人評述說：「福克納在他的一系列小說中，總是在為自己設置新的技術挑戰。」㊼這使得福克納無論在整體創作上，還是一部作品內部的變革中，都呈現出複雜性而不好判斷，似乎他具有兩極的性質，有人認為他是現實主義的，有人把他劃入現代主義陣營。而沃倫・貝克認為：「作為一位小說家，福克納不屬於任何流派，他也不會為任何一個流派的吸納新人而搖旗吶喊。他不偏不倚的一個明顯標誌是使自己不介入文學世界中的任何一個陣營與小圈子。」㊽《聲音與憤怒》體現了福克納的這種博採眾長的風格。在人物形象上，《聲音與憤怒》對意識流小說人物性格的淡化特徵有所突破，他使用一些傳統的理念，保留了人物形象的完整性。《聲音與憤怒》的這種整體性的面貌，來自於小說中的破碎化的敘事。昆丁與班吉潛意識的破碎，直接作用於人物形象的整體性。

㊻　Victor Strandberg, *A Faulkner Overview, Six Perspectives*, Port Washington, N.Y./London, Kennikat Press Corp. 1981, p. 44.

㊼　Virginia V. James Hlavsa, *Faulkner and the Thoroughly Modern Novel*, University Press of Virginia, 1991, p. 21.

㊽　*Faulkner, Essays by Warren Beck*, The University of Wisconsin Press, 1976, p.144.

首先，他們心理的破碎都有著明確的指向性，都是因為凱蒂或圍繞凱蒂。昆丁自殺這一天的行為活動與意識活動，被穿插著大量關於凱蒂往事的急遽的意識流動。凱蒂離家後的歲月裏，班吉的意識不時會滑向關於凱蒂的若隱若現的記憶，這些朦朦朧朧的記憶，常常無序地出現在他的頭腦中，支離破碎。昆丁與班吉這些按捺不住的、固執地滑向凱蒂的意向，構成了它的密集性，形成了一種「破碎」的集合，也就是昆丁與班吉對凱蒂的意向指涉的數量之眾，已經連貫而呈現為一種整體性，它們很像是一種聚沙成塔的過程，「沙」是零散的，而「塔」是整體；心理「破碎」是散狀的，而密集起來，則構成了整體，因而「破碎」被密集之後，最終轉化出令人印象深刻的完整形象。這也是福克納對意識流小說的一個重要突破。在對人物的無意識或潛意識進行描繪這一點上，他與其他意識流小說是相同的，甚至福克納還有所勝出。伍爾夫在《達羅威夫人》中對賽普蒂默斯這一精神病人的內心世界的描繪，也沒有達到昆丁與班吉心理的「破碎」程度，這是因為伍爾夫沒有放棄理性維度，她最終讓賽普蒂默斯的瘋癲質疑社會理性秩序，抗議醫學權威及其背後的警察、司法制度對瘋癲的降服與圍剿，揭示理性幾千年來對瘋癲所維持的父親形象。相反，福克納敘事的破碎化可以說是融化到了人物內心的心境之中去，而完全忘掉或懸置了整個世界。另一方面，福克納對意識流小說風格又有所突破，這主要表現在他放棄了意識流小說的人物形象淡化的特徵，卻保留了傳統文學中人物形象的完整性與清晰性，當然，這種完整性不再是依傳統的手法來構造的，卻是依意識流的手法，以人物的心理破碎來完成的。

第二，凱蒂形象的完整性，也來自小說的整體結構，具體為表層結構與深層結構兩種。《聲音與憤怒》主要由四個單元構成，凱蒂是緘默的，福克納讓三弟兄以及迪爾西，各自從自己的意識層面感受與敘述凱蒂，三弟兄各自的視域的封閉性與偏狹

性，都迫使讀者暫停對凱蒂的判斷，因為作為意向結構中的客體的凱蒂，她的每一方面，都與形成其視界線的其他方面相互參照或聯繫，直到三部分湊在一起，才初步完整地完成凱蒂的形象。當然，福克納認為，即使這樣仍然不夠，所以，他又加上了黑人女傭迪爾西部分，還加上了自己的補白。社會關係只是意向結構中的表層結構，表現為單元與單元之間的聯結；而三兄弟作為主體的意向作用的因素與其意向對象凱蒂的因素同時出現，完成了內部的互相關聯，這是小說的深層結構，兩種結構共同實現了凱蒂形象的完整性。

第三，班吉與昆丁「破碎」的潛意識中的凱蒂形象，之所以不是以斷斷續續或零星碎片的面目出現，而成為一個「統一體」，還因為人物關係的意向結構本身所具有的統一化功能在起作用。因為意向作用是主體意識體驗的「固有成分」，這一先驗自我意識把意向對象歸入了自己的建構範圍，他具有自己的立場、視點與思維定勢。凱蒂的形象也就被昆丁、班吉和傑生做出了各自不同的預設，被他們各自的視閾所框定，凱蒂被納入了他們的每一種意義之中。昆丁、班吉與傑生作為主體，是包括了關聯物凱蒂在內的主體，是一個個的自足體，具有自足的整體性與封閉性。昆丁、班吉與傑生分別在某一層面上，完成了他那個整體中的凱蒂形象，分別為三次主觀形象，只有三個部分的組合之後，也就是他們建構的三個層面的相加，才完成了凱蒂這個形象的客觀的整體性。

第四，三弟兄在分別建構凱蒂的形象的同時，各自在意指凱蒂的過程中，也建構了他們各自自己的形象。這也是人物存在于他人的意念中的這種「意向性」結構所具有的雙向功能。主體既建構了關聯物，同時也建構了自己。因此，在《聲音與憤怒》中，就不止凱蒂的形象是完整的，其他人物的形象也是完整的。

在人物形象上，福克納原本只想講凱蒂的故事，然而，烘托

出來的是康普生家所有的人物形象。即使著墨不多的康普生先生、黑人勒斯特的形象也都躍然紙上，人物形象無疑成為小說鮮活生動的表現力的又一個重要來源。康普生家所有的人以各自極端的性格佔據著自己的一個位置。三兄弟圍繞凱蒂有著那麼多人性的禁忌、人性的需求、人性的衝突及人性的纏綿。「凱蒂似乎同時是缺席的又是在場的，福克納以她喚起了一種缺席的在場，或者説是缺席的中心。」⑭一方面，三弟兄建構了凱蒂的形象，另一方面，凱蒂也使三弟兄的完整性形象得以完成。

班吉是個傻子，但他卻有著一種直感，感到姊姊凱蒂對他的疼愛，他對凱蒂有一種朦朧的愛意與強烈的依戀。班吉將凱蒂建構成了一個母親的形象。凱蒂永遠駐留在他的意識中，即使她離家後，她的髒拖鞋也能帶給他慰藉、平撫他的哭鬧。通過低能兒班吉的形象，福克納表現出了人類最美的情誼。班吉是一個純潔的形象，有人説，他是一面「道德的鏡子」，照出了他周圍所有人的人性。

昆丁與凱蒂間的關係，幾乎要越出兄妹之情的範圍，這使得昆丁一直在禁忌的邊緣痛苦地掙扎著。如果説，凱蒂被班吉建構成了一個母親形象，她則被昆丁建構成了一個欲望的對象。昆丁倒不是真想佔據凱蒂的肉體，他只是想保住凱蒂的貞操不為外人沾染。正因如此，在凱蒂失身於達爾頓·艾密司之後，他才會痛苦地向父親表示，這是他自己幹的，與別人無關。他時常設想與凱蒂一起出逃，在烈焰之中，與這個世界隔離。昆丁是康普生家的長子，美國南方意識中最突出的家庭榮譽觀念、淑女觀念在他心中根深蒂固，而凱蒂的貞操又是其中的根本，在這個觀念上面維繫著昆丁的生命。作為女人的凱蒂，對家庭榮譽比較淡漠也是合乎情理的。如果説昆丁的身上負載的是傳統性與社會性內容的

⑭　Doreen Fowler: Faulkner, The Return of The Repressed, University Press of Virginia,1997, p.32.

話，凱蒂擁有的更多的是自然人性本身，這使她難以與昆丁同舟共濟。相反，她很容易受到人性的誘惑而有背於傳統規範，因而站到昆丁的對立面去。達爾頓對昆丁說「凱蒂也是個女人，請你記住了，她也免不了要像個女人那樣地行事。」[50]單純的凱蒂無以抵擋這種誘惑，因為「童貞這個觀念是男人而不是女人設想出來的。」[51]客觀地講，這不能說是凱蒂輕浮，只能說是人性的一種軟弱。所以，傷害昆丁的是自然，而不是凱蒂。我們看著昆丁與凱蒂之間的糾結，實質上是凱蒂的自然人性的要求與昆丁的家庭榮譽需要之間的衝突。如果聯繫美國南方的社會現狀來看的話，「福克納的文本能被讀作兩種性文化的爭訟場所，即：現代流行的性文化與傳統的家長式統治的性文化之間的爭訟。」[52]凱蒂代表前者，昆丁代表後者。顯然，這是兩套符碼，兩套話語，基於兩套不同的價值系統。而福克納是非常同情昆丁的，「不管怎麼說，福克納先生是現代南方中的一個傳統的人。所有環繞在他周圍的反傳統的力量都在起著作用，而他生活在過去活動的痕跡之中，他不能不意識到它們。這就沒有什麼奇怪，他的小說，首要地，是一系列傳統主義與反傳統的現代世界之間衝突的相關神話，這種衝突沈浸於這個現代社會之中。」[53]在福克納筆下，昆丁的榮譽感是非常崇高的，他不惜一切地去捍衛。他是一個沒有英雄行為的英雄，沒有英雄氣質的英雄。

班吉生活在混亂意識中，昆丁生活在傳統觀念中，只有傑生生活在現實中。他的經營活動，直接與現實聯繫在一起，只有通過他，讀者才能感受一些傑弗遜鎮的當下的生活與時代氣息，傑

---

[50]　福克納《喧嘩與騷動》，李文俊譯，浙江文藝出版社，1994 年，第 82 頁。

[51]　同[50]，第 96 頁。

[52]　*Faulkner in Cultural Context*, ed. by Donald M. Kartiganer and Ann J. Abadie, University Press of Mississippi, 1995, p. 55.

[53]　*Faulkner: A Collection of Critical Essays*, ed. by Robert Penn Warren, Prentice Hall Inc. 1996, p. 23.

生的實用哲學與功利態度也是時下的風尚。當然傑生取這一態度有他自己本質的因素。這就是康普生太太説的，傑生承繼了她娘家康巴斯家的才能，其他幾個孩子都有康普生家族的氣息，所以，她最愛傑生。傑生是典型的實用主義者，他極端自私、冷酷，集中體現在他對凱蒂母女的報復。凱蒂想看一眼女兒，傑生勒索高額費用，並且僅同意一分鐘。一分鐘母女相視後，傑生讓小昆丁迅速在凱蒂的視野裏消失。傑生與昆丁的形象對照是鮮明的。昆丁為家庭榮譽是那麼忘我，甚至自殺，而傑生為自己不惜奉陪上整個家庭。相比之下，昆丁的那份榮譽感儘管有點虛幻，他的變態情結也顯得有些怪誕，卻令人蕭然起敬。在昆丁身上，表現出一種悲劇感，而在傑生那裏，卻從來不曾有過，也根本不可能有。

迪爾西也是福克納最喜愛的一個人物。在與孩子們的關係上，迪爾西實際上取代了康普生太太在家中的位置。作為女主人，長期纏綿於病榻的康普生太太没盡其責，心胸狹窄、對人缺乏包容，怨天憂人。雖然她也是個基督徒，但她關注的只有上帝對她的懲罰，認為晚年生下班吉是一種懲罰，凱蒂的事也是上帝加給她的懲罰。凱蒂遭遺棄後，她不許凱蒂回家，甚至也不許家裏人提她的名字。她將生活中的一切不順，都主觀地聯繫到自己身上，認為周圍所有人的所有行為都是存心與自己的病過不去。她很少想到要給他人一些溫暖與關愛，包括孩子們。她使整個家庭籠罩在憂鬱之中，她的存在，體現的是一個病人的偏執、狹隘與陰沈。

◆

人們通常注意到的是《聲音與憤怒》的四個敘述部分的變化與差異，它們具有不同視閾，指涉凱蒂的不同層面；也有人注意其風格的不同，或時間向度的不同，認為班吉與昆丁部分指向過

去，而傑生與迪爾西部分指向現實多一些。但四個部分的共同性，眾所周知的一點是，都在敘述凱蒂。然而，我認為另一個為人所忽略的共同性則是，每一個敘述主體，都在感覺到「缺乏」，其中只有迪爾西沒有直接的缺乏感。缺乏產生欲求，直接的缺乏感使得昆丁、班吉與傑生生活在欲望的痛苦之中。儘管他們的欲求是互不相同的，但痛苦卻是一樣的，這些主人公欲求的痛苦，都表現為一種割斷，與幸福的割斷。他們共同的欲求的痛苦與掙扎，便指向了康普生家族的這一段共同的歷史困境，也指向了美國南方貴族社會，受到北方資本主義工業化侵襲的那一段陣痛的歷史。

資本主義的強勢入侵，使南方社會整體處於裂變與破碎之中。一切古老的、傳統的行為方式、價值觀念、各種範式與標準，都被市場的腐蝕性所摧毀，在資本主義的價值推行過程中破碎化。資本主義在走向理性化（韋伯）或者物化（盧卡契），人們的精神世界愈加走向分裂。南方社會的被瓦解、南方現實的破碎，孕育與保證了福克納敘述的自由嬉戲。可見，無論是作家的敘述風格的「破碎」，還是他筆下人物心理的「破碎」，都能追蹤到整體社會的本質特徵。因而，《聲音與憤怒》的「破碎」，不僅表現了人物心理的破碎本身，也轉化出了形象的完整性，最後達於歷史的完整感。

小說的歷史感，以一八九八－一九二八年三十年間的家庭歷史為基礎，福克納進一步引入自己對康普生家庭外部的、甚至可以說是一種現代的觀照，使小說具有了歷史之內與歷史之外的雙重視點。此外，他運用敘述人稱的轉換，——前三部分三弟兄用第一人稱敘述，轉為第四部分迪爾西的第三人稱，這種「滑動透視」本身，擴增了時間的容量。最後，在迪爾西的「我看見了初，也看見了終」的基督教的恒久時間意識襯托中，福克納的歷史意識便蘊涵了一種領悟，不但要領悟過去的過去性，而且還要

理解過去的現存性，這一歷史意識是對於永久的意識，也是對於暫時的意識，還是永久和暫時結合起來的意識。《聲音與憤怒》是以人物的心理破碎，壘建出心理空間，來構築歷史時空的。福克納以極富感染力的主觀心理空間，以其中所顯示的家庭事件組合出的客觀線性歷史，互相交錯、呼應，其中所表現的歷史，是人物的精神中的歷史，而人物的精神則是歷史過程之中的精神。昆丁想保住家庭、保留南方那份榮譽與輝煌，然而，歷史無情，福克納懷著對南方深厚眷戀的主觀情感，客觀地揭示了這種殘酷，使《聲音與憤怒》成為南方社會走向沒落的一曲不盡的挽歌。

《聲音與憤怒》的歷史感，仔細辨別的話，它包涵的是社會急劇轉型時期，南方貴族文化與資本主義文明的衝突。在昆丁等人身上，體現出濃重的南方傳統的心理與意識，它們所代表的是一種代代相傳的傳統，一種相對穩定的文化；而在傑生的言行中，則充滿了滲入南方的新興資產階級的勢利與私欲，做各種證券交易所體現的是資本主義的現代文明，這種現代文明借助於技術，以一種強勢入侵所有領域，擠壓文化的空間，甚至瓦解傳統文化，造成文化的斷裂。南方莊園制貴族文化在現代工業文明的衝擊下，迅速衰敗，文化與文明的分離產生巨大的拉力，使處於其中的貴族們產生焦慮與失落。昆丁抗拒文明守住文化而染上一種偏執；康普生先生面對強大文明的衝擊，無力回天而陷入頹唐、消沈；傳統因素較少的年少者傑生，則成為資本主義工業文明的投靠者，成為空虛的、沒有任何傳統與道德內涵的自私、冷酷的實利主義者，可最終也免不了失敗的命運，淪為社會轉型期的犧牲品。康普生家兩代貴族都眼見旁落為當時新的社會秩序的局外人，成為無根的、夢魘般焦慮所折磨的神經質、偏執狂或頹廢者或冷酷的人。他們與出過州長與將軍的祖先相比，並非真的低能一些，而是情勢之必然。這種分裂的拉力，使他們無一例外

地成為精神不甚健全的人。作品中唯一的亮點是迪爾西。基督教的信仰使迪爾西有著一份廣博的愛、一顆無私的心。她對康普生家忠心耿耿，即使不給工資，也不願離開。但她並不像湯姆大伯那樣逆來順受，她有很強的獨立性，不亢不卑，一方面善待班吉這樣的智殘者，保護小昆丁這樣的弱小者；另一方面，她敢於與當時已是一家之主的專橫霸道的傑生對抗。她克己待人、無私無畏的人格力量，對誰也不懼的傑生也有所威懾。她是一個強有力的人物，她的強有力的個性使作品中包含了直接的個性衝突，並提升了整個作品，使作品表現出一定的悲劇力量，因為悲劇要求理直氣壯的肯定，悲劇要求有理想主義的因素。迪爾西處於文化的最低點與地位的最低點，她是一個游離於主流歷史之外的人，即對於莊園貴族的榮譽感，她只是個局外人，因此，她感受不到文化與文明之間的張力對她的衝擊，因而也就不會造成她性格的分裂。所有人物中只有迪爾西具有健全的心態、人性的豐滿。她體現了對這種文化與文明的矛盾與衝突的超越力量。

我們當今的時代，技術更新越來越快，已有的傳統文化常常顯得過時而出現文化的真空。現代人在技術文明與傳統文化的分裂中，在斷裂的夾縫之中，既不能適應，也不能反抗。固守文化、尋求自我實現的人會被惡魔般的強大的技術文明擠壓得令其窒息。而投靠技術文明的人，又因缺乏文化而感空虛，如同無根的浮萍。因而我們的時代有著太多的焦慮症狀、有著太多的神經症人格與非英雄性格。或許可以說，南方莊園制社會的急劇崩潰是有形的，而當代技術滲透、技術勝出造成的傳統文化社會的崩潰是無聲的。《聲音與憤怒》有著重要的當代意義，文明與文化的衝突，是人類歷史中常常發生的衝突，尤其社會處於快速發展、變革的轉型時期，這種衝突會成為一種強烈地彌漫著的、讓人體會得到的痛苦。《聲音與憤怒》生動地表現了這種衝突與痛苦，「它較少關心階級鬥爭，而更關心家族的興衰，通過家族的

歷史，它實驗了一種道德寓言，其資源是南方的生活。這種寓言的意義，在福克納的最高境界，是沒有地域界限。」[54]即使在未來，只要存在社會的變化與發展，存在著文化與文明的衝突，《聲音與憤怒》就能成為一面鏡子，照出人類自己的處境與人類自己的形象。

六、凱蒂——作為關聯物的他者

威廉·福克納蜚聲世界文壇，他的作品很多，而《聲音與憤怒》是福克納的代表作，同時也是作家本人最鍾愛的一部作品。「當福克納被一群密西西比的學生問及他的哪一部小說最好時，他回答說，《我彌留之際》更容易也更有趣，而《聲音與憤怒》仍然持續地感動著我」。[55]儘管西方以及中國對這部代表作已經有了大量的研究，但應該說，對它的獨特創意——以一個意念中的人物凱蒂，來連接與顯現所有的人與所有的事，開掘得還非常不夠。因為此中的各種連接與彼此建構及其蘊藏的深意，涉及各種層面，且具有很大的不確定性，給各種解讀與闡釋預留了極大的空間。本文將從凱蒂形象在作品中的連接功能入手，來嘗試剖析人物對她的意念建構關係。在《聲音與憤怒》中，福克納最關注、花工夫最多的人物形象是凱蒂，可以說，她是福克納創作這部小說的內驅力與原動力。他在一九九三年寫的《聲音與憤怒》的導言中，談到這部小說的創作動機時說：「他渴望創造『一個漂亮的與悲劇性的小女孩』，某種程度上，她將補償他人生中兩個女性的缺失：他從未擁有過一個姊妹；他一度擁有一個女兒又命定夭折。凱蒂，那麼，就是這部小說聚焦的中心。」[56]然而，

---

[54]　Irving Howe, *William Faulkner: A Critical Study*, New York: vintage books, 1952, p. 9.

[55]　同[54]，p.157.

這一中心人物在整部小說中卻又是不在場的，她只出現於她的三弟兄——昆丁、班吉與傑生的意念之中，作為這三位主體形象的他者，成為他們意識的鏡像。凱蒂，成為男權社會中永恆沈默的「他者」被放逐，被逐出男性世序的中心位置而居於社會歷史的邊緣地帶。作為陳述主體而言，凱蒂必然是缺席的。因為主體是依時間性而構建的，昆丁擁有強烈的時間意識，他的時間意識，用胡塞爾的現象學概念來說，表現為生存時間與「形上時間」，他甚至毀壞鐘錶，試圖阻止時間的腳步。即使傻子班吉，他沒有現時感，但也始終擁有他的那份過去的時間。而凱蒂，她不擁有自己的時間，她是被當作空間來對待的，擁有時間的昆丁、班吉與傑生，便擁有了時間與主體、時間與權力、時間與秩序的主權，他們能任意地拆解凱蒂的形象，最終將凱蒂納入到自己意識的圖式之中。

《聲音與憤怒》是由昆丁、班吉與傑生以及迪爾西四部分的敘述並置而成，昆丁與班吉部分完全以他們各自的意識流為內容。小說中人物的意識流動，不是散點式的、任意的、即興的或觸景生情式的，而始終具有強烈的指向性，固執於人物自己內心的解不開的情結。用現象學的術語來表述的話，他們的意識流具有「意向性」。「意向性」是現象學的一個首要主題與核心概念。胡塞爾說：「我們把意向性解釋作一個體驗的特徵，即作為對某物的意識」。[57]他進一步解釋所謂「對某物的意識」，是指給予某物意義，從而把某物建構成意向對象或意指對象，這便是意向性建構。而建構一個意指對象，是指建構其含義，而不是建構其實體。換句話說，建構一個意指對象，就是認識它是什麼，也就是認識它的本質。反過來，建構意義也就是建構一個意指對

56　Doreen Fowler, *Faulkner, The Return of The Repressed*, University of Virginia, 1997, p.32.

57　胡塞爾《純粹現象學通論》，李幼燕譯，商務印書館，1996 年，第 210 頁。

象。而「意義給予」的一方即意向作用的一方，胡塞爾說：「一切實在的統一體都是'意義統一體'。意義統一體須先設定，即一個給予意義的意識，此意識是絕對自存的，而且不再是通過其他意義給予程式得到的。」[58]意向作用是主體意識體驗的「固有成分」，而意向對象則是體驗的「相關物」，用更哲學化的語言說，意向作用是「我思行為」或「我思思維」，意向對象是「我思對象」。列維納斯也表達了類似的觀點，認為同一與他者的關係表現為主體與客體的關係。主體是中心，自我以外的一切都源於自我，為了自我亚為自我所決定。那麼，這一先驗自我意識把上述經驗主體和對象都歸於自己的建構範圍，於是現象學的主客體二元性的經驗的意向性建構，就變成了基本主體一元性的先驗的意向性建構。而這種建構與認識又是感性直觀的，而不用理智的推理，這種認識是直覺主義的，具有直接性。

　　《聲音與憤怒》的結構與內容最為形象地體現了胡塞爾的「意向性」建構理論，其一是體現在昆丁、班吉與傑生之於凱蒂的關係中。他們三人都分別將凱蒂建構成自己的意向對象或者說意指對象。他們以自我意識為根基與出發點的，將意義給予凱蒂。他們的意義統一體是預先設定的，是一種「固有成分」，他們的意向對象凱蒂是作為其意向的相關物而出現的，凱蒂是昆丁、班吉與傑生的「我思思維」中的「我思對象」，即他們的同一意識中的他者。此處的他者，不是純粹的、獨立的他者，而是昆丁、班吉與傑生之「我」中的、歸於其精神之內的他者。其二是他們對凱蒂的觀照與關聯，不是通過理性的分析，而是直覺的，凱蒂是他們直覺之中的形象。

　　昆丁、班吉與傑生作為意向作用的一方，或者說意義給予的一方，具有各自的根基或意識的「固有成分」，這種「固有」，

58　胡塞爾《純粹現象學通論》，李幼燕譯，商務印書館，1996年，第148頁。

我用現象學的「同一」概念來表達。那麼，我們可以看到，昆丁的「自我」始終是同一的，班吉的「自我」也始終是同一的，傑生也是如此。當然他們不可能在實際中保持一點都不變，但昆丁能夠在各種變化之中積極地尋求其身份的同一性，他具有強烈地認同自己、堅守自己的意識。他對自己的堅守是以「隔絕」的方式來實現的，他的意識完全地自我鎖閉，在封閉與隔絕中，他產生出一種頑固的自我認同心態，因而始終保持了自我的同一性。而班吉因為智力的原因，自然地形成了與外界的隔絕。他的智力的停滯及其所造成的隔絕，形成的是一個沒有變化的、穩定常態的同一的「自我」。同樣，傑生也具有他自己的同一性。他們凝固的個性，非常不同於現實主義小說中人物性格變化發展的模式。福克納不是靠凝固個性本身，而是以它們去關聯其關聯物，從中來增強動感與變化感的。

　　昆丁、班吉與傑生所建構的凱蒂，是一個不實際出場的人物，她不是主體，而是受動的客體。她被任意建構，她是緘默的、無聲的，出現在三弟兄的意識之中，被三弟兄的自我所規範與鎖定。然而，通過這三弟兄，我們永遠無法達到真實的凱蒂形象。正如列維納斯所說的：「如果我們把自己局限於描述客體在一個個體的意識、一個自我中的構成，我們將永遠不能達及那在具體生活中的客體，而僅能得到一個抽象。」[59]凱蒂便是存在於昆丁、班吉與傑生的意識之內，限於他們各自「同一」的內部交流，她被同化進了昆丁、班吉與傑生所預設的「自我」的意識中。而他們的這種「自我」意識是規定好了的，是一種先驗自我。應該說，凱蒂作為被知覺物，她沒有構成統一性，是昆丁、班吉與傑生所朝向她的意向性的目光所建構的意向體驗流具有統一性，儘管三者的統一性是大不相同的，但各自的統一性卻是自

238

意義與形式

⑤⑨　Doreen Fowler, *Faulkner ,The Return of The Repressed*, University of Virginia, 1997, p.32.

成體系的。體驗流的統一性源自主體體驗本身所固有的本質，而這體驗本身固有的本質，就是作為意向活動的我思中的先驗自我。昆丁的「自我」與班吉和傑生的「自我」，其預設與規定性都是各不相同的。凱蒂的形象被昆丁的先驗性「自我」給定了一次，又被班吉的既定自我給定一次，第三次是傑生的「自我」對凱蒂做出了自己的框定，他們與凱蒂並沒有對話，沒有直接面對面，凱蒂只是出現在他們的意識的同一裏，作為一個關聯物，他們在意指凱蒂的同時，也建構出他們自己的意識。凱蒂則不擁有自我，她沒有主體生命，她只是一個被人塑造的他者形象。

三弟兄的自我「同一」的根基與內涵互不相同，因而他們對凱蒂的意向建構或意向所指也是各不相同的。昆丁的自我「同一」，表現為他執著於南方的傳統、家族的榮譽觀念，具體集中在凱蒂的貞操問題上，在他的意識中，凱蒂的貞操成為了其家族榮譽的象徵。他以他的這種「同一」立場去關聯凱蒂，那麼在他的意識中，充滿著有關凱蒂失身的一切事件與衝突：他為守住凱蒂的貞操而與凱蒂之間發生的糾葛，他與凱蒂所失身的男友達爾頓・艾密司之間的衝突，以及與母親為凱蒂物色到的夫君赫伯特・海德之間的敵意與衝突。他的所有的意識流動，都指涉凱蒂的失身與貞操問題。與其說，昆丁的意識所指向的是凱蒂的失身問題，不如說它所指向的始終是他本人的家族榮譽觀念。更進一步說，昆丁是借凱蒂的貞操作為一個關聯物，建構出了昆丁自身的意識根基，具體為南方的傳統意識與觀念，昆丁因此而呈現為南方傳統的頑固代表或者說南方傳統的一個具體化身。

班吉的自我「同一」，表現為他執著於他與凱蒂的友愛關係，凱蒂是他生命中惟一對他擁有情愛的人，因此班吉從童年始，一直到成年，始終生活在對凱蒂的愛與對凱蒂的依戀這一他自己建構的同一之中。班吉在這「同一」中，已經將凱蒂建構成了一個母親的形象，當然，只是他意識中的母親形象。多倫・福

勒說：「用拉康的語彙來說，凱蒂在小說中充任的功能是一個母親形象，表現為母親——他者之形象，母親是被他者建構出來的。」[60]凱蒂是班吉建構出來的、他的意識中的一個替代的母親。他不確切地知道，凱蒂已經離開了家，但凱蒂在他的意識中留有深深的痕跡是可以肯定的，因為只有凱蒂留下的髒拖鞋能帶給他慰藉、平撫他的哭鬧。這只拖鞋甚至也成為了他意識中一個指涉母親的符號。

傑生的自我「同一」表現為報復與仇視。他對凱蒂的婚姻失敗而導致他失去了達爾頓許諾他的銀行職位一直耿耿於懷，從此開始處於對凱蒂母女的報復心態中。對周圍的人他也常常抱著一種敵意，比如他寧肯將看演出的票毀掉，也不願意贈給他們家看管班吉的小廝勒斯特。他敵視凱蒂及其私生女小昆丁，他報復凱蒂，不讓她見自己的女兒。他虐待小昆丁，私吞凱蒂寄給小昆丁的錢。他說：「娼婦永遠是娼婦」，傑生對凱蒂抱著這種充滿敵意的立場，因而在他的自我同一裏建構出的他視線之中的凱蒂形象，永遠是與他對立的。

凱蒂在被三兄弟作為他者限定與塑造的互不相同的視閾中，我們能發現，有一點是共同的，即，他們三人都是在不同的層面上，將凱蒂作為女人看待的。昆丁始終迷失在失身與貞操的問題中，而失身與貞操均為女性所獨有。其實凱蒂在那樣一個無愛的家庭、敗落的家庭，她的失身在某種程度上，是自然的事情。她很容易受到人性的誘惑，「罪惡總是有一種親和力的」，[61]單純的凱蒂無以抵擋這種誘惑，因為「童貞這個觀念是男人而不是女人設想出來的。」[62]在昆丁看來，凱蒂墮落了，換個角度看，這

⑥ E. Levinas, *The Theory of Intuition in Husserl's Phenomenology*, trans. Andre Orianne, Evanston, Illinois: Northwestern University Press, 1995, p. 150.
⑥ 福克納《喧嘩與騷動》，李文俊譯，浙江文藝出版社，1994 年，第 110 頁。
⑥ 同⑥，第 82 頁。

不能說是凱蒂輕浮，只能說是人性的一種軟弱。達爾頓對昆丁說
「凱蒂也是個女人，請你記住了，她也免不了要像個女人那樣地
行事。」⑥昆丁也認識到，純潔是一種否定狀態，因而是違反自
然的。但昆丁還是要將凱蒂失身的這一自然性的事件納入自己的
文化意識、南方傳統觀念的封閉意識系統之中，與自己的意識指
向關聯起來。由於失身與他的榮譽觀不相容，昆丁無法將之建構
進自己的「同一」，因而，失身的凱蒂在昆丁的意識中，是作為
一種異質的存在，以他者的他異性對昆丁的「同一」構成突破，
打破了昆丁封閉的、完整的「自我」體系，昆丁因無法協同自己
固定意識中的他者的異質性，因而充滿焦慮、分裂與痛苦，並最
終無以解脫、無力自拔而走向絕路，以自殺來結束了「自我」與
「自我」意識中的他者之間的分裂與衝突。

　　班吉將凱蒂建構成「自我」意識中的母親形象，凱蒂並不是
母親，而是被班吉納入自己的「同一」意識中所建構的。班吉所
關注的仍然是凱蒂作為女人的層面。凱蒂十四歲開始使用香水，
這為班吉所不能容忍，他大哭大鬧。凱蒂最後為了順從班吉，而
將香水送給了迪爾西。因為凱蒂抹香水的行為，意味著凱蒂開始
有了自己的獨立的作為女人，作為男人眼中女人的意識。而這種
意識，在班吉看來是十分危險的，因為，班吉對凱蒂的愛，帶有
「戀母情結」的性質。而其他男人的介入，似乎是一個父親的角
色，將介入或打破他所建構的與凱蒂之間的母子關係。所以，從
凱蒂抹香水，到後來凱蒂與男友約會，再後來的失身與結婚，這
一系列的事情，都引發了班吉的激烈的哭鬧與過激的反應。因為
這些都使班吉的「同一」裏與凱蒂的和諧關係受到破壞與衝擊，
此時的凱蒂變成了班吉意識中的他異性的他者而存在，破壞了他
的「同一」所建構的母子和諧系統。和諧性被異質性所取代，班

---

⑥　福克納《喧嘩與騷動》，李文俊譯，浙江文藝出版社，1994年，第96頁。

吉建構的母子關係的封閉性與完整性，被凱蒂的異質性行為所破壞、所突破，因此班吉不能接受。他不像昆丁表現為焦慮、壓抑與迷茫，而是以一種孩子似的哭鬧方式表現出來。可以看出，作為女人，只有在童年時期，凱蒂是為昆丁、為班吉意識同構得最和諧，最一致的時期。隨著凱蒂的長大，她開始有了自己的獨立性，有了自己作為個體的需要，這時凱蒂作為他者，相對於昆丁與班吉，更多呈現的是異質性的方面，她便成為昆丁與班吉意識中的一個痛苦之源，一個永遠最為敏感的心病，一個終身的情結，無法解脫。凱蒂，他們意識中的他者，無法完全歸化到他們的固有立場，隨著她的長大，她作為他者的他異性愈來愈強，她對昆丁與班吉的「自我」對她的建構產生破壞，突破其完整性與自恰性，對他們產生一種離心力，她後來變成了他們自我同一系統的一種瓦解力量。昆丁最清醒地看到這一點，而班吉不能理性地認識到這一點，他更多地生活在對過去的凱蒂、對凱蒂與他和諧關係的依戀與嚮往之中。

　　傑生惡毒地將凱蒂看作是娼婦，但這並不是其實質，他真正關注的是凱蒂婚姻的失敗，給他造成的損失。凱蒂在傑生那裏從未真正被同化進傑生的精神中去，她始終是作為一個他異性的存在，構成傑生意識中的衝突。應該說，在昆丁與班吉那裏，凱蒂都有被他們的意識整體化的同構階段，都主要發生在童年時期。那個同構的和諧時期，也就成為昆丁與班吉永遠的記憶與嚮往。而在傑生這裏，從一開始，凱蒂就是作為一種他異力量出現的。當然，傑生有著「自我」意識的同一性，他從自身固有的立場，對待凱蒂這樣一個他者。只是傑生並不像昆丁與班吉那樣，看待這樣一個他者，重視這樣一個他者，需要這樣一個他者。可以說，傑生只看重這一他者能給他帶來的利益，而並不是他者本身。傑生對作為他者的凱蒂，如果說去看、去審視的話，他也只是從自己自私、冷酷的固有立場，將凱蒂看成是娼婦，是壞他事

的人，是他要永遠報復的人。

　　如果從凱蒂的角度看問題的話，我們會發現，昆丁、班吉與傑生對凱蒂的建構，都是出自自己的需要，是各自所需的凱蒂。凱蒂作為他們意識中的他者，是他們的主觀形象，凱蒂永遠沒有自己真實的、獨立的形象。其一是因為福克納没有讓凱蒂直接出場，没有讓她自我表白；其二是因為凱蒂作為昆丁、班吉與傑生意念中的人物，他們從來都忽視或無視凱蒂自身作為個體存在的需要。凱蒂只是一個他者，一個客體，一個主體意識的關聯物，一個意指對象或「我思對象」，她不具體，不在場，因而，她總是被隨意建構，具有極大的可塑性。因此既有班吉將她天使與聖母化，也會有傑生將她妖魔化。如果凱蒂還有更多的弟兄的話，凱蒂一定會被建構成更多的不同的「自我」意識中的凱蒂形象。福克納小說中的人物大都是在私人象徵的層面上作為的，凱蒂作為一個關聯物，最後幾乎被每個人的定向意識規範為某一層面的存在，進而被抽象為一種象徵物，對不同人物而言，表示著不同的象徵所指。對昆丁，她成為了家族榮譽的象徵；對班吉她成為了愛的神話；對傑生她是一種厄運的載體。福克納並不滿意凱蒂像一個影子一樣存在，他也不滿意她作為一種或多種抽象的象徵符號存在，所以，他讓迪爾西出來更帶現實感地敘述凱蒂的故事。最後，多年之後，他忍不住親自補白，講述整個康普生家族歷史中的凱蒂，以及凱蒂人生變遷的前前後後。此時，凱蒂作為他者的意味減弱，而她作為一個真實的存在的色彩增強。這也體現了福克納在同一部作品中的手法與格調的變化，無怪乎福克納的作品的這種變異，使作品成為一種交響樂，一部變奏曲。福克納心目中真實的凱蒂，又是昆丁、班吉與傑生意識中的永遠的他者。她被規範進他們的「同一」意識之中，在昆丁與班吉那裏，她首先是作為和諧出現的，後來變成了異質因素。但和諧與異質的交替，成為了他們內心永遠的情結，因而班吉和昆丁永遠都沈

溺於對過去的記憶之中，永遠離不開他們希望所是的凱蒂。

　　應該說，福克納的這種創造性的構思是非常了不起的，而且，他能在小說中，從始至終地貫徹這種構思，將之轉化成了別具一格的、韻味無窮、想像無限的華美的藝術篇章。

艾特瑪托夫：二元對立的消解

在現代社會生活日益全球化的進程中，同時湧動著弘揚民族文化、強調本土文化的浪潮；在生活日益技術化、全球生活一體化的走向中，不斷傳出回歸原始形態的尋根呼喚；在人類征服海洋、征服太空的雄心召喚的同時，亦有保護自然、保護生態的強勁勢力的並存。這是一個充滿二元對立的時代，一個充滿文明與文化的衝突時代，一個彌漫著人格分裂的焦慮時代。西方的一些現代作家，對矛盾現狀表現出一種無奈態度，或嘲弄或反諷此中的人生，或拆解與遊戲人生的意義。也有的採取逃避的態度，遁向一種宗教的虛幻，鬥士隱遁了，燦爛的理想主義消失了。作家們以呻吟面對悲觀，以蒼白講述著蒼白，以空洞描繪著空洞。然而，在前蘇聯的二十世紀作家中，有一位執著於人文關懷的人道主義者，以一種理想主義的情懷，關注著人類的生存現實，思考著現代的各種矛盾，他就是艾特瑪托夫。因為他試圖在他的文學中消解各種二元對立的因素，在二十世紀世界文學的背景之中，他因此而成為一個非常獨特的音符。

就當代蘇聯文學而言，儘管作家們都關注著現實，但在視閾與風格上，別洛夫、拉斯普京的筆觸伸入到廣袤的俄羅斯農村，特里豐諾夫手中的彩筆更多地遊弋於幻想破滅的知識份子的心理之中；舒克申筆下不合時尚、不合潮流的「怪人」接踵而至；邦達列夫和貝科夫始終在血與火的戰爭文學中耕耘。對於艾特瑪托夫，卻很難從描寫對象或者說從題材的選擇上來界說他。因為，

他的筆下有著各種視閾，也有著各類人物，甚至還有動物。艾特瑪托夫曾說過，題材對他不是實質問題，重要的是應該在主人公身上——不論他是誰，是農民、工程師還是學者——揭示出其個性，鮮明地表現他的內心世界和人性。所以，不是因為題材的同一，而是在多樣化的題材中始終被灌注著一種激越的人道精神和情感。艾特瑪托夫對此表述說：「我們的藝術，本質上是真正的人道主義，是認識人的本性的各種表現形式和他的各種複雜的感情。」⑥艾特瑪托夫對人性美善本質的強調，使他具有以本質為中心，調和各種對立的品質，追尋世界大同的傾向，在藝術上，也因此消解各種對立，形成一種無所不包的風格。

◆

據聯合國科教文組織統計，艾特瑪托夫是目前世界上最受歡迎的作家之一。他的著作已被譯成九十種文字，歷時四分之一個世紀。他之所以享有如此廣泛的聲譽，與他對文學、對人類的那份責任感分不開。他認為，當前人類尚未表現出比人道主義更為廣博、又能聯結全人類的精神。所以，文學的最高使命在於：在喚醒人們理性的同時，傳播人道主義。應該說，他是採取一種理性的立場、古老人性的傳統立場，來對待現代社會生活、對待文學與生活的關係的作家，具體說，他相信人之初，性本善，這是艾特瑪托夫最基本的出發點。艾特瑪托夫曾說：「人實質上生下來就是一個潛在的人道主義者，在他還不知道『人道主義』這個術語時，從小就學仁愛——從愛母親、愛自己的親人、愛女人、愛大地開始，然後昇華到愛祖國、愛自覺的人道主義、愛人類共有的感情——同情、團結和互助。人向人學習善。人的這些品質

⑥ 艾特瑪托夫《對文學與藝術的思考》，陳學迅譯，新疆人民出版社，1987年，第83頁。

應當永遠富有成果地哺育藝術作品。⑥」在艾特瑪托夫的意識中，文學與人、文學與人性、文學與人道主義總是緊密地結合在一起，他一直孜孜不倦地探索著人的主題，思索著個人與集體、個人與國家、個人與社會、個人與歷史、個人與人民，即人與周圍世界的一切方面的關係。人道主義被視作文學的本質，人道主義精神的張揚是他文學意識的根本，美學思想的核心。

以人、人道、人性為本，是艾特瑪托夫的終極追求，也是他的作品的美的底蘊之所在。被法國作家阿拉貢譽為「空前的愛情小說」的《查密莉雅》本是一個常見的題材——私奔，在這部小說中，私奔發生在軍屬家庭裏，可是這個題材卻得到了一種非政治化視角的透視。查密莉雅由等待在傷兵醫院養傷的丈夫薩特克，到最後放棄他，離開他那模範的家，跟著殘疾人丹尼亞爾出走，這個過程是在小叔子謝依特的視線中完成的。他觀察到，盼望丈夫來信的查密莉雅，每次讀信都是以激動開始，以失望告終。謝依特說「他所有的信都一個模樣，就像羊群裏的羊羔一樣」，總是「一成不變」地「依照嚴格的長幼順序寫著我們所有的人」，「只是在最末尾，像倉促想起似的，才附筆寫道：『並向余妻查密莉雅致意』」。查密莉雅卻在丹尼亞爾對生活和土地充滿深沈愛戀的歌聲中找到了知音。那歌聲不僅僅出自他那宏亮的嗓音，更主要的出自他心中對生活、對土地、對故鄉、對童年的深厚而執著的愛。丹尼亞爾那帶有濃郁的人情味和充滿深邃的愛的歌聲與薩特克那枯燥單調、缺乏熱情的「公文信」形成了鮮明的對照，它喚醒了查密莉雅。人性的偉大力量戰勝了她身上的宗法性，驅使她離開了薩特克的「模範」的家。丹尼亞爾身上那種愛與善、那種深情的歌聲和著夏夜草原特有的詩意、特有的美，將查密莉雅攝走了。小叔子謝依特的畫框裏只剩下兩溜伸向

---

⑥ 〈人道主義與當代蘇聯文學〉，第 342 頁，轉引自《當代蘇聯文學》1985 年 5 期。

前去，幾乎走出畫框的腳印。小說沒有將查密莉雅在後方的私奔與薩特克在前線的戰爭聯繫起來，加以否定。他謳歌人性，讚美愛情，關注的一向都是人的精神力量，特別是人性的善惡美醜。例如：《母親——大地》，《和兒子會面》、《我是托克托松的兒子》和《早來的鶴》都涉及到了戰爭，可作家卻從不直接寫戰場，沒有寫過流血，沒有寫過英勇犧牲或屈膝投降，戰爭僅僅作為一種背景出現。作家著意描寫和表現的是後方的婦女、老人、兒童的精神面貌與心理狀態。《和兒子會面》、《我是托克托松的兒子》勾勒出了在戰爭中死去的人們留給活著的親人的永久的記憶和難以癒合的創傷。在《母親——大地》中，作者精心刻畫的是後方的托爾戈娜依的形象，寫她克服女人的柔弱，抑制住送走親人後的傷悲，「像男子漢那樣跨上了隊長的馬兒」，不知辛勞地忘我工作，她做出了巨大的犧牲，獻出了四位親人——家裏全部的男子漢，還帶領大夥克服重重困難。作家展示了戰爭環境與戰爭考驗中的托爾戈娜依身上偉大的人格力量和道德風貌。

　　艾特瑪托夫繼承了俄羅斯作家濃厚的道德情感、民族憂患意識和蘇聯作家的社會使命感及公民意識等傳統，側重描繪群體的普通勞動者和平凡公民。他塑造了很多善良的人和維護善行的人：《我的包著紅頭巾的小白楊》中的阿謝麗，《第一位老師》中的玖依申，《一日長於百年》中的葉吉蓋等。艾特瑪托夫的作品不同於拉斯普京的《活著，但要記住》這類探索人性異化和複歸的「良心道德小說」，也不同於別洛夫的道德——日常生活小說，他非常強調社會道德責任與公民義務，他筆下的人物總是與嚴峻的考驗和社會責任感聯繫在一起，經歷痛苦的磨難，達到一種高尚、偉大的境界。《母親——大地》中的托爾戈娜依，《永別了，古利薩雷》中的塔納巴伊，《第一位老師》中的玖依申，都閃爍著人格的光輝。然而，他們又不完全是洋溢著政治熱情與社會理想的高大全的形象，一方面他們有著較高的思想境界、堅

強的獻身精神和善於思索的頭腦，另一方面還有著感人而真實的內心世界，有著豐富的精神生活。《花狗崖》中的奧爾甘、梅爾貢和艾姆拉英都在生與死的考驗中選擇了死。《斷頭臺》中的青年阿夫季同販毒團夥濫殺生物的行為鬥爭而獻身。與這些洋溢著人道精神的正面的光輝形象相對立，小說中存在一些道德墮落、人性泯滅的人物，如《母親——大地》中搶劫集體農莊生命糧——「糧種」的堅山庫爾；《永別了，古利薩雷》中享受特權，勾心鬥角，不惜讓好人作犧牲品的阿爾丹諾維奇、卡什卡塔耶夫等，《早來的鶴》中的盜馬賊，《駱駝眼》中唯利是圖的阿巴吉爾；《白輪船》中兇殘的奧羅茲庫爾等。對於這些被否定的形象，作者仍然側重他們的精神世界，表現他們道德的缺陷和人性的毀滅，而不從政治上去揭示階級本質。因為作者意在通過對反人道的行為的否定，來達到張揚人性的目的，體現了艾特瑪托夫的人道主義精神的一致性，這是艾特瑪托夫的永遠的視閾與理念，也是艾特瑪托夫永遠高唱的主旋律。

◆

　　世界大同是艾特瑪托夫所極力推崇的，民族性與世界性的二元對立，在艾特瑪托夫的作品中，得到了很好的融合。客觀地說，艾特瑪托夫首先是一位吉爾吉斯民族作家，他擁有「作品中富有神話色彩的民族作家」的美譽。在全球化的進程中，在文化與藝術的全球大一統的時代將要到來的鼓噪聲中，艾特瑪托夫堅持說：「没有産生藝術思想的基本的主要的源泉，藝術就不可能存在，而這種源泉恰恰就是民族文化和民族思維的形象性。」[66]他的作品以風土人情、民風民俗而著稱。《查密莉雅》描繪了吉爾吉斯族人古老的宗法觀念和代代相傳的傳統心理；《花狗崖》

⑥ 《當代蘇聯文學》1985 年，第 5 期。

展現了尼福赫族人祖傳的生活習慣和民俗人情;《永別了,古利薩雷》不斷回響著紮伊達爾彈奏的吉爾吉斯古老的哀歌和醉人的民謠;《早來的鶴》的第一段題詞就摘自一首吉爾吉斯民歌。長篇小說《一日長於百年》,從哈薩克族口頭流傳的民間故事中採用了曼庫特的傳統,表達了作家深厚的民族意識。所謂曼庫特,是施以酷刑後失去記憶的奴隸,他們忘記了自己的姓名、身世、父母、家鄉和民族。艾特瑪托夫以此貶斥薩比特讓的忘本行為,強調民族精神不僅是文學藝術的源泉之一,也是每一個人的生命力之所在,民族的凝聚力之根本。作家借《白輪船》中的莫蒙爺爺的口說,「人要是不記住自己的祖宗,就要變壞」。只有把捨棄衰朽的風俗習慣與尊重深遠的民族傳統結合起來,並且遵循其中一切善良的、合理的東西,才能產生出新的思想感情和新的性格特徵,這是艾特瑪托夫對民族傳統的基本立場。他用人道主義的標準衡量奧羅茲庫爾糟蹋人民世代相傳的素樸的民族傳統的行為,並將之上升為非人道的行為加以譴責與批判。

然而,民族文學的題材與風格並沒有把艾特瑪托夫引向地方主義,引向消極浪漫主義與原始主義,作家在民族特色十分濃郁的作品中融入了一種全球意識。民族的與世界的對立,被化解了。他說:「人們在任何時代,都向往著友誼、合作、愛與平等。這是人類永恒而崇高的理想……,國際主義的同民族的東西之間的和諧結合──代表了成熟的水平,就是從這個水平上開始並形成了人類的共同意識,希望被人理解和理解別人,渴望公平,對善和美有著一致的觀點。」[67]他認為文學的責任是培養具有全球性思維的人,而全球性思維的實質在於使每個人都關心別人的命運,關心人們的命運,希望他人幸福。艾特瑪托夫的正面人物通常具有一種普遍的人道主義人格力量。玖依申、托爾戈娜

[67] 艾特瑪托夫《對文學與藝術的思考》,陳學迅譯,新疆人民出版社,1987年,第183頁。

依、塔納巴伊無不犧牲自己，卻始終關注他人。如果説他們已經接近了作家所説的這種境界的話，那麼《一日長於百年》中的葉吉蓋可以説是達到了這種境界的人。作為一個普通的鐵路工人，葉吉蓋具有強烈的責任感與使命感，關注人類、地球、甚至宇宙中可能發生的一切。這與艾特瑪托夫的世界大同的思想有關，他説：「行星思維的實質就在於，使每個人關心別人，關心別的國家的人民，就像關心自己一樣，讓別人的痛苦和幸福，悲傷和歡樂能使他慌亂和歡樂，讓他對一系列問題感到憂慮。」[68]葉吉蓋是具有宇宙意識或全球思維的人，儘管他並不曾自覺地運用所謂全球性思維的種種範疇，作為質樸的勞動者，他也未必想到過全球性思維這一哲學概念，但他的一言一行都在實踐著。他對小動物，對並非親人的死者卡贊加普、對遭到貶謫的阿布塔利普，無不表現出關心與負責精神。不僅如此，葉吉蓋還對蘇美兩國的太空船，對太空中的一切表現出一種責任感。艾特瑪托夫説過，他是將葉吉蓋當作全人類的全權代表，將他置於理想世界的中心，他已經預表了未來時代的理想的人。艾特瑪托夫説：「那時我們每一個人就會超越國家、社會、民族和語言的差別，把別人首先看作是善的思想的代表，而不是侵略的代表。那時我們崇高的理想就會實現。到那時，如果不是我們，就是我們的後代，他們會説：『我——是地球這顆行星的人，所有生活在這個行星上的人都是我的兄弟姐妹』」。[69]葉吉蓋身上實際上具有未來的行星人的影子。

◆

　　艾特瑪托夫的另一個二元對立的融合，是現實性與永恒性的

---

[68] 艾特瑪托夫《對文學與藝術的思考》，陳學迅譯，新疆人民出版社，1987年，第235頁。
[69] 同[68]，第236頁。

同一。他的作品深深地札根於現實生活的土壤，他筆下的人物都是質樸的普通公民和真正的勞動者。作者讓他們在生活的各種衝突中進行選擇，同時伴隨著緊張的關於人生目的的思考，因而使作品在現實性的基礎上，具有深刻的哲理性與寓意性。查密莉雅身上存在著愛情、理想、美好人性與傳統、秩序、宗法觀念之間的衝突；塔納巴伊被置於最為艱巨的工作環境和致命的政治考驗之中；托爾戈娜依的心在戰火紛飛的前線與饑荒窮困的農莊的夾縫之中跳動；她既要承受前線失去親人的痛苦，又要挑起後方的老弱婦孺的生活重擔；玖依申面對最愚昧的現實環境和頑固的傳統勢力，在最基本的條件也不具備的情況下，撒播著文明的種子；在塔納巴依的思索、困惑和苦惱中，我們看到了左傾路線的危害。總之，艾特瑪托夫認為文學必須介入生活，必須具有現實感，他認為作家是時代的良心，「應該勇敢地肩負起自己艱難的使命——要干預複雜的生活。」[70]艾特瑪托夫理解勞動者、普通人，極力挖掘出他們身上的精神力量；另一方面，作家又跳出了這一社會群體，用高於生活的眼光，甚至是全球性眼光、宇宙性眼光，來看待生活、塑造人物，因而他的作品又具有超越現實的一面。他具備一個偉大作家應當具備的重要品質——廣泛的、深切的同情心與對生活的熾熱的愛。艾特瑪托夫的永恒化處理有以下幾種方式：第一類是他將現實生活中的一些平凡、具體的物質，賦予永恒的意義，例如，土地、糧食、勞動，作者通過它們告訴人們一個最為素樸而又最為偉大的真理：它們是源，人類是流，人類靠它們才得以繁衍生息，它們與人類永恒長存。第二類是艾特瑪托夫在作品中尤其著意表現人的精神永恒，以及與全人類、全宇宙共命運的永恒意識。玖依申、塔納巴伊、托爾戈娜依、葉吉蓋等具有普遍的道德力量與人道精神，他們的生活窮困

---

[70] 艾特瑪托夫《對文學與藝術的思考》，陳學迅譯，新疆人民出版社，1987年，第 11 頁。

而艱難，精神卻純潔高尚。艾特瑪托夫説過：「我肯定最高道德原則是一切偉大文學的起點，在道德與不道德，永恒與曇花一現，崇高與猥鄙的衝突中。一個人存在的意義及其重要性的大小，取決於他的人格如何以及精神境界的高低。」⑦這是艾特瑪托夫一直執著地思索的人生意義。第三類是直接描寫永恒題材：愛的永恒、美的永恒、人性的永恒。《花狗崖》、《白輪船》等作品的題材與主題本身都是面向永恒的。前者淡化了情節，虛化了背景，表現了超越時代的愛。這種近於空洞的題材，處理得不好極容易流於空泛與虛幻，而艾特瑪托夫卻使作品充實飽滿，動人心弦。奧爾甘、梅爾貢、艾姆拉英都毅然而安詳地選擇了死，把生的希望留給了孩子。作者最後以他們的名字來命名風、波濤和星星（奧爾甘風，梅爾貢波濤，艾姆拉英星），預示著他們偉大的愛，將如同自然物一樣永存。《白輪船》中的奧羅茲庫爾殺死了長角鹿媽媽，他的惡壓倒了善。七歲的小男孩因此想變成他幻想中的魚，不願再看見人世間的罪惡，他跳入了水中，去尋找白輪船去了。小男孩的幻想與憧憬，留給了我們無限的希望，小男孩的死，引起活著的人們的深思。「你短暫的一生，就像閃電，亮了一下，就熄滅了。但閃電是能照亮天空的，而天空是永恒的。」艾特瑪托夫在小説中説：「只要有人出生和死亡，真理就永遠存在。」因為只要有人出生和死亡，童心就永遠存在。作家以童心對真、善、美的執著，來表現人類源源不斷的正義的力量，增強人們對正義的事業的信念。

◆

　　艾特瑪托夫打破了人與自然的對立，消解了作為主體的人與作為客體的自然之間的界限，將人道主義的疆域擴展到自然的領

---

⑦　《當代蘇聯文學》1986 年，第 3 期。

域，打破了人道主義局限於人的框框，以人道主義做紐帶，將自然與人融合起來。他對人類社會的道德標準——人道主義是否適應於人和自然的關係這一問題，進行了哲理性思考，並給出了肯定回答。《花狗崖》中的小男孩基裏斯克與大人們一塊出海狩獵。當他舉起獵槍，瞄準島上的海豹時，他感到震驚：「這些躺在凹地裏曬太陽的笨拙而肥胖的野獸，它們的腰背身軀是那樣地沒有防護，容易受到傷害。」因而小基裏斯克遲疑了。《一日長於百年》中也有一個很不起眼的情節，一隻小狐狸在鐵路旁跑著，葉吉蓋本想拿塊石頭砸死它，可最後還是「輕輕地向著狐狸走去，彷彿它能懂得人言一般」，葉吉蓋開始朝他喊話。這兩個細節都表現出充滿人道主義精神的人對待動物、對待自然的人道主義態度。作者的後期之作《斷頭臺》描寫的是人跡罕至的莫雲庫梅荒原上的全體居民——羚羊、狼、蒼鷹等，無憂無慮生息在這片原始的土地上，可最後還是遭到了以「掠奪者」形象出現的人類的侵襲。在這部小說中，悲劇的肇事者與執行者不再是一個或幾個惡人，而是人類全體。文明人利用飛機等現代化工具全面展開了對這些「人類的小朋友」的搶劫與殘殺。州委書記——人類社會的代表人物之一在這裏出現了。他的話使人感到那樣令人震驚：肉類上繳的「計劃一定要完成」。作家在此思考著這樣一個問題：人類，「你是誰？是掠奪者？還是大自然的朋友？」[72]人，曾被哈姆雷特稱為「宇宙的精華，萬物的靈長」，不能與大自然為敵。因為與大自然為敵，就意味著與自己為敵，人與自然的關係不僅僅只是一個生態平衡的問題，而且它包含著豐富的人類道德方面的內容，對動物和自然是掠奪還是保護，也是惡與善、人道與不人道的一個界碑。可見，艾特瑪托夫用人類的道德標準來對待自然界，對待動物，將人道主義的應用範圍擴展到了

[72] 《現階段蘇聯文學》，中國社會科學出版社，1981年，第120頁。

自然，從而拓寬了人道主義的疆域，豐富了人道主義的內容。可以說，這是作家對人道主義的一大貢獻。

人道主義是一個歷史的概念，在文藝復興時期稱為人文主義，並被廣泛運用。人道主義與人類社會具有密切聯繫，人道主義與文學更是從來具有血緣關係的。從文藝復興時期到啟蒙時期，從批判現實主義文學到社會主義現實主義文學，人道主義的內容有了很大的變化與發展。在各個時代，人道主義在文學中都有不同的表現，而且在同一時期，不同的社會和不同的文學潮流對待人道主義的態度也有很大的差異．我們將艾特瑪托夫置於人道主義縱向發展的歷史長河與橫向的當代世界文學的各種流派中，便很容易發現，他身上的人道主義精神已有了新的特點，作為社會主義現實主義作家，艾特瑪托夫對歷史上的人道主義已經有了新的超越。

在文藝復興時期，文學中的人道主義精神主要表現為反對神性，恢復人權，把人的一切歸還給人自己。在批判現實主義作家那裏，人道主義又往往表現為對窮苦勞動者的同情和對統治階級的譴責。在雨果等浪漫主義作家那裏，人道主義精神常常是以對善與愛的讚頌、追求，對罪惡的人或行為進行鞭笞的面貌出現，但他們由於思想的局限性，有時表現出一種普遍的、抽象的善與愛，抹煞了階級社會中愛的階級性。如在《九三年》中，雨果臆造出叛匪頭子期特納克冒著生命危險從烈火中救出三個孩子的情節。即使狄更斯這類批判現實主義作家，也苦心孤詣地構思了英國人卡爾登代替自己的情敵法國人代那爾上斷頭臺的情節，鼓吹這種普遍的、超階級的人類之愛．高爾基說過：「在階級社會裏，愛『一般人』是不可能的，因為這樣就會造成『勿抗惡』，進而使全世界長滿蝨子。」[73]資產階級作家往往都看到了社會矛

[73] 高爾基：《論文學》（續集），人民文學出版社，1979年，第292頁．

255

〔附錄一〕 艾特瑪托夫：二元對立的消解

盾，卻又害怕暴力革命。《九三年》、《雙城記》等作品，對法國大革命都同樣持否定態度。這些作家既反對統治者對人民過於殘酷的壓迫，又反對受苦大眾對統治者的武力反抗。他們幻想用基督教的人類之愛和容忍妥協來解決階級矛盾。艾特瑪托夫的人道主義觀點與雨果和狄更斯在每部作品中喋喋不休地宣揚的「人類之愛」有了本質的不同。首先，他筆下的主人公的生活環境已經變了，人民與社會不再對抗，人民利益與社會利益、國家利益都具有一致性，他筆下的人物大都是勞動者，同時，也是自己命運的主宰者。所以，作家表現出的人道主義側重於歌頌具有人道主義個性的新人，謳歌善、謳歌人的高尚道德精神，謳歌人的主人翁責任感，鞭撻非人道的行為。在他的筆下，個人不再與社會、與他人尖銳對抗。他強調人對社會的責任感，而社會必須對每個人負責。玖依申、托爾戈娜依、塔納巴伊、葉吉蓋等都是人類文學史上不曾出現過的新的人道主義者形象。不過，我們也應該看到，艾特瑪托夫的人道主義思想也是在同現代主義藝術提出的反人道主義的個人藝術概念的對抗中，在同批判現實主義藝術的豐富聯繫中發展起來的。現代主義在處理個人與社會、個人與人民的關係時，是一種自我中心主義的、孤獨的、超社會的個人。個人被單獨地置於敵對的、不可理喻的荒誕世界中。人軟弱無能、痛苦萬狀地被世界所為棄，如卡夫卡的《變形記》中的格利高爾，個人只能是個人，沒有什麼人民的概念，人類不過是一大群孤獨者。而艾特瑪托夫的文學世界所展現的卻是完整的個人概念，而且是與群體有著密切聯繫的個人，通過個人與集體、與人民的血肉相連，表現他們都是堅強的人、大寫的人、真正的人。這便決定了兩者的藝術方式的不同。以卡夫卡為代表的現代作家，在處理人物時，立足個體的、孤獨的人，出自為社會所壓抑的角度的，而艾特瑪托夫在處理人物時，他的人物仍然是世界的主人，甚至還能對宇宙具有主宰意識。前者自然是軟弱的，他

與世界處於對立與分裂狀態；而後者與世界是統一的，而且還處於對世界的一種強勢介入。因此卡夫卡等較為注重人物的感覺，而艾特瑪托夫則更注重理想與各種理想主義的概念。

艾特瑪托夫之所以會強調理想，是因為他認為這個世界是一個整體，這個世界還擁有本質，人也擁有本質，那便是人性與人道主義，一切都可能圍繞本質和解。而在當今的後現代視野裏，不存在整體，不存在本質，只有差異，因而所有的存在都是破碎的、無意義的，從而理想主義早就成為了一種陰魂。

艾特瑪托夫的世界本質論，導致他的文學採取一種二元對立的化解與調和的立場與思路，因此，在藝術的表現方式上，往往具有一些嫁接的痕跡。而且也在某種程度上存在著將抽象的觀念輸入到人物的意識中的傾向存在。像普通的鐵路工人葉吉蓋的太空意識、宇宙意識，多少顯得源自作者思想的灌輸。因此，作者的二元調和的哲學，會使其作品在藝術上打上一些抽象與概念的印記，只有單一的風格，才容易形成完整的風格；艾特瑪托夫力圖全面表現生活，表現各種對立的觀念的同一、融合，實際上，就風格而言，難於真正的自成一體，儘管也是一種風格，但達不到渾然天成的自恰的整體性。應該說，在風格論方面，艾特瑪托夫的面面俱到，他的思想的多樣對立的包容性是影響了其風格建構的一個因素，無疑，風格具有單一性。

〔附錄二〕

《浮士德》：一部形象化的
《精神現象學》

　　郭沫若翻譯了《浮士德》之後，曾對這部作品的艱深晦澀感歎唏噓，認為難解得驚人。確實，《浮士德》的象徵性及其巨大的涵蓋面帶給了世人無休止的驚奇與困惑。然而，我們對於這樣一部極具歧義性作品的研究至今仍顯單一。如果說，隨著佛洛伊德主義、結構主義、解構主義、女權主義等各種新理論的問世，各種新的標籤不斷被貼到《哈姆雷特》等經典作品身上的話，那麼，關於《浮士德》，迄今中國對它的研究則顯得相對沈寂、缺少突破，基本承襲楊周翰先生主編的《歐洲文學史》與朱維之先生主編的《外國文學史》的觀點與分析，將浮士德形象聚焦到一點，即他是資產階級上升時期的代表人物。這一概括依據作品中的現實內容與時代精神自然有其合理的一面，然而它又排斥了浮士德形象的豐富性，忽略了浮士德形象的具體性，肢解了浮士德形象的完整性，具有抽象化與單一化的嚴重缺陷。在其闡釋過程中，對浮士德的內心矛盾，靈魂痛苦，人性的全面性與行動的具體性都予以回避，而只選取能適合作為資產階級代表的內容作泛泛論述，論證的機械、牽強與缺乏說服力，業已暴露出這一觀點具有一定的片面性。浮士德是一個血肉豐滿的形象，而這一觀點所框定的浮士德則被抽象得如同超人。

　　將浮士德僅僅看作資產階級的代表，這是經濟基礎決定上層

建築這一圖式作用的結果。西方馬克思主義文藝理論家馬爾庫塞對此有所突破。他認為藝術的特質在於超越直接的現實：藝術的真實是以社會現實為基礎的，但又是這個現實的『對立物』。」①可見，藝術還有其超現實的一面，因而，藝術憑藉其超歷史、超現實的普遍真實，訴諸的就不只是某一特定階級的情感，而是超越特定階級的普遍人性。我們之所以仍然感到希臘悲劇、中世紀史詩偉大，原因就在於它們超越了特定的社會內容與社會形態，獲得了普遍性的藝術品質。無疑《浮士德》中除了一定歷史時期的社會現實內容之外，同樣也存在一個超越歷史現實的人性世界。

所以，我認為，浮士德身上有表現資產階級的一面，更重要的一面則是人類的普遍精神。歌德在與艾克曼談到《浮士德》時說，其中的「每一行，都銘記著對於人生與現實世界的仔細研究」②。也就是說，《浮士德》中，除「現實」內容外，還有一個「人生」的主題、「人」的主題。彼得‧貝爾納也指出：「這部悲劇最重要的特點正是在於：故事情節不僅發生在外部世界，而且更重要地發生在浮士德的靈魂之中……，它是一部充滿一連串內心體驗、抗爭與懷疑的靈魂劇。」③所以，將浮士德五個階段的追求看作是資產階級上升時期的追求與浮士德追求的內在本質相悖逆。資產階級追求的動力，大多來自對外界、對自身生存狀態的不滿足，像啓蒙時期的資產階級就要建立一個新的理想社會，而笛福筆下的魯賓遜這樣的資產者，是為了滿足自己對財富的欲望，而浮士德的追求不是去征服外界，而是探尋人的理想的、健全的生存方式，追求完美的人格，追求更符合人性，更高

① 馬爾庫塞《美學方面》，見《馬克思主義文藝理論研究》第 2 卷，文化藝術出版社，1984 年，第 445 頁。
② 《與艾克曼談話錄》，第 70 頁，轉引自《德國古典美學》，商務印書館，1980 年，第 162 頁。
③ 彼得‧貝爾納《歌德》，李鵬程譯，中國社會科學出版社，1992 年，第 189 頁。

人格的理想的與和諧的人生境界。

因此，浮士德的五次追求，都沒有明確的目的性與功利性。他的每一次追求都不是尋求社會矛盾的解決，也不像很多文章説的是探求宇宙的奧秘，而旨在對不同生存方式與人生境界的嘗試，也就是作品中提出的「遍歷人間事」。別林斯基曾因此將《浮士德》稱為一部近代人的史詩。浮士德的每一次追求不僅是沒有目的的，而且是沒有結果的、不了了之的，原因是他的追求不是尋求外部矛盾的解決，而在於尋求種種人生體驗。在否定了一種生活之後，他就率直地走向更高的一種人格狀態。

要避免偏見與成見的最有效辦法，是我們切切實實地回到文本，來透視浮士德的五個階段的追求。

浮士德是位老博士，學識淵博，聲望在所有的博士、碩士、法律家和教士之上，可謂功成名就，炫世耀人。然而，浮士德出場時值深夜，他中宵倚案、煩惱齊天。他的煩惱是其靈魂痛苦的外顯。浮士德此時的痛苦是對書齋生活這樣一種生存狀態的失望與痛苦，書齋生活的種種缺憾造成他内心的矛盾。

知識份子對知識無止境，具有一種靈魂深處無能為力的悲觀，這是浮士德對助手瓦格納所表示過的「我雖知道很多，卻想知道全部」的痛苦。這是知識份子從宏觀觀照自身，對生命有限與知識無限的矛盾的無奈。浮士德正因為此，才願將靈魂賣給魔鬼，以增強上天入地的本領。顯然，這一矛盾是無法超越的，它是知識份子命中注定的。這是一種理性的痛苦，又何以使他「惴惴不安」呢？這涉及到浮士德具體的精神與肉體的痛苦，即書齋生活使人的行動能力受到抑制，人性遭受片面化。每一種生活方式都有其優點和缺憾。選擇腦力勞動作為終生職業，也就同時選擇了它的缺憾。

書齋生活的缺憾可具體地概括為以下幾個方面。缺憾之一是浮士德所感歎的，「天主將自然創造給人類，你卻避開生動的自

然」。缺憾之二是書齋生活的凝滯和與世隔絕，遠離社會生活與實際戰鬥。從萬物交織、充滿生機的沸騰生活觀照書齋，書齋無異於一個「牢籠」。缺憾之三是書齋生活讓人享受的只有寧靜。缺憾之四，也是浮士德最難忍受的，書齋生活使人缺乏行動。精神勞動排擠了人的機體活動，人的體能得不到舒展，行動能力越來越萎縮，外向發展能力越來越受到抑制，因而人與外界變得愈來愈隔膜，浮士德說「我與世人一向不能適應」。然而，儘管不能適應，書齋中的人，作為社會的人，作為活的機體，他總有參與社會、參與活動的行動的渴求。書齋生活閹割了人的行動能力，卻沒有熄滅這種天性，也無法熄滅這種渴求；書齋生活使人性片面化，卻不能完全扼殺人身上的全面人性的本能與要求。浮士德著名的一段獨白，是理解浮士德靈魂痛苦的關鍵。「有兩個『我』居住在我心胸，一個要想同別一個分離，一個沈溺於迷離的愛欲之中，執扭地固執著這個塵世，另一個猛烈地要離去風塵，向那崇高的靈的境界飛躍。」④這說明浮士德的精神中存在著知識份子精神追求，「向靈的境界飛躍」的一面，又存在著世俗生活享受，「執扭地固執著這個塵世」的一面。因此，精神追求與塵世享樂是知識份子追求中不能兩全的兩個方面，書齋生活讓人的精神追求無限延伸，而全面人性愈來愈受到抑制，理性思維得到充分發展，而感性生活越來越喪失。全面的人性應該是理性與感性、精神與物質的統一。而書齋生活使人性處於分裂狀態，讓書齋中的人遭受人性分裂的痛苦。

這種惶惑與痛苦使浮士德走向反抗。他的反抗首先是消極的。他無力行動，無力改變自己的生活，浮士德想自殺。後來復活節的音樂傳來，這使浮士德的反抗走向了積極，即走向了全面人性的回歸。因為復活節的音樂，使他想起了他青少年時期全面

④　《浮士德》，錢春綺譯，上海譯文出版社，1989年，第67、68頁。

人性的生活。過去有的研究文章認為是復活節的音樂，因而也就是基督拯救了浮士德。實際上，是復活節音樂喚醒了他對少年時代全面美好人性生活的回憶，他感動得淚流滿面。所以，應該說是人性的復活使他走向了積極的反抗。浮士德否定了書齋生活，他要「衝向人間去」。他參加了民眾熙熙攘攘的復活節，這使浮士德徹底完成了思想的轉變。他翻譯時，將「泰初有思」改為「泰初有為」，認為「為」比「思」，即「行動」比「知識」、「思想」更重要。

那麼，書齋生活之於浮士德已不是一朝一夕，他為什麼一直到垂垂老矣，才想走出禁錮，「衝向人間」呢？這裏存在著一種契機，即文藝復興還我人性，享受世俗生活的大潮的衝擊。當浮士德與瓦格納走出書齋，參加復活節時，「城門外」一節描寫的正是這一時代的「世俗世界」。各式各樣參加復活節的人們，有姑娘群、學徒群、學生群等，談論的話題是「漂亮的姑娘」、「漂亮的小伙子」、「啤酒」、「煙草」與「約會」。人們熙熙攘攘，毫不掩飾世俗生活的享受與快活。這樣一個時代自然對書齋中的浮士德也產生強烈的誘惑，它引發了浮士德身上的人性，因而他對書齋生活爆發出強烈的不滿與反抗。當靡非斯特與他簽約時，他說：「思想的線索已經斷頭，知識久已使我作嘔。」過去有人認為浮士德賣身靡非斯特，是為了進一步探究知識與宇宙的奧秘，實際上，浮士德在此卻否定知識，認定了「大丈夫唯有活動不息」，他想投身到活生生的世俗生活中去。另一個原因是，當浮士德還沒有修煉成大學者時，精神追求對他還有著強烈的吸引力，人性遭片面化的程度抑或還不深。但當他成了大學者，完成了學者使命之時，也完成了他的片面化，其人性的扭曲與痛苦也就達到了極端，物極必反，因而，浮士德對人性產生一種回歸。

他走出書齋，參加復活節，看到的是「解凍的大河小溪」，

「斑斕掩映的綠野」,「太陽的光輝」,「盛裝的人們」⋯⋯到處看到奮發和繁榮,聽到村民的喧嚷,浮士德感受這是民眾的真正天堂,他感歎:「這裏我是人,我能做個人!」與書齋生活的非人性形成鮮明的對照。因此,這一契機誘使浮士德徹底否定了書齋生活。借助靡非斯特的幫助,浮士德走入了世俗生活,進入、嘗試與體驗另一種生活——愛情生活階段。

浮士德先來到一個「酒吧」,返老還童後,立即在大街上追逐少女瑪甘蕾。我將此概括為,浮士德先走入「酒」,後走入「色」,它又被稱作「官能享受」階段。要說浮士德對瑪甘蕾有愛情,那是後來才產生的。開始一見到瑪甘蕾,浮士德就對靡非斯特說:「你給我把那個小姑娘弄來」,「如果我今夜不能摟抱她,我們在午夜就分道揚鑣。」甚至靡非斯特都責備他:「你開口像登徒子之流。」所以,浮士德走出書齋,他走入了對官能享受的追求,實際上是對人的本能、基本人性的回歸。由於書齋生活使浮士德疏遠了這種基本人性的生活,所以,他很自然地走入了「酒」與「色」的官能享受。靡非斯特盡力向浮士德展示這種生活的歡娛,讓他看酒吧裏的小伙子們的惡作劇,並強調他們沒有學問,也不動腦筋,卻過得非常開心。小伙子們自己唱「我們多麼快活,就像五百隻豬玀」,浮士德最後的反應是「我想離開此地」。即使在瑪甘蕾的懷抱中,他也沒有感到全然滿足。與瑪甘蕾的悲劇發生後,浮士德又結束了他的愛情生活階段。他在百花如錦的地上醒來,感到大自然在鼓勵他「追求最高的存在」,「要從多彩的映象中省視人生」。因此,浮士德又告別了官能享受階段,嚮往一種更健全、更合理的人性生活。這說明,具有「向靈的境界飛躍」與「固執著這個塵世」雙重靈魂的浮士德,讓他簡單地回歸人性的原始,回到「豬玀」般的官能享受,是不可能使他感到全然滿足的。這是因為他在官能享受的同時,又會感到精神的貧乏,因此,他的追求不能停留在回歸原始,注定要

追求「更高的存在」。所以，書齋生活與官能享受，都不是浮士德所認為的最健全、最完美的人性生活，因此，它們先後為浮士德所揚棄。

然而，無論對書齋生活還是對官能享受，在《浮士德》中都沒有單純地被否認，而是被辯證地觀照。《浮士德》充滿辯證思想，辯證法是歌德的思想核心。歌德通過浮士德否定書齋生活，指出了書齋生活的種種缺憾，但同時，他又通過浮士德的助手瓦格納對知識的追求，來肯定「沈潛於精神生活的快樂」，他認為「這種樂趣也很濃」，「一翻開珍貴的羊皮紙古籍，整個天國就會降到你身邊。」當浮士德走出書齋，走入世俗生活，去作各種人生探求的時候，瓦格納始終沈潛於書齋，最後還研製出了人造人何蒙古魯士。因此，歌德借瓦格納又肯定了書齋生活值得肯定的方面。歌德利用靡非斯特與酒店小伙子們的飲酒作樂肯定了他能享受的歡愉，同時又用浮士德的不滿足對他進行了否定。他利用瑪甘蕾肯定了愛情的無私與純潔，又通過靡非斯特，將愛情看作是一種官能享受。

浮士德之所以既不滿足於書齋生活，又不滿足於官能享受，恰恰也正是由於在他身上存在著辯證的兩種精神、兩種要求。他對瓦格納說：「你所知道的，只是一種衝動。」而浮士德有兩種衝動，有兩個靈魂居住在他的心胸。他感歎「我們精神的翅膀真不容易獲得一種肉體翅膀的合作，可是，這是人人的生性」⑤。浮士德的痛苦，來自兩種需求不平衡的痛苦，浮士德的追求，正是對兩方面人性完美統一生活方式與人生境界、人格完美的追求。他在官能享受階段之後，又經歷了政治生活階段與對古典美追求的階段。政治生活這一部分，是全書對現實批判性最強的部分。它描寫了專制的政體，揭示了腐朽空虛的宮廷內幕。人在這

⑤ 《浮士德》，錢春綺譯，上海譯文出版社，1989年，第66頁。

裏沒有鮮活的個性與追求，他們有的只是專制制度、等級制度下人的奴性與空虛。那麼，在此，浮士德看到了現實生活中人性的不健全，人格的不完美。

　　緊接著，浮士德來到了素以人性和諧著稱的古希臘。他逃離現實，追求人性完美的古典美。可見，遠離現實的古希臘被寫進《浮士德》，目的仍然是浮士德追尋完美人格。十八世紀德國古典美學家將近代社會的現實矛盾歸咎於人性分裂。因此，他們希望讓人性重新回歸到古希臘「和諧」與「靜穆」的境界，以克服人性分裂、克服矛盾。席勒甚至設想過這樣的方案，將嬰兒從母親懷抱中攫走，帶到遼遠的希臘明朗的天空下養大。等他長大成人，就不再是一般的普通人，而是更為純潔高尚的人，再回到祖國來教育和清洗他的時代。浮士德與海倫結合，生下歐福良，也無非是探尋現代精神怎樣與古代精神結合，以共生出更完美健全的現代人格。歐福良很快就隕落在父母腳下，海倫飄然逝去，只留下衣服與面紗於浮士德懷中，這表明企圖用古典美來陶冶現代人以求實現完美人格的理想以幻滅告終，也表明了浮士德對這種虛幻的、遠離現實的人格理想的不滿足。

　　最後，浮士德在填海造地的事業階段獲得了滿足。在這一事業中，他找到了和諧、完美的人格理想。他身上的兩種需求在這裏都得到了滿足，他靈魂的痛苦化解了、消失了。「填海造地」創建理想社會，建造人間樂園，這是一項創造性的工作，它包含有人的精神追求的特質，浮士德在開拓、創造中獲得了「享受」。創造性的特質是浮士德精神追求特質中的一部分。填海造地，招募千百萬民工，轟轟烈烈，這種沸騰現實生活滿足了浮士德走入人間，走入世俗生活的人性需求的部分。這一事業使人的精神與物質、感性與理想、感官與心靈得到了統一，因此，浮士德感到這是一種理想的人格。這種生活也契合當時的時代思潮，契合浮士德「活動不息」的思想，浮士德揚棄了對精神的單純追

求,揚棄了對肉體享受的單純追求,揚棄了對世俗生活享受的單純追求,也揚棄了對古代至美人性的單純追求,最後達到了更高層面的精神追求與物質創造相結合,理性與感性相結合,從自我走向全人類,投入時間的洪流、事業的洪濤,浮士德感到了滿足,因為他覺得體驗了理想的人格,實現了理想生成狀況。

以上依據文本,闡釋與論述了《浮士德》中「人」的主題。從歌德本人的創作思想來看,這一主題與歌德的美學理想也是一致的。

歌德在早期小說《威廉‧麥斯特》中就曾探討過理想人格、健全人性的問題。歌德強調的滿足與寧靜是人生的理想,而不在於客觀現實是否完美。主人公威廉說如果他的內心荒蕪,外在美好的花園之於他又有什麼用呢。《歐洲文學史》將浮士德的追求視為資產階級的追求,那麼資產階級為什麼要遵循這一順序追求,各階段的追求之間有什麼必然聯繫,持這一觀點者對此缺乏基本的論證,只是割裂開來談五個階段的追求,因而缺乏整體性。這是不符合歌德本人的意圖的。歌德說「藝術家應該通過整體向世界說話」,而這一整體「他在自然中是找不到的,是他自己心靈的產物」,[6]他還說「人是一個整體,一個多方面的內在聯繫著的能力統一體」。[7]尼采在談到歌德時說:「他要的是整體;他反對理性、感性、情感、意志的互相隔絕;他訓練自己完整地發展。」[8]可見,割裂地論說浮士德五個階段的追求是不符合歌德的意圖的,對人性的關注,尋求種種對立感情的統一,正是歌德的主觀傾向。

「人」的主題的提出,不是任意的。如果回到歌德生活的十八世紀,我們會發現它有著一個廣闊的背景。《浮士德》中

[6] 蔣孔陽《德國古典美學》,商務印書館,1980年,第248頁。
[7] 同[6],第248頁。
[8] 尼采《悲劇的誕生》,周國平譯,三聯書店,1986年,第327頁。

「人」的主題，與當時十八世紀德國古典美學所探討的主題是完全一致的。歌德也是十八世紀德國古典美學的代表人物之一。德國古典美學的特點是逃避現實，與封建政治妥協，因而逃避階級矛盾，將階級矛盾的分析轉變為對人性分裂的分析，把人性的分裂看作是現代社會的固有矛盾。在他們看來，德國社會之所以是一個「糞堆」，不是社會矛盾造成的，而是人性造成的。所以，克服人性分裂，克服內心矛盾就成了他們的最高理想。蔣孔陽先生曾提到過：「《浮士德》事實上是一部戲劇化了的黑格爾的《精神現象學》。」⑨後者是專門闡述宇宙魂，論述宇宙魂如何發展自己與完成自己這樣一個主題。可見，蔣先生這一提法是較為貼近浮士德形象的實質的。

綜觀前述，我們可以看到歌德的偉大作品《浮士德》中具有一個「人性」的主題，它是作品的中的內在結構，將看似無序、散亂的材料貫穿在一起，形成了一個隱在的整體。郭沫若先生曾稱《浮士德》是一部關於人類靈魂的歷史。⑩《浮士德》之所以具有不朽的藝術魅力與感召力，正是由於它含有「人性」這一超現實的普遍性主題。

---

⑨　蔣孔陽《德國古典美學》，商務印書館，1980年，第23頁。
⑩　《浮士德》，郭沫若譯，人民文學出版社，1986年，見「序言」。

後　記

　　二〇〇二年八月，我收到了臺灣商務印書館接受出版我的學術著作的信函，深感榮幸，同時也倍受鼓舞，它堅定了我學術創新的信念，激勵我在學術的道路上艱苦地探索下去。

　　這個暑假是我一小段不平靜的日子，在我困難的時候，還是學術給我以支撐。我每天投入工作十幾個小時，外部的紛擾漸漸遠去。

　　我告訴在家過暑假的兒子，我生活中所發生的事情，並囑咐他自己照顧好自己。11 歲的兒子，在筒子樓從不去廚房，現在突然不聲不響地自動做起飯來。他將他炒好的米飯盛好，擺在桌上，進來叫我，說：「飯有點酸，不太好吃，媽媽你吃吧。」原來，黑乎乎的飯裏，既放了醬油，又放了醋。可是，我的心裏翻湧著一種感動，兒子帶給我的欣慰我難以言表，稚氣的他成了我的依靠。（我讓他在電腦裏讀了這段關於他的文字，他說：「你怎麼不寫我做得好的飯，就寫我做得不好的飯呢？」）

　　丈夫金惠敏博士沒日沒夜地在學校的教室裏寫作，因為月底就要去德國，之前要將《後現代性與辨證解釋學》的書稿交給出版社，還有各種事務要處理，忙碌的程度，可以想見。一九九八年九月，在去美國爾灣加州大學訪學的前一天晚上，我們處理事務直到凌晨四點多鐘，而六點鐘，我的同學思政與東生就開車來送我們一家去機場，出發時他匆忙委託小同鄉鄒豔霞將《叔本華美學思想研究》的書稿代交出版社。這次在臨去德國的前兩天，新書稿的最後部分──前言與後記──完成了，他讓我讀一讀。我讀了以後，十分驚異於他寫作風格的變化，我覺得他的學術意

境躍升了一個新層面，我追問他，是怎麼變的。他難為情地笑著說不知道，隨後又補充說：「就是不把一看成一，而看成二、三、四」。我當時就聯想到我生活中的事件，我想，我也不把它看作一，而看作二、三、四，頓時，我的心情開朗了許多。

就像一些老師給我一句或半句點撥，讓我恍然明白一個道理。那些隻言片語，包含著良善，包含著人生的深意，值得我回味，感謝生活，它們將永遠存留在我的心上。學術是無止境的，人生也是一個無邊的課堂，我要注意吸取生活的智慧，讓生活的智慧輔助我的學術，引領我的生活。

我由衷地感謝臺灣商務印書館出版我的這部充滿創新意識的學術著作，它是我追求獨到見解的學術理念的結晶。早在上大學的時期，我就突破現行院系分割的大學體制局限，自己去哲學系聽課。我們學校 80 級沒有哲學班，我跟 79 級哲學班聽西方現代哲學。儒雅而風度的王守昌教授在八〇年代初剛剛開放的時候，講解著薩特迷人的存在主義哲學，他從美國帶回來一些新的資料，加上他以非常韻味感的平緩語調做著他的闡釋──「自由」、「選擇」、「責任」、「他人即地獄」⋯⋯，深刻而雋永，我第一次在課堂上體會到，學術是一種美。同時我還去英語系聽蘇桑、斯蒂文、羅伯特等外籍教師的課，他們的教學不是很專業，但課堂比較活躍有趣，別是一種風格。正是由於對中文專業單一領域自覺地尋求一種超越，二十多年來跨學科的知識積累，滋養了我強勁的創新能力。我的碩士學位答辯委員會主席、著名莎士比亞專家方平先生，我的博士導師金元浦教授都分別給予我「有獨到見解」與「有創新精神」的評價；我在北大英語系訪學的導師、英國文學作家劉意青教授和美國爾灣加州大學的訪學導師、著名學者 J. 希利斯・米勒教授都對我的學術給予了肯定與稱讚。他們的好評無疑激發了我進一步發展自己的雄心。而現在，臺灣商務印書館欣然接受出版拙作，這對我所產生的作用，

也不是「一」，即不止是出版這一本書，它給予我的更有信念，還有其他。我相信，當未來我的學術得到更進一步發展的時候，其作用的「二、三、四」一定會更多地、充分地、自然而然地彰顯出來。就在此刻，有一股熱流、激蕩於心，它衝撞著我，一定要做出更好的成績，拿出更多的成果，來回報春天的耕耘，特別是回報上述及未述及的「春風」對我事業的「小苗」的無聲滋潤，願它將來能長成一棵樹，回報養育我的社會與期待我的人們。

易曉明
9 月 14 日凌晨 2 點 22 分寫就
10 月 5 日凌晨 1 點 55 分改成
於花園村新居

意義與形式：英美作家作品風格生成論 ／ 易曉
明著. -- 初版. --臺北市：臺灣商務，
2003[民 92]
　　面 ； 公分

ISBN 957-05-1794-8(平裝)

1. 西洋文學‧作品評論

870.1　　　　　　　　　　　　92007451

意義與形式
——英美作家作品風格生成論

定價新臺幣 320 元

著 作 者　易 曉 明
責任編輯　李 俊 男
校 對 者　江勝月　朱肇維
發 行 人　王 學 哲
出 版 者
印 刷 所　臺灣商務印書館股份有限公司
　　　　　臺北市 10036 重慶南路 1 段 37 號
　　　　　電話：(02)23116118‧23115538
　　　　　傳眞：(02)23710274‧23701091
　　　　　讀者服務專線：0800056196
　　　　　E-mail：cptw@ms12.hir.et.net
　　　　　郵政劃撥：0000165－1 號
　　　　　出版事業
　　　　　登 記 證　局版北市業字第 993 號

‧ 2003 年 6 月初版第一次印刷

ISBN 957-05-1794-8 (平裝)　　　　　　08714000

讀者回函卡

感謝您對本館的支持，為加強對您的服務，請填妥此卡，免付郵資寄回，可隨時收到本館最新出版訊息，及享受各種優惠。

姓名：＿＿＿＿＿＿＿＿＿＿＿＿＿＿＿＿　性別：□男 □女

出生日期：＿＿＿年＿＿＿月＿＿＿日

職業：□學生 □公務（含軍警） □家管 □服務 □金融 □製造
　　　□資訊 □大眾傳播 □自由業 □農漁牧 □退休 □其他

學歷：□高中以下（含高中） □大專 □研究所（含以上）

地址：□□□＿＿＿＿＿＿＿＿＿＿＿＿＿＿＿＿＿＿
　　　＿＿＿＿＿＿＿＿＿＿＿＿＿＿＿＿＿＿＿＿＿

電話：（H）＿＿＿＿＿＿＿＿（O）＿＿＿＿＿＿＿

E-mail: ＿＿＿＿＿＿＿＿＿＿＿＿＿＿＿＿＿＿＿

購買書名：＿＿＿＿＿＿＿＿＿＿＿＿＿＿＿＿＿＿

您從何處得知本書？
　　　□書店 □報紙廣告 □報紙專欄 □雜誌廣告 □DM廣告
　　　□傳單 □親友介紹 □電視廣播 □其他

您對本書的意見？ （A/滿意 B/尚可 C/需改進）
　　　內容＿＿＿＿ 編輯＿＿＿＿ 校對＿＿＿＿ 翻譯＿＿＿＿
　　　封面設計＿＿＿ 價格＿＿＿ 其他＿＿＿＿＿＿＿＿

您的建議：＿＿＿＿＿＿＿＿＿＿＿＿＿＿＿＿＿＿
　　　　　＿＿＿＿＿＿＿＿＿＿＿＿＿＿＿＿＿＿
　　　　　＿＿＿＿＿＿＿＿＿＿＿＿＿＿＿＿＿＿

臺灣商務印書館

台北市重慶南路一段三十七號　電話：（02）23116118・23115538

讀者服務專線：0800056196　傳真：（02）23710274・23701091

郵撥：0000165-1號　E-mail: cptw@ms12.hinet.net

網址：www.commercialpress.com.tw

100臺北市重慶南路一段37號

臺灣商務印書館　收

對摺寄回，謝謝！

- -

傳統現代　並翼而翔

Flying with the wings of tradition and modernity.